KB239250

천사혈성

장담 新무협 장편 소설
FANTASTIC ORIENTAL HEROES

천사혈성 2

장담 新무협 판타지 소설

초판 1쇄 찍은 날 § 2007년 8월 22일
초판 1쇄 펴낸 날 § 2007년 9월 1일

지은이 § 장담
펴낸이 § 서경석

편집장 § 문혜영
편집책임 § 서지현
편집 § 심재영

펴낸곳 § 도서출판 청어람
등록번호 § 제1081-1-89호
등록일자 § 1999. 5. 31
어람번호 § 제2-1274호

주소 § 경기도 부천시 원미구 심곡1동 350-1 남성B/D 3F (우) 420-011
전화 § 032-656-4452 팩스 § 032-656-4453
http://www.chungeoram.com
E-mail § eoram99@chollian.net

ISBN 978-89-251-0864-3 04810
ISBN 978-89-251-0862-9 (세트)

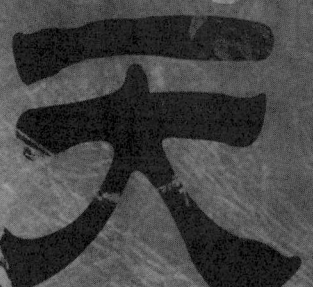

혈사자(血獅子)

千秀芳果深交拾中寄
華開故近天下
漢興和名隱宗
希界

一天師血裡
長座前丹拜
道音廣爲傳
至大政元四月
日弟子趙孟頫敬

천사혈성

장담 新무협 판타지 소설

FANTASTIC ORIENTAL HEROES

도서출판 청어람

目次

第一章
천양화(天陽花)

死星
天血

1

나른한 오후.

유옥은 절혼대의 뒷마당을 거닐며 쏟아지는 햇살을 즐겼다.

다른 사람은 이해할 수 있을까? 이 햇살에 익숙해지기 위해 자신이 한 달이나 고생했다는 걸.

'좋군! 정말 좋은 기분이야.'

고개를 들어 하늘을 올려다보니 따뜻한 햇살이 얼굴 가득 내려앉았다.

사진옥은 각 대의 대주에게 두 명의 보좌 무사를 둘 수 있다는 권한을 이용해 천유옥과 고후명을 절혼대로 끌어들였다. 그리고 자신의 거처 바로 옆방을 두 사람에게 내주었다.

덕분에 다른 대원들의 의심을 피하는 것은 그리 어렵지 않았다. 고후명이야 대부분이 아는데, 천유옥은 거의 모습을 보이지 않으니 어디서 사람 하나 보강했나 보다 할 뿐이었다.

한데 유옥이 절혼대에 들어온 지 사흘째 되던 날, 사진옥이 세 사람을 끌고 유옥을 찾아오더니 털썩, 무릎을 꿇고 외쳤다.

"앞으로 대형이라 부르겠습니다! 대형이 저희를 이끌어주십시오!"

당연히 유옥은 펄쩍 뛰었다.

"친구 간에 대형은 무슨 말라비틀어진 대형이냐!"

하지만 사진옥도 쉽게 굽히지 않았다.

"이제 어린아이들도 아닌데, 남 보기에 낯부끄럽잖습니까?"

"그럼요, 대장보다야 대형이 훨씬 멋지죠."

"오호홍! 예쁘게 봐주세요, 대형!"

"처음부터 이랬어야 했습니다. 촌스럽게 대장이 뭡니까? 대장이."

"그래도 안 돼!"

"안 될 것은 또 뭡니까? 어차피 대장이었는데."

한참 동안 실랑이를 벌였지만 네 사람의 고집을 꺾기가 쉽지 않았다. 결국 일각이 지나서야 하는 수 없이 유옥의 고개가 끄덕여졌다. 대신 유옥도 한 가지만은 무조건 우겼다.

"아무리 그래도 존대는 안 된다! 그것만큼은 절대 양보 못 해!"

그러자 네 사람이 멋쩍게 웃으며 고개를 끄덕였다.

"우흐흐, 솔직히 그건, 우리도 좀 그래. 당장 말을 바꾸려니까 좀 어색하더라고."

그렇게 절혼대에 들어온 지 벌써 보름이 지났다.

그동안 유옥은 시간이 날 때마다 사진옥 등을 닦달하며 초식을 손봐주고, 그들의 약점을 메우는 데 모든 시간을 쏟았다.

다행히 자질이 뛰어난 친구들인지라 하루가 다르게 변했다.

사진옥은 보름간 시간만 나면 유옥을 괴롭히더니 단혼십삼도가 완벽에 가까워졌다. 또한 팔관에서 얻었다는 유성칠도(流星七刀)도 혼자 끙끙댈 때에 비하면 한 단계는 더 나아진 듯했다.

그리고 자기 몸뚱이만큼이나 무식하게 큰 철곤을 쓰는 상유상이나, 여자답지 않게 넉 자 장검을 쓰는 예종도 약점이던 초식의 정교함이 어느 정도 그들의 힘을 따라가기 시작했다.

다만 전부터 세 사람에 비해 조금 자질이 떨어졌던 고후명만이 노력에 비해 별다른 진전을 보이고 있지 않을 뿐이었다.

그러나 그렇게 늘었다 해도 자신이 원한 수준에 비하면 까마득했다.

'적어도 지금보다 두 배는 강해져야 돼. 그래야 내 일을 도우면서도 자기 목숨 자기가 지킬 수 있어.'

문제는 그게 쉽지가 않다는 것이다. 하늘에서 천고의 영약이라도 뚝 떨어진다면 몰라도.

'하는 수 없지. 일단은 수련 강도를 높이는 수밖에.'

아마 네 사람은 아무리 강하게 몰아쳐도 절대로 싫어하지 않을 터였다. 오히려, 설마 대형이 우리를 죽이기야 하겠어? 하는 마음으로 '더! 더!'를 외칠지도 몰랐다.

'그러고도 남을 놈들이지.'

유옥은 한참 동안 이런저런 생각을 하다 결국은 쓴웃음을 지으며 몸을 돌렸다.

바로 그때였다. 문득 엉뚱한 생각이 들었다.

'가만? 그러고 보니 시간도 많은데, 이참에 기문진에 대해 배워볼까?'

군악이를 보려고 천기원의 코앞까지 가본 적이 있었다. 하지만 끝내 담을 넘지는 못했다. 곳곳에 기문진이 펼쳐져 있어 초대받지 않은 자는 본전에 접근할 수조차 없는 곳이 천기원이었으니까.

사실 그놈의 기문진만 아니었다면, 설령 천기원이 도검산

림이라 해도 들어가 봤을 유옥이었다. 하지만 젠장! 구관에서 혼난 것을 생각하면 발도 딛기 싫었다.

'조금이라도 알면 낫지 않을까?'

배우고자 한다면 방법이 없는 것도 아니었다.

교에서는 무교도(武教徒)들이 무공에만 너무 전념해서 반쪽짜리 무사가 될까 봐 책을 마음껏 볼 수 있는 곳을 만들어 두었는데, 만박당에 딸려 있는 서연각(書淵閣)이 바로 그곳이었다.

그곳이라면 최소한 기문진에 대한 기초적인 책 정도는 있을지도 몰랐다.

'좋아! 일단 가보자!'

일단 결심이 서자 유옥은 서연각으로 향했다. 간단히 행적을 적은 서신을 남겨둔 채.

절혼대의 거처에서 서연각까지는 제법 멀었다.

큰길 두 개를 가로지르고 제법 큰 장원을 하나 돌아가야만 만박당에 다다를 수 있었다. 그리고 그 만박당 건너편에 서연각이 있었다.

유옥은 서연각으로 다가가며 주위를 살펴보았다.

드나드는 사람이 거의 보이지 않았다.

어쩌면 당연한 일이었다. 일반 무사들을 위해 만들었다지만, 일반 무사들 중 얼마나 많은 사람이 책을 즐겨 읽을 것인가.

'책을 좋아하는 사람이 별로 없나 보군.'

잘된 일일지도 몰랐다. 그만큼 주의를 끌지 않을 테니까.

유옥은 가벼운 마음으로 서연각의 문턱을 넘었다. 썰렁한 바람이 쾌쾌한 곰팡이 냄새를 풍기며 밀려왔다.

"어디의 누군가?"

그때 왼쪽 구석에서 누군가가 물어왔다.

고개를 돌려 소리 난 곳을 바라보자, 작은 책상 너머에 앉아 있던 문사 차림의 중년인이 붓을 잡아가며 자신을 빤히 바라보고 있는 것이 보였다.

"절혼대의 유옥이라 합니다."

성을 빼고 이름만 말했다. 성이 '유'인 것처럼.

중년인은 책상에 펼쳐진 책자에 뭐라 끄적이고는, 다시 고개를 들고 물었다.

"무슨 일로 온 것인가?"

"책을 보러 왔습니다."

"호, 그래?"

중년인이 반갑다는 눈빛으로 유옥을 쳐다보고 다시 책자에 두어 글자를 더 썼다.

뭐야? 책이 있는 곳에 책을 보러 온 것이 그리도 반가운 일인가?

"오는 사람이 별로 없는가 보군요."

"하루에 이삼십 명 정도 오지. 오늘은 자네가 첫손님일세.

그래, 무슨 책을 찾는 건가?"

"기문진에 관한 책이 있으면 좋겠습니다만."

굳이 말 못할 것도 없었다. 방문하는 사람이 하루에 그 정도라면 어차피 자신이 들춘 책이 무엇인지는 금방 알아챌 테니까.

한데 그 말에 중년인의 눈빛이 희한한 동물을 본다는 눈빛으로 바뀌었다.

"혼자 찾을 수 있겠나?"

"글쎄요. 지식이 얕아서 얼마나 좋은 책을 찾을지는 모르겠습니다만, 일단 뒤져 봐야죠."

"하하하, 자네처럼 솔직한 사람은 오랜만에 보는군. 다른 사람은 별것도 아닌 지식을 뽐내느라 헛소리만 지껄이는데 말이야."

중년인이 가벼운 웃음을 흘리더니 자리에서 일어났다.

"내 도와줌세."

그러더니 성큼성큼 서가를 향해 걸어갔다.

잠시 후, 중년인은 세 권을 책을 뽑아오더니 먼지를 탈탈 털고 유옥에게 내밀었다.

"일단 이걸 먼저 보게나. 기초적인 것이지만, 이것을 모르고는 다른 것을 봐봐야 아무런 소용도 없다네."

생각보다 화통한 자였다.

유옥은 기분 좋은 웃음을 지으며 책을 받아 들었다.

"고맙습니다. 그러잖아도 난감했는데, 덕분에 시간을 아낄 수 있게 되었군요."

"생긴 것만 잘생긴 줄 알았더니, 마음씀씀이도 요즘 젊은 이답지 않구만. 부디 원하는 것을 얻기 바라겠네. 반납은 사흘이네. 세 권을 다 보려면 부지런히 봐야 할 거야."

생각지도 못했던 말에 유옥이 눈을 크게 뜨고 반문했다.

"예? 그럼 빌려가도 되는 겁니까?"

"당연하지. 그래서 어디의 누군가를 물은 것 아니겠나?"

당연하다는 말에 유옥이 오히려 멋쩍어졌다. 그는 책의 제목을 훑어보며 말했다.

"알겠습니다. 그럼 사흘 후에……."

그때 유옥의 말을 끊으며 나직하면서도 옥구슬이 또르르 굴러가는 목소리가 들렸다.

"안녕하세요, 종리 아저씨!"

중년인이 반색하며 돌아섰다.

"오! 이게 누구신가? 천양화(天陽花)께서 어인 일로 여기까지 납신 것인가?"

"피이, 아저씨도. 또 놀리시는 거예요?"

"놀리긴? 그랬다간 큰일 나라고. 천양원의 젊은 호랑이들 등쌀에 며칠 가지도 못하고 드러누워야 할 텐데."

"정말 그러시기예요? 그럼 저 그냥 가요?"

"아이고, 안 될 말씀. 어서 들어오시게."

유옥은 세 권의 책을 바라보다 고개를 돌렸다.

여인의 맑은 목소리도 목소리였지만, 서연각의 중년인이 저리도 반가워하며 농담까지 건네는 여인이 누군지 궁금해서였다.

순간, 유옥의 몸이 그대로 굳어졌다.

여인은 맑은 하늘색 경장을 입고 있었다.

긴 머리를 출렁이는 여인의 키는 자신의 어깨를 겨우 넘을까 할 정도였다.

바람이 여인의 머리를 흩날리자 머릿결이 어깨 너머로 휘날리며 환한 웃음이 밝게 피어난다.

결코 모란꽃처럼 화려하지는 않았다.

난꽃처럼 조용히 향기를 뿜어내지도 않았다.

한겨울 보내고 춘풍에 피어난 매화처럼 고고하지도 않았다.

그런데도 그 모든 것을 합친 것보다 더한 싱그러움이 그녀의 두 눈에 자리하고 있었다.

아침 이슬 같은 눈빛이었다.

자신이 바라보자 발그레해진 얼굴에 두 개의 보조개가 깊게 파인다.

"어허! 자네 큰일 날 사람이구만."

갑자기 중년인이 나서지 않았다면 한없이 쳐다봤을지도 몰랐다.

흠칫, 유옥은 재빨리 표정을 추스르고 조용히 고개를 숙였다.

"죄송합니다. 제가 그만 실수를……"

그러자 여인의 고개가 유옥보다 더 숙여진다.

"아니에요. 제가 괜히 방정을 떨어서 방해를……"

"방해는 무슨 방해!"

중년이 재빨리 나서서 사태(?)를 수습했다.

"커험, 자네는 그만 가보게나. 하 아가씨, 이리 오시구려. 그래 무엇 때문에 오셨소?"

유옥은 자기 자신에게 어이가 없어 웃음이 나왔다. 마침 중년인이 나서서 여인을 안으로 들이지 않았다면 소리 내어 웃었을지도 몰랐다.

'어이가 없군. 구관의 그 지독한 육탄 공세도 견딘 나이거늘, 평범해 보이는 여인의 눈빛에 흔들리다니. 아직 멀었군, 멀었어. 피로써 천왕의 율을 지켜야 할 사람이……'

여인이 들어가자 유옥은 쓴웃음을 지으며 밖으로 나섰다.

그때다.

"이보게!"

중년인의 목소리가 들렸다. 한데 어째 자신을 부르는 것만 같다.

슬쩍 고개를 돌리자 자신을 향해 손을 흔들고 있는 중년인이 보였다. 이리 와보라는 손짓이었다.

"저 말입니까?"

"거기에 자네 말고 누가 있나?"

맞는 말이었다. 근처에는 아무도 없었다. 그러니 자신을 부른 게 분명했다. 왠지 바보가 된 느낌에 유옥의 입가로 쓴웃음이 그려졌다.

'내가 왜 이러지?'

다시 안으로 들어가자 중년인이 손을 내밀었다.

"그 책 잠시만 줘보게."

의아했지만 유옥은 세 권의 책을 내밀었다.

중년인은 그중의 한 권을 쑥 빼고는 두 권만 유옥에게 건네줬다.

"사흘 동안 그 두 권을 보기도 빡빡할 테니, 이 책은 나중에 보게나."

하긴 틀린 말도 아니다. 자신은 이야기책을 읽으려는 것이 아니니까.

한데 중년인의 행동에 여인이 제지하고 나섰다.

"아저씨, 다른 분이 먼저 빌린 것을 뺏으면 어떡해요?"

"어허, 걱정 마시게나. 천하의 천양화가 보겠다는데 누가 감히 양보를 안 한단 말인가?"

"아저씨도 참. 그럼 안 되죠. 먼저 빌린 분이 있다면 당연히 그게 누구라도 나중에 봐야 되는 거라구요. 저도 이 책 나중에 봐도 돼요. 그러니 저분 주세요."

"그게 아니라니까 그러네."

유옥은 자꾸 여인의 말에 끌려 들어가는 자신이 마음에 걸렸다. 가만히 서 있으면 하루 종일 있어야 할지 모른다는 엉뚱한 생각마저 들었다. 그래서 조용히 나섰다.

"저는 이 두 권 보는 것만으로도 날을 새야 할지 모릅니다. 그러니 그 책은 아가씨께서 먼저 보십시오."

여인이 살짝 붉어진 얼굴로 유옥을 빤히 바라보았다. 그러다 눈이 마주치자 후다닥 눈을 돌리고 기어 들어가는 목소리로 말했다.

"그래도… 되겠어요?"

"물론입니다!"

유옥은 자신도 모르게 큰 소리로 대답했다. 그리고 순간적으로 후회했다.

'끄응.'

"훗!"

동시에 짧은 웃음소리가 여인의 붉은 입술을 비집고 새어 나왔다.

유옥은 고개를 비스듬히 돌리고 멋쩍은 표정을 지었다.

'미치겠군.'

"풋! 호호호!"

끝내 그녀가 웃음을 터뜨렸다.

"그럼 저는 먼저 가보겠습니다, 천양화 아가씨."

유옥은 당당한 걸음으로, 빠르게, 도망치듯이 자리를 떴다. 그러자 뒤에서 작으면서도 또렷한 목소리가 들려왔다.

"제 이름은 천양화가 아니라, 하은설이라구요."

목소리가 귀를 타고 가슴으로 스며들더니, 벌떡거리는 심장에 깊게 새겨졌다.

한데 그 이후가 더 문제였다.

미칠 일이었다.

절혼대의 거처까지 가는데 아무런 생각도 나지 않았다.

빠르게 걸어가는 그를 지나가던 여인들이 몽롱한 눈빛으로 바라보는데도 눈길 한 번 돌리지 않았다.

손에 들린 책을 잃어버리지 않은 것이 다행일 지경이었다.

유옥은 절혼대의 건물이 보이자 딱딱하게 굳은 얼굴로 월동문을 통과해 안으로 들어갔다.

때마침 방에서 나오던 사진옥이 그 모습을 보더니 움찔 어깨를 떨었다.

"무슨 안 좋은 일이라도……?"

유옥은 홱 고개를 돌려 사진옥을 굳은 눈으로 쳐다보고는 안으로 들어갔다.

"진옥! 다들 모이라고 해."

사진옥은 멍하니 방으로 들어가는 유옥의 뒷모습을 바라보았다.

'대체 무슨 일이야? 나가서 누구하고 한바탕했나? 어떤 새끼가 겁도 없이 대형을 건드린 거야?

다행히 염려했던 것처럼 누구와 다툰 것은 아닌 듯했다. 그런데도 왠지 알 수 없는 실망감에 서운한 마음이 드는 사진옥이었다.

사진옥이 조금은 맥 빠진 목소리로 되물었다.

"그러니까 천양원에 대해서 알아보라, 이 말이지?"

"음, 특히 그 가족들의 구성원을 최대한 자세히 알아봐."

"알았어."

고후명이 이유를 알지도 못하면서 자신있게 대답했다.

유옥은 괜히 미안한 마음에 자신을 닦달했다.

'천유옥아, 너 지금 무슨 짓을 하고 있는 거냐? 후우우……. 미친 놈!'

물론 천양원을 조사하는 일 자체가 잘못된 것은 아니었다. 언젠가는 해야 할 일이었으니까. 다만 그 시기와 이유가 타당하지 않다는 것이 문제일 뿐.

그렇다고 사실대로 말할 수도 없는 일이었다.

'끄응!'

유옥은 어색한 마음을 숨기기 위해 얼굴에 잔뜩 힘을 주고서 사진옥을 바라보았다.

"아까 다급히 나가던데, 무슨 일이라도 있었어?"

기다렸다는 듯 사진옥이 입을 열었다.

"천기원에 십팔마신이 들락거린다는 소문이 있어서."

그 말에 유옥의 표정이 굳어졌다.

"십팔마신이? 무엇 때문인지 알아봤어?"

십대장로와 십대호법이 천왕대전을 받치는 기둥이라면, 십팔마신은 교주의 손발과도 같은 존재들이었다.

천왕교 최강의 척살대!

그들의 움직임에는 반쯤 교주의 뜻이 담겨 있다고 봐야 했다.

"그것 때문에 유혼대의 대주하고 술 한잔하고 오는 길이야. 사실인 것 같아. 정확한 사유를 알기는 어렵지만, 어렴풋이 들은 말로는 집마원이 천기원에 뭔가 압력을 넣고 있는 것 같다고 해. 십팔마신은 그것 때문에 양쪽을 중재하기 위해 교주가 보낸 사자인 것 같고."

"압력?"

"무슨 압력인지는 아직 모르겠어. 다만 단주가 언젠가 한 말이 있어. 한바탕 전쟁이 날지 모르니 칼을 잘 갈아두라더군. 처음에는 강호의 문파들과 무슨 일이 생겼나 했는데, 이제 생각해 보니 내부의 전쟁을 말하는 것 같아."

유옥의 눈이 깊어졌다.

풍백이 전해준 것은 주로 조직과 인물들에 대한 것과 전체적인 분위기에 대한 것일 뿐이었다. 해서 사진옥 등을 시켜 바닥을 훑게 했다.

하지만 지난 보름 동안 정보를 모았어도 기껏해야 수박 겉 핥기 정도였다. 아마 직접적으로 활용할 수 있을 정도의 정보를 모으려면 빨라야 한 달, 아니면 석 달 정도가 걸릴 것 같았다.

한데 마침 천왕교를 지탱하고 있는 거대 세력 중 두 군데가 신경전을 벌이는 듯했다.

과연 좋은 일일까? 아니면 나쁜 일일까?

'이제 시작이야. 처음부터 너무 많은 것을 바랄 수는 없겠지.'

"진옥이와 유상이는 그 일에 대해 더 자세히 알아보고, 예종이 하고 후명이, 너희는 천양원에 대해 알아봐."

"알았어. 그런데 대형이 왜 그렇게 천양원에 대해 신경 쓰는 거지?"

'여자 때문이야.'

그렇게 말할 수는 없는 일.

속으로 움찔한 유옥은 억지로 힘을 주어 말했다.

"천양원은 천왕교 삼원 중 하나다. 현재는 중립을 지키고 있지만, 그곳의 움직임에 따라 상황이 달라질 수가 있어. 변수는 항상 예의 주시해야 하는 것이 병법의 첫걸음이지."

과연!

네 사람이 감탄한 눈빛으로 유옥을 쳐다보았다.

하지만 유옥은 눈빛 한 점 흔들리지 않고, 오히려 더욱 무거워진 목소리로 네 사람을 짓눌렀다.

"조심해. 아차하면 나락으로 떨어지니까."

'휴우, 뭐 하는 짓인지······. 그냥 솔직히 털어놓을까?'

이틀 후, 천양원의 구성원에 대한 정보가 유옥에게 전달되었다. 그중에는 풍백이 준 책에 없는 내용도 제법 많았다.

"알다시피 천양원은 천왕교의 모든 물품을 조달하는 곳이야. 그곳의 원주는 천양수 하천광이고, 그에게는 세 명의 아들이 있어. 그리고 그 세 명의 아들이 모두 일곱 명의 자식을 두었어. 아들이 여섯이고 딸이 하나야."

고후명이 가족사를 읊더니 다음 단계로 넘어갔다.

"무사들은 총 삼백 명 정도. 다른 곳에 비하면 반밖에 되지 않아. 하지만 아무도 천양원을 무시하는 사람이 없어. 그만큼 정예화되어 있기 때문이기도 하고, 하천광의 그늘이 크기 때문이기도 해. 게다가 고위급들은 혈연으로 서로 묶여 있어서 어지간한 일이 아니면 서로를 존중해 주고 있는 상황이야. 물론 서로 못 잡아먹어서 한인 천기원과 집마원만 빼고."

유옥은 고후명의 말을 들으며 정리된 책자를 읽어갔다.

아직 먹물도 제대로 마르지 않은 책자에는 빼곡히 천양원에 대한 내용이 쓰여 있었다. 고후명의 성격을 그대로 보는 듯했다.

그러다 문득, 유옥의 시선이 한 사람의 이름에 고정되었다.

하은설.

그녀의 이름이었다.

그다음부터는 고후명의 목소리가 제대로 들리지 않았다. 한쪽 귀로 들어와 환청처럼 울리다 다른 쪽 귀로 바로 빠져나갔다.

그렇게 한참이 지났을 때다. 다음 장을 넘기던 유옥의 이마에 주름이 하나 그어졌다. 뭔가가 자꾸 그의 신경을 건드리고 있었다.

유옥은 간신히 정신을 차리고 앞장으로 다시 책자를 넘겼다.

그러자 하은설의 이름 앞에 쓰인 글이 눈에 들어왔다.

'하천광의 첫째 아들이자 하은설의 아버지인 천옥당주 하경원의 아내가 백리아연? 그럼 혹시 백리가의 여인?

천왕곡의 내부에서 혼인이 이루어지다 보면 수많은 사람들이 혈연으로 묶이는 것은 어쩌면 당연한 결과였다.

하지만 지금 상황에서 백리가의 여인이 천양원의 맏며느리라는 것은 분명 단순한 일이 아니었다.

"하경연의 아내인 백리아연이라는 여인이 천기원의 여인인가?"

고후명이 즉시 대답했다.

"맞아. 그녀는 가주인 백리종무의 사촌 여동생이야."

기이한 느낌이 유옥의 뇌리 한구석에 자리 잡았다. 그리 좋은 느낌은 아니었다.

하천광이 아무리 대쪽 같은 인물이라 해도 며느리 가문의 일을 나 몰라라 할 수는 없을 것이 아닌가.

그때 고후명이 넌지시 말했다.

"그런데 은밀히 도는 소문을 들어보니까, 하원주의 둘째 아들이 유독 그녀를 좋아하지 않는다고 하는 것 같더라고."

유옥의 눈빛이 반짝 빛났다.

갈수록 좋지 않은 느낌이 강해지고 있었다.

"일단 주시만 하고 너무 가까이 접근은 하지 마라. 생각보다 복잡할 수도 있겠어. 그리고 명심해. 아무리 좋은 정보라도 너희의 안전만은 못하니까 절대 무리하려 하지 마라."

"알았어, 대형."

네 사람의 얼굴에 밝은 웃음이 피어났다.

믿음이 가득 담긴 웃음이었다.

그제야 유옥도 조금은 머쓱해진 표정으로 피식, 마주 웃었다.

'하은설에 대한 알아보려다 엉뚱하게 좋은 정보를 얻었군.'

그로부터 사흘간은 아무 일도 없이 조용히 흘렀다.

한데 닷새가 되는 날 아침이었다. 사진옥이 굳은 얼굴로 유옥을 찾아왔다.

"일이 터졌어."

첫마디부터가 심상치 않았다.

유옥이 직설적으로 물었다.

"누가 일을 벌인 거지?"

"천기원."

유옥이 사진옥을 응시했다.

뜻밖이었다. 생각대로라면 집마원이 먼저 칼을 들어야 했다. 한데 천기원이라고 한다.

사진옥이 빠르게 상황을 설명했다.

"집마원에서 몇 년에 걸쳐 계획한 새로운 조직개편안을 천왕대총회에 내놓았는데, 천기원의 오사(五土)가 정면으로 거부하는 안건을 내놓았어. 그 바람에 집마원의 분위기가 초상집 같은 분위기야. 금방이라도 천기원에 쳐들어가서 한바탕 일을 벌일 것 같아."

"천기원의 대응은?"

"조용해. 너무 조용해서 이상할 정도로."

아마도 상대가 움직이기를 기다리며 일을 벌인 듯하다.

"여우들답군."

유옥이 눈을 가늘게 뜬 채 몸을 일으켰다.

"준비하자."

"준비? 무슨 준비?"

사진옥의 칼날 같은 눈이 조금 크게 떠졌다.

"곧 어떤 명령이 떨어질 거다. 내분이 이는 것을 누구도 바라지 않을 테니까."

그 말에 사진옥의 날카로운 눈빛에서 섬광이 번뜩였다.

"그렇군. 미처 생각을 못했어."

사진옥은 나가자마자 상유상과 예종을 시켜 대원들을 집합시키도록 했다. 그리고 일각이 지났을 즈음, 신월단주의 이름으로 대주들을 소집하는 명령이 떨어지자 기다렸다는 듯 단주의 처소로 달려갔다.

신월단에 갔던 사진옥은 절혼대를 나선 지 이각가량이 지나서야 돌아왔다.

돌아온 사진옥의 얼굴은 살짝 상기된 표정이었다.

"대주, 뭐 좋은 일이 있었나 본데?"

미리 대원들을 집합시킨 상유상이 은근한 눈빛으로 물었다.

사진옥이 살짝 고개를 끄덕이고 입을 열었다.

"단주께 우리가 모여서 명이 떨어지기를 기다리고 있다고 했지."

"호오, 우리 냉혈성 대주가 단주께 칭찬 좀 들었겠군."

상유상과 나란히 서 있던 장한 하나가 눈을 가늘게 뜨고 비

웃는 듯한 말투로 끼어들었다. 그는 절혼대의 일조 조장인 평일산이었는데, 그는 서른한 살로 본래 절혼대의 대주 자리에 오를 자였다. 사진옥과의 비무에서 패하지만 않았다면 말이다.

그래선지 사진옥을 대하는 자세가 그리 곱지 않았다.

사진옥도 그의 마음을 아는지라 그동안 그를 그리 박대하지 않았었다. 하지만 이제는 아니었다.

대형인 천유옥이 있는 자리에서까지 수하에게 조소를 받고 싶지는 않은 것이다.

'언제 한번 제대로 손을 봐야겠어.'

그런 마음 때문인지 사진옥의 목소리가 평소보다 싸늘하게 흘러나왔다.

"평 조장, 공식적인 일을 처리하는 자리다. 말을 조심하고 명을 기다리도록."

평일산은 입꼬리를 비틀며 고개를 살짝 끄덕였다.

"누가 뭐랬소? 그냥 그렇다는… 헛!"

하지만 그는 말을 다 뱉지도 못하고 허공에 떠오르는 신세가 되고 말았다. 태연히 뒤로 다가간 천유옥이 갑자기 그의 목덜미를 잡아 들어올린 것이다.

"조장이면 조장답게 구시오."

"네, 네놈이……!"

"상사를 우롱하는 자는 죽어도 싸지. 목뼈가 부러지고 싶다면 더 해도 좋소."

유옥이 말을 하며 손아귀에 힘을 주었다.

고저없는 나직한 음성. 순간적으로 평일산의 안색이 하얗게 탈색되었다.

사진옥이 그런 평일산을 노려보며 싸늘히 말했다.

"공무 때문에 살았음을 명심하도록. 유옥, 놔줘라! 그 일에 대해선 나중에 따지겠다!"

유옥이 아무렇게나 휙 던지자 평일산의 몸이 땅바닥에 나뒹굴었다.

그제야 사진옥은 남들 몰래 유옥에게 눈을 찡긋하고는 대원들에게 다시 명령을 내렸다. 조금 전보다 더 힘이 들어간 목소리로.

"우리는 천기원의 경비를 보강하는 데 투입될 것이다. 당분간 개인행동은 금할 것이니 그리 알아라!"

"예, 대주!"

2

유옥은 사진옥의 보좌 무사인만큼 천기원의 경비를 서면서도 보다 자유롭게 다닐 수가 있었다. 경비의 책임사인 질혼 대주는 어지간한 곳은 모두 돌아다닐 수가 있었으니, 그저 가고 싶은 곳을 사진옥에게 말만 하면 되었던 것이다.

하지만 그것도 외원에 한정된 것일 뿐이었다. 천기원의 안쪽은 자신들이 책임진다며 절혼대를 안으로 들이지 않았던 것이다.

'잘하면 들어갈 수 있지 않을까 했는데.'

유옥은 서운한 마음을 억누르고 머릿속에 외원의 나무 한 그루, 바위 하나까지 모두 새겨 넣으며 기회가 오기만을 기다렸다.

한데 사흘째 되던 날, 뜻밖의 사건이 유옥에게 행운을 가져다주었다. 절혼대가 순찰을 도는 시간에 몇 사람이 천기원을 방문한 것이다.

상당히 시끄러운 손님들이었다. 그리고 행운을 가지고 찾아온 손님들이었다.

유옥이 사진옥과 함께 내원의 담장을 따라 반쯤 돌고 있을 때였다.

"무슨 일로 천기원을 방문하신 것인지요?"

평일산의 목소리가 들리고, 곧이어 카랑카랑한 목소리가 뒤를 이었다.

"귀왕전의 아가씨께서 백리 공자님을 찾아뵙고자 오셨다. 감히 네가 막을 수 있는 분이 아니니 비켜라!"

귀왕전?

유옥과 사진옥의 눈이 마주쳤다.

"저들이 왜 여기에 왔지?"

사진옥의 의문에 유옥의 눈이 깊어졌다.

그동안 천기원과 집마원의 암투에도 관심을 보이지 않고 틀어박혀 있던 자들이 바로 귀왕전이었다. 한데 그런 그들이 천기원을 찾아왔다는 것은 또 다른 바람이 불기 시작했다는 말과도 같았다.

'어쩌면 기회가 될지도 모르겠군.'

"일단 가보자."

유옥은 사진옥을 재촉해 입구 쪽으로 돌아갔다.

그러자 갈의와 청삼을 입은 두 명의 중년인과 늘씬한 몸매를 녹의 경장으로 감춘 차가운 인상의 키가 큰 여인이 보였다. 셋 다 대단한 기운을 안으로 갈무리한 사람들이었다.

특히 자신들보다 한두 살 많아 보이는 여인은 많은 사람을 부려본 듯 도도함과 위엄을 함께 지니고 있었다.

'귀왕전의 아가씨라 했지? 그럼 저 두 사람도 결코 평범한 신분은 아니겠군.'

두 사람은 진땀을 흘리며 그들을 막고 있는 평일산의 뒤로 다가갔다.

"평 조장, 무슨 일인가?"

평일산은 이때라는 듯 재빨리 골칫거리를 사진옥에게 넘겼다.

"대주, 이분들이 안으로 들어가시겠다고 합니다."

"신분은 확인했는가?"

"귀왕전에서 오신 분이라 합니다."

사진옥의 미간이 살짝 찌푸려졌다.

"신분을 확인했는가 말이다!"

사진옥이 인상을 쓰자 두 중년인 중 갈의를 입은 중년인이 가소롭다는 투로 말하며 앞으로 나섰다.

"애송이, 내가 왜 너희에게 신분을 밝혀야 한단 말이냐?"

앞으로 나선 갈의중년인을 보고 유옥이 조용히 말했다.

"교주님의 명이오."

사진옥을 비롯해서 갈의중년인과 청의중년인, 그리고 여인마저 표정이 굳어졌다.

신월단이 천기원과 집마원의 암투에 끼어들게 된 것은 천왕대전에서 떨어진 명령 때문이었다.

완충 지대 역할로 말이다. 하니 유옥의 말은 조금도 잘못된 말이 아니었다.

'교주의 명이오!'

감히 그 말에 누가 토를 달 수 있단 말인가.

"끄응."

마땅한 대답을 찾지 못한 갈의인이 신음을 흘리며 사진옥과 유옥을 노려보았다. 힘으로 눌러 버리겠다는 듯.

사진옥과 유옥은 꿈쩍도 하지 않고 마주 바라봤다.

"신분을 밝혀야 들어가실 수 있습니다."

사진옥이 은근히 힘이 나는지 갈의중년인을 재촉했다.

별수없다 생각했는지 갈의중년인이 눈빛을 풀고 말했다.

"내 미처 몰랐구나. 신월단에 이런 놈들이 있었다니. 좋다, 말하지. 나는 귀왕전의 오구상이라 한다. 그리고 저 사람은 여간중, 그리고 저분은 전주님의 따님이신……."

그의 말을 끊고 여인이 입을 열었다.

"내 이름은 선우진진이다."

순간 사진옥의 손에 절로 힘이 들어갔다.

칠귀(七鬼)!

눈앞의 두 사람이 귀왕전의 살아 있는 귀신이라는 칠귀 중 도귀(刀鬼)와 산귀(傘鬼)다.

거기다 여인은 귀신들의 여왕이라는 귀화선자(鬼華善子) 선우진진이 아닌가!

그 이름은 뱃속이 온통 간으로만 이루어졌다는 사진옥조차 놀라지 않을 수 없는 이름이었다. 비록 자신이 칠성으로 불린다고는 하지만, 그것은 일반 무사들 사이에서일 뿐, 선우진진과는 눈을 마주치는 것조차 힘들 정도로 신분의 차이가 있었다.

사진옥이 놀란 눈을 한 채 잠시 대답을 못하자 유옥이 또 나섰다.

"한데 무슨 일로 오셨습니까?"

선우진진이 살짝 치켜 올려진 눈으로 묘한 눈빛을 지으며 유옥을 직시했다.

"백리 공자를 만나러 왔다."

그 말이 떨어진 순간, 유옥의 눈 깊은 곳에서 찰나간 떨림이 일었다.

백리 공자. 그리 불릴 사람은 오직 한 사람뿐이다.

천기공자라고도 불리는 백리군악!

사람들은 그를 무정마유(無情魔儒)라 부른다 했던가?

'그러니까, 내 친구를 찾아왔단 말이지?'

떨림이 가라앉은 유옥의 눈에 흥미가 일었다.

"약속이 되어 있습니까?"

"약속이 되어 있어야만 들어갈 수 있다는 말은 아니겠지?"

"그건 아닙니다. 다만 통보해 드리기가 조금 더 쉽기 때문에 묻는 것일 뿐이지요."

선우진진이 여전히 유옥을 똑바로 바라본 채 짤막하니 대답했다.

"그래? 그럴 줄 알았으면 미리 약속을 하고 오는 건데, 귀찮게 됐군."

순간 유옥의 눈이 반짝 빛을 발했다.

찰나에 수많은 생각이 머릿속에서 교차하더니, 결론이 빛보다 더 빠르게 맺어졌다.

"하면 천기원에 대해 잘 아십니까?"

"장원 안에는 한 번도 들어가 보지 못했지. 뭘 감추고 싶은 게 그리 많은지 대문을 꼭꼭 걸어 잠가서 말이야."

그 말에 유옥이 무심히 고개를 끄덕이며 말했다.

"그럼 저희가 안내해 드리지요. 괜찮겠습니까?"

선우진진이 그녀답지 않게 호탕한 목소리로 명령을 내렸다.

"그것도 좋지! 네가 앞장서라!"

유옥은 사진옥을 바라보았다.

사진옥의 눈은 딱딱하니 굳어져 있었다. 자신이 왜 난데없이 안내를 자처하는지 그 이유를 알기 때문일 터였다.

"뭐 해?"

유옥의 전음에 사진옥이 이를 지그시 깨물었다.

대형이 귀화선자를 앞세워 천기원에 들어가려 한다.

얼핏 생각하면 당연한 임무 같지만, 절대 아니다! 자신들의 임무는 외원의 경계 임무지 손님을 안으로 안내하는 것이 아니니까.

환장할 일이다.

그래도 어쩔 수 없다.

대형이 저렇게 원하는데 까짓거!

'제기랄! 나도 모르겠다! 설마 죽이기야 하겠나?'

이판사판이었다.

"따라오시지요. 유옥, 네가 앞장서라!"

사진옥이 유옥을 향해 소리쳤다. 자신을 궁지에 몰아넣은 게 괘씸해서 완전히 수하 다루듯이.

"뭐 해? 빨리빨리 움직이지 않고!"

"이번 한 번은 봐준다."

유옥의 전음이 귓속을 파고드는데도 사진옥은 은근히 쾌감이 느껴졌다.

'기회가 되면 자주 써먹어야겠군. 이때가 아니면 언제 대형을 부려먹겠어? 흐흐흐……'

하지만 유옥은 사진옥의 속마음에 신경 쓸 정신이 없었다.

마침내 백리군악이 살고 있는 천기원에 들어가게 된 것이다. 그것도 정문을 통해서.

3

천기원의 내원에 들어서자 만발한 온갖 기화이초가 들어선 이들을 맞이했다.

은은한 화향, 바람에 춤추는 형형색색의 꽃.

정원은 감탄이 절로 터져 나올 만큼 아름다웠다.

그러나 유옥은 난생처음 보는 아름다운 광경을 보고도 감탄할 여유가 없었다.

언뜻 보면 무질서한 듯했지만, 단순한 꽃조차 나름의 규칙을 가지고 질서정연하게 심어져 있었다.

게다가 곳곳에 심어진 나무와 정원의 거대한 암석은 그 배치가 워낙 교묘해서, 누구든 들어선 사람은 내원의 건물을 일부분밖에는 볼 수가 없게 되어 있었다.

'아버지 말대로군. 상당히 절묘하게 배치되어 있어. 잘못 들어가면 당장 기문진이 발동하거나 기관이 작동하게 되어 있다고 했지, 아마?'

의부가 말하길, 서너 번은 들어가 봤다고 했다. 그럼에도 깊은 곳은 들어가지 못했다고 했다. 부순다면 몰라도 흔적없이 침입하기가 그만큼 어려운 곳이라는 말이었다.

'책으로 조금 공부한 것 가지고는 입구도 통과하지 못하겠군.'

유옥이 주위를 자세히 살피며 십여 장 정도 들어갔을 때다. 두 사람이 거대한 암석 사이에서 나오더니 앞을 가로막았다.

"멈추시오!"

단정한 백의를 입은 삼십대의 서생이었다.

하나 그것은 겉보기일 뿐이었다. 유옥은 두 사람의 내면에 깃든 기운이 제법 강하다는 것을 느끼고 의외라는 생각이 들었다.

'일개 위사의 무공이 저 정도라니.'

언뜻 봐도 절혼대의 무사들보다도 더 강해 보였다.

"무슨 일로 오셨습니까?"

오른쪽의 서생이 눈살을 찌푸리며 물었다.

사진옥이 대답했다.

"귀왕전의 선우진진 낭자께서 도귀와 산귀, 두 어른과 함께 백리 공자를 만나뵈러 오셨소이다."

최대한 세 사람의 신분을 강조해 말한 게 먹혀들었는지 두 서생의 눈이 휘둥그레졌다.

그 바람에 그들은 유옥과 사진옥이 왜 이곳까지 들어왔는지에 대해선 추궁할 생각도 못했다.

"귀왕전에서 무슨 일로?"

좌측의 서생이 얼떨결에 묻자 도귀 오구상이 버럭 소리쳤다.

"백리 공자를 뵈러 오셨다고 하지 않더냐? 안에 기별을 넣어라!"

"잠시만 기다리시지요. 윗분께 전갈을……."

좌측 서생의 말에 선우진진이 차갑게 소리쳤다.

"흥! 나더러 이곳에 서서 기다리라, 그 말인가?"

'잘한다!'

유옥은 내심 선우진진의 목소리가 더 커지기를 바라며 들릴 듯 말 듯 작게 중얼거렸다.

"집마원과 귀왕전이 가까운 사이라는 소문이 돌던데, 그것 때문에 저러는가 보군."

아무리 작게 중얼거렸다지만 선우진진이 못 들었을 리 없었다. 선우진진이 가느다란 눈썹을 치켜 올리며 빽 소리쳤다.

"왜 머뭇거리는 것이냐! 저잣거리의 소문 때문에 감히 본전을 무시하겠다는 말이냐!"

선우진진의 분노는 결국 유옥과 사진옥마저 천기원의 내원 천기각 앞에까지 가게 했다.

미리 안으로 들어간 서생이 소식을 알렸는지 천기각 앞에는 세 명의 중년인이 나와 있었다. 그중 가운데 서 있던 중년인이 허리를 조금 숙이며 입을 열었다.

"격안당주(格安堂主) 백리종연입니다. 귀왕전의 아가씨께서 어인 일로 오셨는지요?"

당주의 지위로는 결코 선우진진의 기세를 꺾을 수 없었다. 그녀는 턱을 치켜들고 냉랭히 말했다.

"동생 일로 백리 공자를 만나러 왔어요."

"동생이시라면, 선우소소 아가씨?"

"맞아요."

백리군악은 두 사람이 이야기를 나누고 있는 동안에도 끝내 모습을 보이지 않았다. 아쉬운 일이었다.

하나 아쉬움은 아쉬움. 유옥은 빠르게 천기각 일대의 기운을 살펴봤다.

적어도 절정의 경지를 밟았을 것으로 추정되는 강한 기운이 셋 이상 느껴졌다.

놀라운 일이었다. 이곳에만도 셋이 있다면, 천기원 선제적으로 절정의 고수만 열은 된다는 말이 아닌가.

단순히 숫자로만 보면 집마원에 비해 반도 안 되는 숫자였다. 그러나 무력으로만 평가할 수 없는 곳이 바로 천기원이었다.

'여우굴에 늑대도 제법 있단 말이군.'

그때, 선우진진과 몇 마디 주고받던 백리종연이 유옥과 사진옥을 보고 눈살을 찌푸렸다.

"그대들은 절혼대의 무사들 같은데, 왜 이곳까지 들어온 것인가?"

이미 기분이 상해 있던 선우진진이 대신 나섰다.

"저 사람들은 우리를 안내했을 뿐이에요. 우리를 이곳에 세워두고 지금 그걸 추궁하자는 건가요?"

그녀의 날 선 목소리에 백리종연이 황급히 허리를 숙였다.

"어찌 그럴 리가. 뭐 하는가? 세 분을 안으로 모시지 않고."

선우진진이 안쪽으로 눈을 돌리더니 싸늘히 비아냥거렸다.

"흥! 백리 공자께서 대단한 분이라 들었는데, 정말인가 보군요. 나와보지도 않다니."

"공자께선 천기선원에서 기다리십니다. 일단 들어가시지요."

선우진진은 힐끔 유옥 쪽을 바라보았다. 그러더니 마지못한 듯 안으로 걸음을 옮겼다.

그제야 백리종연이 유옥과 사진옥을 돌아보고 차가운 어

조로 말했다.

"그만 나가서 일 보게나. 수고하는 것은 알지만, 지나치면 아니함만 못한 일. 조심해서 행동하게나."

"그럼 물러가겠습니다."

사진옥이 가볍게 포권을 취하며 돌아서자 유옥도 돌아섰다. 이미 천기원의 내부에 어린 기운을 어느 정도 파악한 뒤였다. 군악을 보지 못한 것이 아쉽긴 하지만 어쩔 수 없었다.

'어쨌든 오늘 일로 계획이 조금 더 앞당겨질지도 모르겠군.'

돌아선 유옥의 입가로 싸늘한 웃음 한줄기가 스쳐 지나갔다.

백리군악은 전각의 이층 창문을 통해 밖을 바라보았다.

밖으로 향하는 두 사람이 보였다.

한 사람은 사진옥, 그리고 한 사람은…… 바로 그였다. 천유옥!

'며칠 전 너에 대한 정보를 접하고 얼마나 놀랐는지 아느냐? 당장 달려가려는 내 다리를 말리느라 얼마나 몸부림쳤는지 너는 모를 거다, 유옥. 발등에 대못을 박고 싶을 정도였으니까.'

백리군악의 입가로 보일락 말락 가느다란 웃음이 걸렸다. 그러다 찰나간에 사라졌다.

'네가 무슨 일을 하려는지 안다. 해서 걱정이다. 행여 내 가슴에 다시 뜨거운 피가 돌 것 같아서 말이다.'

그가 깊고 길게 숨을 들이쉴 때다.

"얻고자 하면 잊는 것도 확실히 해야 한다."

뒤에서 짙은 안개비에 젖은 듯한 음울한 목소리가 들려왔다.

"그럴 생각입니다, 외숙부."

"잊지 말아야 할 것이다. 네 친아비가 어떻게 죽어갔는지."

"솔직히 지금도 실감이 가지 않습니다. 워낙 어린 시절의 기억이라. 하나 그렇다고 해서 잊었다는 것은 아닙니다."

이제 그날의 일을 대부분 기억에 떠올릴 수가 있었다. 모든 것이 무너진 그날의 일을……

한 사람이 다리가 잘린 채 몸부림치고 있었다.

"아이와 아내만은 살려주시오. 아이와 아내가 무슨 잘못이 있단 말이오? 제발! 나만 죽이면 되지 않겠소?"

다섯 살짜리 아이는 여인의 치마폭에 감싸여서 그 말을 들었다.

여인은 행여 아이가 그 모습을 볼까 봐 안간힘을 다해 아이를 다리 사이에 파묻었다.

아버지가 소리친다. 엄마와 자신을 살려달라고.

아버지는 왜 저 사람들에게 사정을 하는 걸까?

조금 전만 해도, 아버지와 엄마와 자신은 이제 겨우 걸음을 뗀 여동생을 옆에 두고 웃으면서 아침을 먹었다.

한데 깔깔거리며 밥을 먹은 지 얼마 되지 않아 아버지가 끌려갔다. 그리고 곧이어 엄마와 자신도 우는 동생을 놔둔 채 이곳으로 끌려왔다.

피가 보였다.

붉은 피. 너무도 붉어 붉은 모란꽃이 돌로 된 바닥을 가득 덮은 것처럼 보였다.

아이는 곧 그것이 아버지의 피란 것을 알았다.

겁먹은 눈이 화석처럼 굳어졌다.

동시에 엄마의 비명 소리가 터져 나왔다.

허공이 칼로 찢겨 나가는 듯한 비명이었다.

"아악! 여보!"

그러더니 곧, 엄마가 치마로 멍하니 서 있는 자신을 감쌌다.

그 이후로는 아무것도 볼 수 없었다.

'엄마, 무서워요. 아버지가 왜 저기서 피를 흘리고 있는 거죠?'

그때 누군가가 나섰다.

"아이와 여자는 살려주시오! 율에 따르면, 직접 죄를 짓지 않는 한 그 가족을 죽여서는 안 된다 했소. 천왕의 율을 어길

셈이오? 원한다면 내가 대신 뇌옥에 갇히겠소!"

한참 동안 조용했던 것 같다.

그러더니 듣는 것만으로도 온몸이 조여드는 목소리가 들렸다.

"천왕의 율을 어길 수는 없지. 계집과 아이들은 놓아주어라."

"안 돼요, 오라버니! 오라버니가 무슨 죄가 있다고 뇌옥에 갇힌단 말이에요!"

엄마가 몸부림치며 소리쳤다.

자신은 그저 도망치고만 싶었다.

아버지가 피를 흘리고 있는데도 무섭기만 했다.

외숙부가 아버지 대신 벌을 받겠다고 나서는데도, 자신은 엄마의 다리만 더 세게 붙잡았다.

그때는 몰랐다. 자신이 얼마나 비겁했는지. 얼마나 나쁜 아들이었는지.

백리군악은 얼음장처럼 굳은 얼굴로 뒤를 바라보았다.

한 사람이 거기에 있었다.

"그날, 천왕의 세습에 반대했던 세 명의 만박학사 중 죽은 사람은 네 아버지뿐이었다. 네 아버지를 시기해서 고발했던 나머지 두 사람은 지금 만박당의 주인이 되어 떵떵거리며 살고 있지."

앙상한 가지처럼 **빼빼** 마른 초로인의 눈에서 새파란 빛이 흐른다.

한(恨)이었다.

그렇게 쫓거나 강호를 전전하다 죽어간 여동생에 대한 한. 여동생을 아낌없이 맡길 정도로 좋아했던 친구에 대한 한(恨).

"네 어미와 너희 남매를 찾았다는 보고를 받고, 너무 기뻐서 나는 사흘간 잠을 이룰 수 없었다. 하지만 내가 나설 수는 없었다. 그럼 놈들이 가만있지 않을 테니까. 해서 사람을 샀다. 무려 만금을 주고. 다행히 그는 내가 부탁한 대로 태대원로를 네 앞으로 인도했지. 그리고 내 생각대로 네가 백리가에 들어왔다. 나는 또 사흘간 술을 마시며 울었다. 이제 네 차례다. 모든 것을 네 마음대로 하거라. 내가 그동안 준비한 것이 모두 네 것이니까."

묵묵히 서 있던 백리군악이 조용히 입을 열었다.

"아버지의 마음을 제가 이어갈 겁니다. 그날까지, 저는 모든 것을 포기할 겁니다. 사랑도, 그리고…… 우정도."

그때 방문 밖에서 조심스런 목소리가 들려왔다.

"귀왕전의 선우 낭자를 아래에 모셨습니다, 공자."

"알았네. 곧 가지."

이제 그 첫걸음을 뗀다.

정략이라 해도 상관이 없다.

사랑없이 어떻게 평생을 같이할 거냐는 말은 사치에 불과

하다.

힘을 얻을 수 있다면, 무덤에 누워 있는 시체하고라도 살 수 있는 사람이 바로 나, 백리군악이니까.

정문이 저만치 보일 때쯤이었다.

끈적끈적한 올가미에 목이 감긴 느낌. 등줄기가 소름으로 뒤덮였다.

자신만이 아는 감각이 고래고래 외쳐 대고 있었다.

'누군가가 너를 보고 있다!'

이가 악다물렸다.

이런 느낌으로 다가올 사람은 오직 하나다.

너구나, 군악! 네가 보고 있구나!

그런데 왜 안 부르는 거지? 정말 날 잊은 거냐?

'아냐, 아닐 거야. 아직은 나를 부를 때가 아니기에 참고 있는 걸 거야. 아니면 내 모습이 변하는 바람에 알아보지 못한 것일 수도 있고……. 그런 거지, 군악아?'

왠지 가슴이 답답하다.

천 장 절벽에 놓인 외나무다리를 걷는 것 같은 기분이다.

'그냥 이대로 돌아서서 불러볼까? 뒷일이야 어떻게 되겠지 뭐.'

혼자라면 그랬을지도 모른다. 하지만 곁에는 사진옥이 있다. 그리고 자신으로 인해 의부가, 친구들이 곤란을 당할지도 모른다.

'뭔가 이유가 있으니까 부르지 않는 걸지도 몰라. 하긴 하늘이 무너질 것도 아니고, 땅이 꺼질 것도 아닌데⋯⋯.'

아직 시간은 많았다.

'그래, 오늘은 그냥 가마. 조금만 더 기다려라. 곧 만날 수 있을 테니까.'

움켜쥔 손가락이 손바닥을 파고든다.

심장에 파고드는 기분이다. 진한 통증이 가슴에서 느껴지는 것이다.

사진옥은 내원을 나서며 부르르 어깨를 떨고 슬쩍 옆을 바라보았다.

유옥의 얼굴 근육이 잔뜩 굳어 있었다.

"대형, 왜 그래? 군악이를 만나지 못해서 섭섭한 거야?"

지나가듯이 물었다. 한데 대답이 엉뚱하다.

"자신의 마음을 손으로 가린다 해서 가려질까?"

"무슨 말이야?"

피식 웃은 유옥이 눈을 쳐든다.

"하늘에 구름이 끼었다고 해서 하늘이 구름색인 것은 아니란 말이지."

사진옥도 하늘을 바라보았다.

해만 쨍쨍했다. 구름은 티끌만큼도 보이지 않았다.

그때 유옥의 목소리가 들려왔다.

"구름으로는 결코 하늘을 영원히 가릴 수 없는 법이거든."

그날, 석양이 붉게 타오르기도 전이었다.

절혼대의 앞마당에서 난데없이 찢어진 북을 내려치는 듯한 둔탁한 소음이 들려왔다.

퍽!

"해볼 생각 아니었나!"

퍼벅!

"커억!"

"이기면 그대가 대주 해!"

퍼버벅!

"그, 그만……."

빡!

마지막 일격이 평일산의 옆머리를 후려갈겼다.

털썩!

힘없이 나뒹구는 평일산을 바라보며 사진옥은 싸늘한 눈빛으로 주위를 둘러보았다.

"또 할 사람? 이기면 대주다!"

아무도 나서지 않았다. 평일산의 밑에 있던 일조의 조원들 얼굴은 이미 새파랗게 질려 있었다.

스릉!

사진옥이 도집에서 도를 빼 들었다. 시퍼런 날에서 도기가 꿈틀거리며 뿜어져 나왔다.

"한꺼번에 덤벼도 좋다! 단 이제부터는 진도(眞刀)다! 나설 사람은 다 나와!"

도집째로 평일산을 단 십 초 만에 개 패듯 패는 걸 봤는데 누가 나설까.

사진옥은 도의 시퍼런 날 만큼이나 날 선 눈으로 그들을 보며 말했다.

"지금은 임무를 수행하는 상황, 앞으로 명을 따르지 않는 자는 율(律)에 따라 처리한다! 뒤에서 잡소리하다 내게 걸린 자는 내가 개인적으로 처리한다! 불만있는 사람은 지금 나서라!"

조용했다.

"없나?!"

"없습니다!"

어느 때보다도 큰 목소리다.

사진옥은 도를 도집에 집어넣고 절혼대의 대원 오십 명을 쓱 둘러봤다.

얼어붙은 표정들이다.

'진작 이렇게 할 걸. 짜식들이 말이야……'

그제야 사진옥은 만족한 듯 봄을 돌리며 말했다.

"가서 쉬어!"

방 안으로 들어간 사진옥은 고심에 잠겨 있는 유옥을 향해 어깨를 펴고 씩 웃었다.

"대형, 대형 말대로 정리해 버렸어."

조금 전의 그 난리가 유옥 때문에 벌어진 일이란 말이었다.

"잘했다. 잡을 때 확실히 잡지 않으면, 진짜 어려울 때 힘들어지게 돼."

은근한 목소리. 사진옥은 움찔하며 고개를 끄덕였다. 마음에 걸리는 것이 있기 때문이었다.

"생각은 하고 있었는데, 막상 기회가 되어야지."

다행히 무심히 고개를 끄덕인 유옥이 가라앉은 표정으로 묻는다.

"다들 왔냐?"

상유상과 예종이와 고후명을 말함이었다.

사진옥은 속으로 안도하며 다급히 대답했다.

"유상이하고 예종이는 왔어. 곧 들어올 거야. 그런데 이상하네. 후명이가 왜 이렇게 늦지? 좀 굼뜨긴 해도 이렇게 늦을 놈은 아닌데……."

말을 맺던 사진옥의 고개가 모로 틀어졌다.

유옥의 안색도 그리 좋지 않았다.

고후명은 철저한 것을 좋아한다. 그런 고후명이 아무런 언질도 없이 절혼대의 집합 시간에 오지 않다니.

'아무래도 느낌이 좋지 않아.'

유옥은 생각과 동시에 몸을 일으켰다.

"아무래도 내가 가봐야겠다. 너는 정보를 정리해 놓고 기다려라."

"괜찮겠어?"

유옥이 천천히 고개를 끄덕이며 말했다.

"내 자세히 말하지는 않았지만, 이곳에서 나를 어떻게 할 수 있는 사람은 손으로 꼽을 정도다. 걱정 마라."

사진옥의 눈이 점점 커졌다.

어렴풋이 그럴지 모른다 생각했다. 지옥에서 죽었다고 소문난 사람이 살아서 돌아왔으니까. 자신보다 월등히 강한 무공을 지니고 있었으니까.

그래도 속으로는 '사단의 단주보다는 약하겠지?' 라고 생각했었다.

그런데 말을 직접 들으니 그 정도가 아닌 것 같다.

더 높은 경지, 더 강한 무공을 얻은 듯하다.

"하긴, 우리 대형이니까."

말을 하면서도 왠지 가슴이 벌렁거렸다.

자신이 꼭 그런 고수가 된 것만 같았다.

"갔다 오마."

그래선지 돌아서는 유옥의 등이 조금 전보다도 훨씬 넓어 보였다.

그때 문득, 돌아선 대형의 등을 보자 잘 쓰지도 못하는 글로 오래전에 적어놓은 한 장의 종이 쪼가리가 생각났다.

'가만? 팔관에서 외어온 것을 적어놓은 것이 어디 있을 텐데. 에이, 대형 말대로 그렇게 강하면 이제 필요없을지도 모르겠네. 그거 외우느라 머리 빠개지는 줄 알았는데……'

삼류심법을 익히는 대형이 안타까웠다.

그래서 대형이 익힌 삼류심법과 비슷한 느낌이 드는 구결을 팔관의 천장에서 발견하고는, 대형이 생각날 때마다, 고달플 때마다 소리 내어 외웠다.

자신이 익힌 심법과 완전히 다른데다 앞뒤가 없는 심법 구결이어서 외우는 데 머리가 지끈거릴 지경이었다.

그래도 끝까지 외웠다. 그거라도 하지 않으면 정말 미칠 것 같았으니까.

그랬는데 이제 필요없을지도 모른다는 생각이 들자 조금은 허탈한 마음이 드는 사진옥이었다.

'좌우간 나중에 보여주더라도 찾아보기나 하자. 보고 나서 대형이 웃더라도 할 수 없지 뭐.'

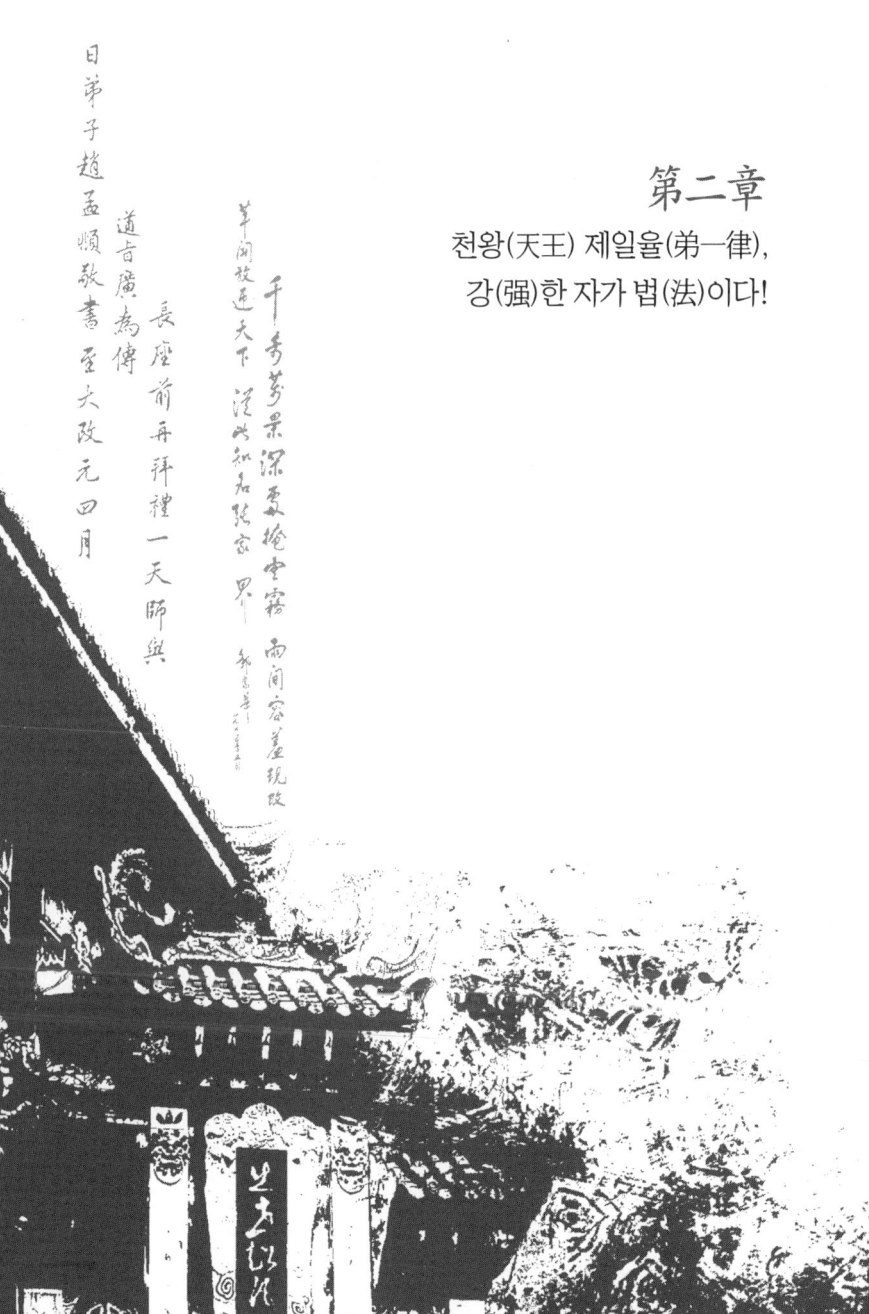

第二章

천왕(天王) 제일율(第一律),
강(强)한 자가 법(法)이다!

死星
天血

　석양 아래 펼쳐진 천양원은 생각보다도 거대했다. 커다란 전각을 중심으로 머리를 맞댄 두 채의 전각이 전면에 보이고, 이십여 채의 건물이 그 뒤로 길게 늘어서 있었다.

　유옥은 붉은빛으로 물들어가는 천양원을 바라보며 빠르게 걸음을 옮겼다.

　석양이 서쪽 절벽 너머로 반쯤 떨어져 있었다.

　고후명이 이제까지 돌아오지 않았다는 말은 한 가지를 의미했다.

　후명이에게 무슨 일이 생겼다. 그것도 매우 안 좋은 쪽으로.

정보만 입수하고 너무 가깝게 접근하지 말라 했는데, 자신의 말을 어기고 안에 들어갔다 들킨 건 아닐까?

그럴지도 몰랐다. 그리고 그리했다면, 그만한 이유가 있을 것이다.

그러나 지금 중요한 것은 그 어떤 것도 아니었다.

불길함이 점점 커져 가는 지금은 후명이를 찾아야 한다는 것, 그것만이 중요할 뿐이었다.

*   *   *

여긴 어딜까?

천양원에서 멀리 떨어진 곳 같은데…….

무릎을 꿇은 채 앞을 바라보았다. 희미한 불빛이 부풀어 오른 눈꺼풀 사이로 파고든다.

하도 얻어맞아서 눈이 잘 뜨이지 않는다.

"왜 우리를 염탐했는지 말해!"

그래도 목소리는 들렸다.

"그냥… 지나가던 길이었을 뿐…….

퍽!

등짝에 몽둥이가 떨어졌다.

털썩 쓰러진 자신의 머리를 몽둥이 끝이 짓누른다.

"흥! 지나가는 놈이 왜 몰래 기어들어 온 것이냐?"

"그냥 호기심에……."

고후명은 억지로 입을 열어 대답했다.

'내가 안 가면 대형과 친구들이 걱정할 텐데 큰일이네.'

그러면서도 악착같이 엉뚱한 생각을 했다. 그렇게라도 하지 않으면 두려움에 입을 열 것만 같았다.

픽!

또다시 몽둥이가 등짝을 후려쳤다.

살이 찢어지고 뼈가 부서지는 고통이 뇌까지 치고 올라왔다.

"호기심 때문에 들어왔다는 놈이 숨어서 엿봐?"

"숨어서 본 것이 아니고……. 으윽!"

목소리의 주인은 꼬꾸라진 채 버둥거리는 고후명의 등을 밟고 냉랭히 코웃음 쳤다.

"흥! 네놈이 끝까지 말을 하지 않겠다면 하는 수 없지. 어디 사지를 하나씩 자르는데도 말하지 않나 보자."

고후명의 터진 입술이 비틀렸다.

예종이 하은설에 대해 이야기했을 때 웃음이 나왔다.

"하은설 이야기만 나오면 대형 눈이 빛나는 거 알아? 이 무래도 이상해. 혹시 말이야, 대형이 천양원 조사하라는 것, 하은설 때문이 아닐까?"

'설마? 대형이 그럴 리가 없어.'

그렇게 생각했다.

그런 한편으로 '하은설의 마음을 한번 떠볼까?' 하는 마음도 슬며시 들었다.

한데 아무리 기다려도 하은설은 보이지 않았다.

'하는 수 없지. 호랑이를 잡으려면 호랑이 굴로 들어가 보는 수밖에.'

그래서 몰래 천양원 안으로 들어가 봤다.

천양원은 천왕교의 물품을 관리하는 곳인만큼 많은 사람들이 드나드는 곳이다. 그러니 자신 하나 정도는 섞인다 해도 그리 표가 나지 않을 거라 생각했다.

그런데 그것이 실수였다. 이들은 전부터 안을 기웃거리는 그를 주시하고 있었던 것이다.

더구나 더 큰 실수가 그다음에 이어졌다.

우연히 천양원의 내원에서 몇 사람이 나오는 것을 보았을 때, 그때라도 뒤돌아섰으면 이리되지는 않았을 것을, 그들이 집마원의 집마사령인 것을 알고 뒤따라간 것이 불행의 시작이었다.

결국 들켰다.

어쩌면 당연한 결과였다. 이놈들은 처음부터 끝까지 자신을 주시하고 있었으니까.

후회의 눈물이 앞을 가렸다.

'대형, 대형 말이 옳았어. 괜히 대형 말을 의심해서…….'

순간, 불에 달군 꼬챙이가 팔꿈치를 파고드는 것 같은 극통에 입이 딱 벌어졌다.

"끄어억!"

"내 말이 헛소린 줄 알았나? 말을 하지 않겠다면 차례대로 네놈의 사지가 잘려 나갈 것이다. 자, 말해봐. 왜 염탐한 거지? 누가 시켰지?"

"나…… 난……. 크으악!"

악마 같은 놈이 반쯤 잘린 팔을 비튼다.

으드득!

뼈가 엇갈리는 소리!

찌이익!

살이 찢어지는 소리!

뇌리가 하얗게 탈색된 고후명의 전신이 바들바들 떨렸다.

"말하지 않을 건가? 하는 수 없군. 다리도 하나 자를 수밖에. 어디 이번엔 톱으로 잘라볼까?"

*　　　*　　　*

유옥은 반쯤 잘려 나간 백매화 나무 사이를 지나 성큼성큼 안쪽으로 들어갔다.

자연스런 걸음걸이인데다, 천양원의 외원이라 할 수 있는 물상당(物像堂)에는 워낙 많은 사람들이 들락거리다 보니 아무도 제지하는 사람이 없었다.

그러기를 일각, 유옥은 물상당에서 고후명을 찾지 못하자 바로 안으로 향했다. 시뻘건 불길처럼 타오른 석양이 마지막 절규를 하며 서산을 넘어갈 즈음이었다.

담장에 난 월동문을 지나는데 곧바로 누군가의 목소리가 들려왔다.

"잠깐! 멈춰라! 그대는 누군데 이 시간에 내원으로 들어오는 것인가?"

유옥은 멈추지 않고 소리를 지른 사람을 향해 계속 걸어갔다.

"내 말이 말 같지 않은가?"

"한 가지 물어볼 게 있습니다."

자신에게 말을 건 자는 삼십 초반의 갈의를 입은 장한이었다. 얼굴에 기다란 검상이 새겨진 그는 대답도 없이 다가오는 유옥을 보며 눈살을 찌푸렸다.

"이곳이 어딘 줄 모르고 온 것은 아니겠지?"

"천양원의 내원이라는 것쯤은 알고 있습니다."

"하면, 이곳의 규칙도 알겠군."

"물론. 하지만 지금 중요한 것은 그것이 아닙니다."

"그럼 뭐가 중요하다는 건가?"

"내 친구에 대한 것입니다."

"자네 친구를 왜 이곳에서 찾는단 말인가?"

유옥은 장한의 일 장 앞에서 걸음을 멈추었다.

"두 시진 전쯤, 제 친구가 천양원에 들어왔습니다. 한데 아직도 나오지 않았습니다. 밖의 물상당에 있었다면 굳이 여기까지 들어오지도 않았을 겁니다."

"그러니까 자네 말은, 자네 친구가 안으로 들어간 것 같다, 이 말인가?"

"지금으로서는 그렇게 생각할 수밖에 없습니다."

장한이 어이없다는 표정으로 코웃음을 쳤다.

"흥! 자네는 천양원이 아이들 놀이터쯤으로 보이는 모양이군."

유옥은 찬찬히 주위를 둘러보았다.

몇 사람이 유옥과 장한의 대화에 관심을 가지고 다가오고 있었다.

"한 번 알아봐 주시겠습니까?"

"곧 식사 시간이다. 그런 말도 안 되는 일 때문에 식사를 거르란 말인가? 문이 닫히기 전에 나가라!"

"저는 한 끼를 굶더라노 친구를 찾아야겠습니다."

유옥은 몸을 돌렸다. 그리고 다시 안으로 걸음을 옮겼다.

얼굴에 검상이 새겨진 장한이 앞을 가로막았다.

그를 향해 유옥이 나직이 입을 떼었다.

"비켜."

장한의 얼굴에 난 검상이 지렁이처럼 꿈틀거렸다.

"이 건방진 놈이!"

갑자기 장한의 우수가 유옥의 뺨을 향해 날아왔다.

턱!

처음부터 그랬던 것처럼, 장한의 팔목을 움켜쥔 유옥이 무저갱처럼 깊어진 눈으로 장한을 노려보았다.

"만일, 이렇게 헛시간을 보냄으로 인해서 내 친구가 위급해진다면, 처절하게 후회하게 될 거다."

팔목이 끊어져 나가는 고통!

장한의 얼굴이 구겨진 종잇조각처럼 일그러졌다. 하지만 그는 고통을 호소할 겨를도 없었다.

눈이 마주친 순간, 전신이 나락으로 떨어진 기분이 든 것이다.

때마침 내전에서 나오던 자신의 상관이 그 모습을 보고 소리치지 않았다면, 자칫 오줌마저 지렸을지 모를 일이었다.

"손을 놓지 못할까!"

천양원이 떠나갈 듯 외치는 소리에 유옥은 장한의 팔목을 놓고 천천히 돌아섰다.

소리를 친 자는 청색 비단 장삼을 입은 사십 초반의 중년인이었다. 그는 오른손에 두 개의 철구를 들고 돌리고 있었는데, 전신에서 흐르는 기운으로 봐서 적어도 당주급은 되어 보이는 자였다.

천양원에서 당주급 고수는 모두 아홉 명. 그중 청의중년인과 같은 인상착의를 지닌 자는 두 명뿐이었다.

그리고 그 둘 중 철구를 무기로 쓰는 자는 한 명밖에 없었다.

철마환(鐵魔丸) 하경백. 천양원주 하천광의 셋째 아들.

유옥은 그가 나타나자 다행이라는 생각이 들었다. 그가 나타난 이상, 어떤 식으로든 시간이 절약될 테니까.

"너는 누구냐?"

잠시 상대가 누군지 생각하는 사이 하경백이 물어왔다.

"절혼대의 유옥이라 합니다."

유옥은 이름만 말하고 나머지는 전음으로 대답했다. 그것도 상승의 수법을 써서.

"급한 일로 왔습니다. 자세한 것은 나중에 말씀드리지요."

말다툼하며 허송세월할 시간이 없었다. 아직 확실한 것을 모르는 상황에서 가장 빠른 것은 대등한 관계에서의 정상적인 대화였다.

고수는 고수를 알아보는 법. 하경백 정도라면 자신의 도발을 알아챌 터였다.

아니나 다를까, 하경백의 눈에 놀람이 일었다.

전음의 내용 때문이 아니다. 그 방법 때문이다.

입술의 움직임이 거의 보이지 않는 전음. 그러면서도 귀청에 또렷이 울리는 목소리. 어지간한 일류고수라 해도 펼치기 힘든 방법의 전음술을 젊은 자가 너무도 자연스럽게 구사하지 않는가 말이다.

불청객이 뜻밖의 고수라는 것을 알고 하경백의 목소리도 조금은 누그러졌다.

"무슨 일로 왔는데 이리도 소란인가?"

유옥은 하경백이 자신의 생각대로 움직이자 간략하게 조금 전의 이야기를 되풀이했다.

"자네 친구? 자네 친구가 천양원 사람인가?"

"아닙니다. 같은 절혼대 소속입니다."

"하면 왜 그 친구를 왜 여기서 찾는단 말인가?"

"이곳에 들어온 후 사라졌습니다."

하경백의 얼굴이 가볍게 찌푸려졌다. 그가 마지못한 듯 고개를 돌리더니 모여든 사람들에게 물었다.

"누구든, 본 원의 사람 말고 이곳에 들어온 자를 본 사람 있느냐?"

못 봤다는 듯 사람들이 고개를 젓는다.

"없다는군."

한데 그때다.

"숙부님, 무슨 일인데 그렇게 소리를 지르는 거예요?"

여인의 목소리가 들리더니 내전의 문이 열리고 하은설이

고개를 내밀었다.

그녀를 보는 유옥의 눈동자가 잠깐이나마 심하게 흔들렸다. 하지만 곧 정상을 되찾고 깊어진 눈으로 그녀를 응시했다.

하은설이 그를 알아보고 눈을 동그랗게 떴다.

"어마? 당신은?"

하경백이 의외라는 눈으로 하은설을 바라보았다.

"아는 사람이냐?"

"예? 예. 조금……."

대답을 하는 하은설의 얼굴이 연분홍빛으로 달아오르자, 그걸 본 청년 무사들의 눈에서 불길이 일었다.

유옥은 그자들의 눈빛에 아랑곳하지 않고 하은설을 향해 고개를 숙였다.

"오랜만입니다."

"예. 오랜만이에요. 그런데 무슨 일로 오신 거예요?"

"친구를 찾으러 왔습니다."

"친구요? 누군데요?"

"고후명이라고 합니다. 이곳에 왔다는데, 아무리 찾아봐도 보이지가 않는군요."

바로 그때였다. 언뜻 기이한 느낌이 들었다.

유옥은 자연스럽게 그 느낌을 따라 눈길을 돌렸다.

천양원의 중견 간부로 보이는 삼십 중반의 무사가 기둥에 기대선 채 자신을 노려보고 있었다.

한데 단순한 눈빛이 아니다. 뭔가를 경계하는 눈빛이다.

눈이 마주치자 슬며시 고개를 돌리는 그의 눈빛이 찰나간 동요를 일으킨다.

'내 느낌이 잘못되지 않았다면, 저자, 뭔가를 알고 있어!'

일순간 기둥에 기대선 무사를 바라보는 유옥의 눈이 더욱 깊게 가라앉았다.

그때 하경백이 말했다.

"아무리 설아와 아는 사이라 해도 자네가 천양원의 내원을 마음대로 돌아다니게 놔둘 수는 없다네. 내 말, 이해하겠지?"

유옥은 천천히 고개를 끄덕이고는 하경백을 바라보았다.

"물론 하 당주님의 말씀은 이해합니다. 하나 그렇다고 해서 이대로 돌아갈 수는 없습니다."

돌아갈 수 없다고?

하경백이 눈빛을 빛내며 손에 든 철구를 빠르게 돌렸다.

철그럭, 철그럭.

동시에 카랑카랑한 목소리가 유옥을 압박했다.

"하면 어떻게 하겠다는 건가?"

유옥의 가라앉은 눈이 허공을 향했다. 어느새 시뻘건 구름은 숯처럼 검게 변해가고 있었다.

'시간이 없어. 뒷일은 나중에 생각하고, 일단 후명이를 찾아야 돼.'

결심이 서자 유옥은 고개를 내리며 한쪽을 바라보았다.

"저기 기둥에 기대선 분에게 물어보고 싶은 것이 있습니다."

의외였는지 하경백이 고개를 돌려 기둥 쪽을 바라보았다.

"전금당의 구 향주에게?"

구 향주라 불린 자가 움찔하더니 코웃음을 쳤다.

"흥! 절혼대의 일개 대원 따위가 나에게 뭘 묻겠다는 거냐? 정 물을 것이 있거든 네놈의 상관을 오라 해라!"

유옥이 그를 향해 걸음을 옮겼다.

"요즘 사람들이 많이 잊은 것이 있더이다."

유부에서 흘러나오듯 나직이 흘러나오는 목소리에 구 향주라 불린 자가 흠칫하며 몸을 떨었다.

"무, 무엇을 잊었단 말이냐?"

세 걸음째, 유옥의 입이 열렸다.

"천왕(天王) 제일율(第一律)! 강한 자가 법이라는 것!"

동시에 신형이 빨랫줄처럼 주욱 늘어졌다.

"헛! 막아!"

구전서가 대경해 소리쳤다.

"어딜 감히!"

옆에 있던 두 명의 무사가 엉겁결에 유옥의 앞을 가로막았다.

따당!

유옥의 두 손이 찔러오는 두 자루의 검면을 후려쳤다.

검과 함께 비틀거리며 물러서는 두 사람.

그 사이를 뚫고 유옥이 구 향주의 가슴을 파고들었다.

"홍! 제법이구나!"

구 향주, 구전서가 코웃음 치며 기둥에서 몸을 떼고 몸을 휘돌린다.

휘도는 몸을 따라 번뜩이는 시퍼런 칼날! 넘실거리는 도기가 빗살처럼 뻗어간다.

그 순간이었다. 보고도 믿을 수 없는 광경이 벌어졌다.

마치 칼날에 의해 반쪽으로 갈라지기라도 한 것처럼 유옥의 몸이 둘로 나누어지더니 그대로 구전서는 덮쳐 가는 것이 아닌가!

절정에 이른 유령보법의 환(幻)자결!

눈을 부릅뜬 구전서가 이를 악물고 열십 자로 허공을 갈라쳤다.

유옥의 두 손에서 푸르스름한 기운이 어른거린 것은 그때였다.

청광이 어른거렸다 싶은 순간!

따앙!

구전서의 칼이 마른 갈대 꺾이듯 허리가 부러져 버렸다.

생각지도 못한 상황. 구전서의 눈에 당혹과 경악이 교차했다.

파열된 손아귀에서 부러진 도가 떨어져 내리고, 유옥의 두 손이 코앞에 닥치자 그제야 안간힘으로 몸을 뒤트는 그였다.

찰나!

스쳐 지나갈 것 같던 유옥의 좌수가 환상처럼 옆으로 흘렀다.

절묘한 수룡금나(水龍擒拿)!

미처 피할 겨를도 없었다.

덥석!

유옥은 구전서의 목덜미를 잡아채고는, 빙글 돌며 그대로 땅바닥에 내리꽂았다.

쾅!

"켁!"

이어서 유옥의 발이 펄쩍 튕겨진 구전서의 몸뚱이에 꽂혔다.

퍼억! 뚜둑!

소름이 절로 돋는 뼈 부러지는 소리!

일순간 천양원의 대기가 얼어붙었다.

너무도 갑작스럽게 벌어진 일이었다.

누구 하나, 발바닥이 달라붙은 것마냥 움직일 생각을 하지 못했다.

심지어 하경백조차도 이를 악물고 움직이지 않았다.

"천왕 제일율! 강한 자가 법이다!"

그 외침이 아직도 내전에 울리는 듯했던 것이다.

유옥의 말대로였다. 오랫동안 잊혀진 말이었다.

언제부터인가 강자(强者)와 지위 사이에 혼란이 왔다.

하지만 아직, 천왕의 율이 사라진 것은 아니었다.

아직도 그 법은 그 어떤 것보다 우선이었다.

단, 목숨을 건 자들에게 한해서만 말이다!

율을 앞세운 자, 죽음을 각오하라!

힘이 없으면, 법을 따질 자격도 없다!

강하면 살고, 약하면 죽는다!

그것이 패(覇)의 대지, 천왕교를 탄생시킨 천왕율의 기본 정신이었던 것이다.

유옥은 단숨에 구전서는 메다꽂고 하경백을 바라보았다.

"양해해 주시기 바랍니다."

천양원의 내전에서 천양원의 향주가 무식하게 당했다. 그런데도 하경백은 화가 나기보다는 궁금해 미칠 지경이었다.

'설아가 저자를 안다고 했지? 대체 누구지? 구전서를 단숨에 제압할 정도면 결코 내 하수가 아니거늘.'

그때 유옥이 구전서에게 물었다.

"고후명이 누군지 모르지는 않겠지요?"

찌푸려진 하경백의 눈이 구전서를 향했다.

구전서가 버둥거리며 더듬더듬 입을 열었다.

"무, 무슨……. 내가 어떻… 게……."

모른다고?

유옥의 눈빛이 싸늘하게 식어갔다.

"내 인내심을 시험하려 하지 마시오. 친구를 찾기 위해서라면 그 어떤 짓이든 할 수 있는 사람이 나니까."

무심히 흘러나오는 말투. 지옥의 유부에서나 들음직한 목소리. 지켜보던 자들의 가슴에 서리가 내렸다.

하물며 직접 들은 당사자인 구전서야 두말할 것이 없었다. 이미 정신마저 제압당한 그는 새파랗게 질린 채 오줌을 찔끔찔끔 흘렸다.

그때 유옥이 손을 들어올렸다. 새파랗게 물든 손가락 끝에서 푸르스름한 기운이 넘실거렸다.

고문 방법은 몰라도, 고통을 줄 방법은 얼마든지 있었다.

"아마 피가 거꾸로 솟구치며 개미가 혈관을 물어뜯는 고통이 느껴질 것이오. 정 참지 못하겠거든, 혀를 깨물고 자결하시오. 그럴 힘이 남을지는 모르겠지만."

구전서의 떨림이 심해졌다. 그는 등으로 바닥을 기며 유옥의 앞에서 벗어나려 기를 썼다.

하지만 소용이 없었다.

유옥이 그의 가슴에 손가락을 올려놓자 푸르스름한 기운이 가슴으로 파고든 것이다.

불개미가 혈관을 질주하며 물어뜯는 것 같은 느낌!

구전서의 입이 딱 벌어졌다.

'끄헉! 제기랄! 이놈의 말은 거짓이 아냐!'

잠깐 사이에 심장이 부풀어 오른다.

금방이라도 터져 버릴 것만 같다.

그가 미친 듯이 소리쳤다.

"아, 아, 안 돼! 제… 발! 말할… 테니……! 으아아!!"

*　　　*　　　*

"크어어억!"

고후명의 눈동자가 거꾸로 돌아갔다.

두 눈이 시뻘겋다. 혈관이 터졌는지 핏물이 흰자위 가득 넘실대다 옆으로 흐른다.

다리가 으깨어지는 고통은 팔이 떨어져 나갈 때의 고통에 비할 바가 아니었다.

그런데 이상하다. 극한의 고통이 계속되고, 살아날 수 없다는 생각을 하니 이제 오기가 생긴다.

'씨발! 어디 더해봐, 개새끼야!'

악마 같은 놈이 악에 바친 투로 외칠수록 오기도 강해진다.

두려움? 공포? 그런 것을 느낄 정신도 없다.

그저 몽롱할 뿐이다. 뇌전이 머릿속을 휘저으며 사방팔방으로 퍼져 나가는 것만 같다.

아무래도 이제 미쳐 가는가 보다.

'크크큭, 대형, 이제 더는 못 견디겠어.'

"크, 크, 크큭……."

웃음이 피거품을 일으키며 이 사이로 흘러나온다.

한데 그것이 놈의 성질을 건드린 듯하다. 놈이 톱질로 벌어진 살점을 잡아 비틀어대며 소리친다.

"웃어? 이런 지독한 놈! 조금만 지나면 다리가 완전히 으깨질 것이다. 걸어 다니지도 못하는 병신이 되고 싶나? 말해!"

*   *   *

"고후명은 지금 어디에 있지?"

유옥의 목소리가 악마의 속삭임처럼 구전서의 머릿속을 울렸다.

"그자는… 집마사령 마금종에게 끌려갔습니다."

유옥을 말리려던 하경백이 멈칫하며 내민 손을 거두어들였다. 그러고는 말도 안 된다는 표정으로 물었다.

"마금종? 그가 왜 이곳에서 사람을 잡아간단 말이냐?"

구전서의 눈동자가 흔들리다 터질 것처럼 좌우로 요동쳤다.

"그, 그, 그……. 그게……."

그걸 본 유옥이 아무런 말도 없이 그의 가슴을 손가락으로 쓸어내렸다.

순간 혈관이 찢어 발겨지는 듯한 통증과 함께 심장이 미친 듯이 요동치기 시작했다.

바늘 끝으로 심장을 박박 긁어대는 것만 같다!

"끄으으으……. 그… 그건……."

구전서는 신음을 삼키며 공포에 질린 안색으로 대답했다.

"그자가… 만금당주님과 마금종의 만남을 그자가 봤기 때문에……."

두 눈이 휘둥그레진 하경백이 두 사람에게 다가갔다.

손짓을 멈춘 유옥이 빠르게 물었다.

"어디로 잡아갔지?"

구전서가 쥐어짜는 목소리로 겨우 대답했다.

"폐, 폐옥(廢獄)……. 그자가 직접 고문한다고……."

더 듣고 있을 여유가 없었다.

유옥은 다가온 하경백에게 폐옥의 위치를 물었다.

"폐옥이 어디 있습니까?"

하경백은 믿을 수 없는 이야기를 들은 것처럼 멍한 표정으로 대답했다.

"사곡(死谷)에 있네."

"사곡? 무사들의 무덤이 있는 곳 말입니까?"

하경백은 조금씩 정신이 들자 서서히 분노가 끓어올랐다.

"솔직히 나는 믿을 수가 없네. 둘째 형님이 왜 그자를 만난단 말인가?"

유옥의 목소리가 차갑게 흘러나왔다.

"저자의 말대로라면 만난 것은 사실인 것 같군요. 어쨌든 그 문제는 저에게 아무런 상관도 없습니다. 먼저 가겠습니다."

유옥이 돌아서자 하경백이 다급히 말했다.

"내가 그곳을 알고 있네. 함께 가면 조금이라도 빨리 갈 수 있을 것이야. 어차피 그냥 넘어갈 수는 없는 문제, 밝힐 것은 밝혀야겠어!"

사곡은 천양원과 집마원 사이에 있는 황량한 계곡으로 사자(死者)의 안식처였다.

삼십 년 전만 해도 천왕교의 뇌옥은 그곳에 있었다. 너무 황량한데다 관리하기 불편하다는 이유로 내곡에 뇌옥을 만들기 전까지만 해도. 비록 지금은 아무도 찾지 않는 버려진 곳이 되었지만.

휘이잉!

두 사람이 어스름을 가르며 사곡으로 들어서자 을씨년스런 바람이 불어왔다.

바람은 완만한 계곡의 능선에 질서정연하게 늘어선 수많

은 무덤들을 쓰다듬고 밖으로 밀려 나오고 있었다.

'사곡에서도 한참 안쪽으로 들어가야 한다고 했지?'

하경백의 말대로라면, 입구에서 삼백 장 정도 더 들어가야 폐옥이 있던 석실이 보인다고 했다.

유옥은 먼저 달려가고 싶은 마음을 억누르고 하경백의 뒤만 따랐다.

어스름이 밀려든 사곡은 수많은 무덤으로 인해 정확한 길을 찾기가 쉽지 않았다. 뒤를 따라가는 것이 무턱대고 찾는 것보다 빠를 것 같았다.

그리고 실제로 그랬다.

폐옥을 향해 일직선으로 나아가던 하경백이 자신은 생각지도 못했던 곳으로 꺾어지는 것이 아닌가.

순간, 유옥의 눈에서 새파란 한광이 솟구쳤다.

"끄아아아!"

처절한 비명이 바람에 섞여 들여온 것이다.

어둠 속에 잠긴 커다란 석굴이 보인 것은 바로 그때였다!

휘이익!

광풍으로 변한 유옥의 신형이 하경백을 앞질러 날아갔다.

*   *   *

"끄아아아! 개… 새…… 끼!!"

눈이 뒤집어 까진 고후명의 입에서 피거품과 함께 욕설이 흘러나왔다.

어이가 없는지 마금종의 입가에 살소가 맺혔다.

"진짜 독종이군. 크크크, 좋아! 아주 좋아! 독종이라면 독종답게 대해주지. 석추안, 톱을 다시 줘봐라. 뼈까지 잘라 버려야겠다!"

진한 피비린내가 작은 석실을 가득 메운 지 오래다.

보는 것만으로도 헛구역질이 나올 정도다.

옆에서 지켜보던 석추안은 살점이 묻은 톱을 내밀며 조심스럽게 말했다.

"저, 사령님, 혼절한 것 같습니다."

그제야 정신을 차린 지살귀 마금종은 힐끔 자신의 발에 뭉개진 고후명을 쳐다보았다.

반쯤 잘린 채 덜렁거리는 팔. 짓뭉개진 채 너덜너덜한 살점이 흩어진 다리. 축 처져서 뒤로 꺾어진 머리.

전신이 피로 물든 고후명은 그의 눈에 사람으로 비쳐지지 않았다. 푸줏간에 걸려 있는 고깃덩어리. 그와 다름이 없었다.

"퉤! 대충 싸매서 처박아 놔. 저녁 먹고 다시 시작할 테니까."

석추안의 안색이 창백하게 굳었다.

저렇게 만들어놓고 밥맛이 날까?

나중에 다시 한다고? 그때까지 살아 있을까?

울렁거리는 속을 간신히 안정시킨 석추안은 가까스로 고개를 숙이고 대답을 했다.

"알겠습니다, 사령."

마금종은 이미 석실의 문을 열고 밖으로 나가고 있었다.

그제야 그는 고개를 들고 고후명을 바라보았다.

'당신도 참, 재수 더럽게 없군. 하필 걸릴 사람이 없어서……'

석실의 철문이 열리더니 희미한 불빛이 새어 나온다.

불빛에 길게 꼬리를 끌며 드러나는 그림자.

유옥은 상대방이 누군지 알아볼 마음이 없었다.

처절한 비명의 주인은 분명 고후명이었다. 그런 고후명이 저렇게 멀쩡한 몸으로 걸어나올 리 없는 일. 그렇다면 생각할 필요도 없이 멀쩡히 움직이는 모두가 적인 것이다!

유옥은 날아가던 그대로 그림자의 주인을 덮쳤다.

동시에 내질러진 일 권!

후우웅!

응축된 대기가 밀리며 상대의 전신을 짓눌렀다.

"웬 놈……. 헉!"

놈이 다급한 가운데에서도 쌍장을 내밀어 자신의 권력에 맞선다.

바라던 바였다. 유옥은 힘을 더하며 회(回)자결로 권력(拳力)을 비틀었다.

쿠웅!

대기가 터져 나가며 마금종의 몸이 벼락에 맞은 듯 튕겨졌다. 경악으로 일그러진 표정, 뜻밖의 날벼락에 당황함이 역력하다.

유옥은 조금의 여유도 주지 않고 상대를 향해 쌍장을 떨쳤다.

마금종은 숨조차 내쉬지 못하고 코앞에 닥친 거대한 장영을 향해 반사적으로 손을 올렸다.

쾅!

다시 한 번 두 사람의 네 손이 정면으로 부딪치며 굉음이 울렸다.

"크억!"

처절한 비명을 토하며 뒤로 튕겨지는 마금종이다.

두 손은 부러졌는지 힘없이 꺾여 덜렁거린다.

당황과 경악과 고통으로 악귀처럼 일그러진 그를 보며, 유옥은 우수를 들어 내리그었다.

아무것도 없는 손이었다. 그러나 그의 손에서 뻗친 푸르스름한 기운이 마금종의 어깨를 내리긋는 순간!

마금종의 어깨가 쩍 갈라지며 피분수가 솟구쳤다.

"크으윽!"

핏물이 뚝뚝 떨어지는 마금종의 입에서 답답한 신음이 새어 나왔다.

유옥이 다시 그를 향해 일장을 내쳤다.

사신(死神)의 손바닥이 그의 가슴을 파고들었다!

쾅!!

갑자기 마금종의 외침이 들리는가 싶더니, 두어 번의 굉음이 울리고, 비명이 이어진다.

석추안은 고후명의 상처를 싸매다 말고 홱 고개를 돌렸다.

피범벅이 된 마금종이 철문을 쾅! 닫고는 뒷걸음질을 치고 있었다.

양 손목이 부러진 채 축 늘어진 팔, 피분수가 솟구치는 어깨, 고통과 공포로 일그러진 얼굴.

그의 전신에서 핏물이 쉴 새 없이 흘러내린다. 방금 전까지 본 마금종이 맞는지 의문이 일 정도다.

"사, 사령님……."

그가 더듬거리며 마금종을 향해 손을 뻗을 때다.

우지끈! 우당탕탕!

갑자기 석실의 철문이 뜯겨져 한쪽으로 던져졌다.

홱 고개를 돌리자 철문이 있던 곳에 서 있는 누군가가 보였다.

"누구냐! 누군데 감히……."

그의 목소리가 목구멍 속으로 기어 들어갔다.

들어선 자는 흑의에 긴 머리, 키가 자기보다 반 자쯤 큰 자였다.

불길한 어둠이 그를 따라 밀려 들어온다.

더구나 횃불에 반쯤 그늘진 그의 얼굴은 석고를 뒤집어쓴 것처럼 하얗게 굳어 있다.

사신(死神)의 얼굴!

석추안은 순간적으로 그렇게 생각했다.

"대체 누, 누구……?"

묻는 목소리가 덜덜 떨려 나온다.

대답이 없다.

사신의 눈은 발에 밟힌 벌레처럼 구겨져 있는 고후명에게서 멈춰 있을 뿐이다.

끓어오르던 분노가 슬픔으로 바뀌어 버린 두 눈.

석추안은 그 눈을 본 순간 몸서리쳐지는 두려움에 더 이상 입을 뗄 수가 없었다. 옆에 놓인 검을 잡을 생각은 더더욱 하지 못했다.

그때 나직한 음성, 만년빙처럼 얼어붙은 목소리가 들려왔다

절대 거부할 수 없는 사신의 목소리였다.

"허튼짓할 생각 마라. 저놈이 어디를 어떻게 했는지 네가 나보다 더 잘 알 터, 네 능력을 최대한으로 발휘해서 그 사람

의 상처를 싸매라. 그가 죽으면 너도 죽는다. 살려라. 어떻게
든……."

손을 대지 않았는데도 옆에 있던 검이 휘리릭 날아가고, 퍼
벅! 몸을 틀 사이도 없이 두 팔을 뺀 허리 아래가 마비되어 버
렸다.

하얗게 질린 석추안은 떨리는 손을 움직여 고후명의 벌어
진 상처를 오므렸다.

'그가 죽으면 너도 죽는다. 너도 죽는다.'

사신의 목소리가 끝없이 메아리치며 그의 정신을 갉아댄
다.

그는 절대 마금종처럼 피에 전 채 바닥을 기고 싶지는 않았
다. 그리고 이곳에서 살아나가고 싶었다. 기다리는 가족을 위
해서라도.

'살아야 돼! 난 살아야 돼!'

찢어진 천으로 고후명의 상처를 싸매는 자를 바라보며 유
옥은 스스로에게 화가 났다.

어이없는 상황. 대체 왜 이런 상황이 벌어졌단 말인가!

그는 고개를 홱 돌려 마금종을 직시했다.

"집마원의 집마사령인가? 네가 손을 썼느냐?"

가슴이 움푹 들어간 마금종은 숨도 제대로 쉴 수가 없었다.
그러던 차에 유옥이 묻자 그는 그렁거리는 목소리로 되물었다.

"네, 네놈은…… 누구……?"

퍽!

피할 틈도 없었다. 스윽 미끄러져 간 유옥의 일퇴가 마금종의 복부를 파고들었다.

석벽에 부딪치며 나동그라진 마금종의 전신이 경련을 일으켰다.

또다시 날아드는 발길질.

퍼벅!

나동그라진 그의 몸이 떼굴떼굴 구르다 구석으로 처박힌다.

입술 사이로 부글거리며 흘러나오는 피거품.

"꺼, 꺼어어……."

부서져 있던 갈비뼈가 장기를 파고든 듯하다.

"질문은 내가 한다. 너는 대답만 하면 돼."

고저가 없는 음성.

이어서 우두둑! 유옥이 피거품을 베어 문 마금종의 무릎을 짓밟았다.

처절한 고통에 마금종의 눈동자가 거꾸로 뒤집혔다.

"끄으으……."

유옥은 분노조차 얼어버린 눈빛으로 그를 바라보았다.

마음 같아서는 그의 전신 뼈를 하나씩 부숴 버리고 싶다. 고후명이 당한 고통보다 몇십 배 더한 고통을 느끼게 해주면서!

하지만 아직은 아니다.

저런 놈 백 명을 죽이는 것보다 고후명을 살리는 일이 더 급한 것이다.

유옥은 부들거리며 전신을 떨고 있는 마금종을 바라보고는, 천천히 몸을 돌려 고후명에게 다가갔다.

석추안은 고후명의 상처를 싸매고는, 손을 이용해 덜덜 떨리는 몸을 뒤로 물렸다.

그러자 유옥이 손을 들어 허공을 움켜쥐었다.

허공섭물의 수법에 주르륵 딸려온 석추안의 멱살이 유옥의 손에 잡혔다.

"거짓을 말할 거면 차라리 죽어라."

석추안의 두 눈이 튀어나올 듯이 커졌다. 온몸이 제어할 수 없이 오들오들 떨렸다.

"저, 저는… 저는……. 예, 예……."

석추안은 유옥과 눈이 마주치자 정신없이 고개를 끄덕였다.

그도 지옥십관에 들어가 수련을 받았다. 해서 정신적으로 한껏 성숙해졌다 생각했다. 적어도 조금 전까지는 그런 마음이었다.

보일 듯 말 듯, 동공이 붉은 빛으로 물든 사신의 눈과 마주치기 전까지는.

악마의 눈! 이자의 눈은 사람의 눈이 아니야!

공포라는 괴물에게 머릿속을 갉아 먹혀 버린 그는, 이미 조금 전의 석추안이 아니었다.

"뭐, 뭐든… 뭐든 물어보십시오."

유옥이 물었다.

"왜 고후명이 이곳에 있는 것이지?"

"집마원과 천양원의 비밀 회동을 목격했기 때문입니다."

"누구와 누구의 회동이었는지 아는가?"

조금이라도 늦으면 당장 목숨이 끊어질 것처럼 석추안은 빠르게 입을 열었다.

"집마원의 척문홍 호법과 천양원의 하경연 당주가 만났습니다."

"그게 정말이냐?!"

굳어버린 석상처럼 입구에 서 있던 하경백이 눈을 부릅뜨고 물었다.

그는 전신이 갈가리 찢긴 채 피에 잠긴 고후명을 본 순간 분노가 솟구쳤다. 그러다 단 일수에 날아가 온몸을 부들부들 떨고 있는 마금종을 보며 가슴이 서늘해졌다. 그때 들려온 이름.

하경연.

그토록 부정하고 싶었거늘 사실이었단 말인가?

둘째 형님이 정말 집마원과 몰래 만나고 있었단 말인가?

"둘째 형님이 왜 그들을 만났단 말이냐?"

"천기원을 고립시킬 생각으로……. 더 이상 자세한 것은 모릅니다."

하경백은 벌벌 떠는 석추안을 노려보았다.

거짓이 아니다. 거짓을 말할 정신도, 배짱도 없는 놈이다.

게다가 구전서의 말과 조금도 다르지 않은 내용이다.

"이자를 나에게 넘겨주게."

어차피 관심도 없던 자였다.

유옥은 고개를 끄덕이고는 손에 들린 석추안을 하경백 앞으로 던졌다. 그리고 느릿하게 말했다.

"만일 이 일에 하경연 당주가 관련되어 있다면, 저를 무정타 마시길."

하경백의 이가 악다물어졌다.

그는 이제 유옥의 강함을 안다.

자신에 비해 그리 처지지 않는 마금종이 단 삼 초 만에 회복 불능의 상처를 입었다.

자신이 사실을 말한다 해서, 과연 누가 믿을 것인가. 자신조차 보고도 믿을 수가 없거늘.

하경백이 억지로 입을 열어 물었다.

"천왕의 율을 내세울 것인가?"

만일 유옥이 천왕 제일율을 내세운다면, 그를 막을 수 있는 것은 오직 하나, '강함' 뿐이다.

과연 천양원에서 누가 저자를 막을 수 있을까?

'어쩌면 아버님께서 직접 나서서야 할지도……'

고뇌에 찬 그를 향해 유옥의 고개가 돌려졌다.

"필요하다면 그럴 것입니다. 이번 일에 관계된 자는 그게 누구든, 어떤 지위에 있는 자이든 각오를 해야 할 것입니다."

그러고는 고후명의 몸을 조심스럽게 안아 들었다.

시간이 없었다. 지혈을 하고 상처를 싸맸다고는 하지만, 최대한 빨리 의원에게 보여야 했다.

살 수 있을까?

아니, 살아야 한다! 제발 살아야 한다, 후명!

유옥은 고후명을 안아 들고 몸을 돌렸다.

마금종이 꿈틀거리며 입구 쪽으로 기어가는 게 보였다.

유옥은 그대로 걸어가며 마금종의 등을 밟아버렸다.

"너는 영원히 이 땅을 밟고 서서 살아갈 수 없을 것이다! 기어 다니며 사는 게 너무 고통스럽거든, 스스로 목숨을 끊어라!"

천 근의 공력이 실린 걸음이었다.

뿌드득!

마금종의 등뼈가 으스러지며 처절한 비명이 폐옥을 뒤흔들었다.

"끄아아아악!"

第三章
천양수(天陽手) 하천광

千秀芳景深夏掩雲霧 兩間容量現改

草聞拔近天下 深此知名除家 甲一

長座前再拜禮一天師與

道旨廣爲傳

日弟子趙孟順敬書至大政元四月

死星天血

1

덜컹!

약왕당의 의방 문이 열리고 사진옥과 상유상과 예종이 굳은 얼굴로 들어섰다. 의방에 딸려 있는 꼬마 아이를 절혼대로 보낸 지 반 각이 되기도 전이었다.

"어떻게 된 일이지?"

들어서자마자 참담한 상태의 고후명을 보더니 사진옥이 눈을 가늘게 뜨고 묻는다. 온기 한 점 느껴지지 않는 목소리다.

유옥은 침상에 눕혀진 고후명을 바라보며 나직이 말했다.

"후명이가 천양원과 집마원의 비밀 회동을 목격했다."

"그래서? 결국 들켰고, 잡혀가서 저 꼴이 되도록 고문을 당했다는 거야?"

예종의 입에서 뾰족한 목소리가 튀어나왔다.

유옥은 고개를 끄덕이며 세 사람들 둘러보았다.

"목숨은 구했다만, 의원 말대로라면 팔 하나를 못 쓰게 될 것 같다. 다리는 좀 저는 정도로 그칠 것 같고."

"대체 어떤 놈들이!"

사진옥이 이를 갈며 싸늘한 목소리로 분노를 토해냈다.

"그건 차차 말해주마. 한데… 후명이 내원까지 들어간 것 같다. 분명 바깥에서 정보만 모으라 했는데, 왜 안에까지 들어간 것이지?"

예종이 움찔하며 눈을 돌린다.

"예종, 말해봐."

"그게……."

"왜 그랬는지 너는 알 것 같은데?"

"그게… 어…… 사실은……."

미적거리던 예종이 두툼한 입술을 깨물더니 유옥을 똑바로 바라보았다.

"후우. 좋아, 말할게. 사실 왜 그랬는지 짐작 가는 게 없는 것은 아냐. 대신 대형이 먼저 대답해 줘야 할 것이 있어. 어쩌면 그게 이유일 수도 있으니까."

"말해봐라."

"천양원의 꽃 천양화 하은설, 그녀와 무슨 관계지?"

유옥의 눈이 잘게 흔들렸다. 하지만 순간뿐이었다.

예종이 말을 이었다.

"천양원에 대해 조사하라는 것, 감시하라는 것. 그것과 하은설이 아무런 관계도 없다고 말할 수 있어?"

유옥이 한숨을 쉬며 천천히 고개를 끄덕였다.

"솔직히 말해서, 그런 면이 없잖아 있었다. 하지만 그게 다는 아니다. 공과 사는 구별해야 하니까."

눈을 빛내며 자신을 바라보는 세 사람을 향해 유옥이 자신의 마음을 털어놓았다.

"우연히 그녀를 보았지. 나도 모르게 정신이 멍해졌다. 그래서 알고 싶었지."

"맙소사!"

상유상이 벙 찐 표정으로 어깨를 으쓱했다.

유옥이 머쓱한 얼굴을 창문 쪽으로 슬쩍 돌리고 말을 이었다.

"한데 마침 천기원과 집마원의 알력이 불거지고, 너희가 구한 정보 중에 몇 가지 걸리는 점이 있었어. 잘됐다 싶었지. 자연스럽게 천양원에 대해 알아볼 수 있게 되었으니까. 하지만 너희가 너무 깊숙이 파고드는 것은 원치 않았다. 위험한 일이라 생각했거든."

"왜? 미리 말하지 않았어? 미리 말했으면 조심했을 수도 있잖아."

예종의 다그침에 유옥이 차분히 가라앉은 눈으로 그녀를 바라보았다.

"말했으면, 너희가 가만히 있었을까?"

"그건… 그거야……."

절대, 그렇지 않았을 것이다.

가만히 있기는커녕 아마 더 나섰을 게 분명했다.

유옥은 얼버무리는 예종을 바라보고는, 천천히 사진옥과 상유상을 둘러보았다.

"그리고 또 한 가지. 너희에게 말하지 않은 분명한 이유가 있다."

그리고 냉정히 말했다.

"너희는 너무 약해. 잘못 말려들면 죽든지, 아니면 그만한 대가를 치를 게 뻔해. 나는 친구들이 불필요한 싸움에 끼어들어서 맥없이 당하는 것을 원치 않아."

너무나 냉정해서 화가 날 정도의 말이다.

상유상이 참지 못하고 물었다.

"그럼 얼마나 강해져야 대형이 원하는 정도가 되는 거지?"

유옥이 간단한 비교로 자신의 생각을 말했다.

"적어도 당주 급 이상의 고수가 되어야 한다. 그래야 겨우 목숨을 유지할 수가 있어."

상유상의 눈이 동그래졌다.

"당주 급? 우리 나이에? 그래야 겨우 목숨을 유지한다고?"

"진옥은 곧 그 정도가 될 거라 확신하고 있다. 문제는 너희 셋이지."

유옥은 두 사람을 냉정하다 못해 너무한다 싶을 정도로 몰아세웠다. 그러자 사진옥이 무안한 얼굴로 말했다.

"이 두 사람도 곧 그 정도까지 오를 수 있을 거야. 열심히 하고 있으니까 말이야. 문제는 후명인데……."

"아니, 미안한 말이지만 그냥 해서는 짧은 시간 안에 그 정도 경지에 이를 수 없다."

문득 말뜻이 이상하다는 것을 눈치 챈 사진옥이 슬며시 눈을 돌려 유옥의 눈을 직시했다.

"그럼…… 방법이 있다는 말이야?"

유옥이 슬쩍 고개를 까닥이고는 후명이를 바라보았다.

"후명이가 나으면 그때 말하지."

"후명이도? 팔을 하나 못 쓴다며?"

예종이가 안쓰러운 눈으로 고후명을 바라보며 물었다.

유옥이 말했다.

"그만큼 더 힘들겠지. 하지만 할 수 있을 것이다. 저렇게 당한 상태에서도 마금종에게 '개새끼'라고 욕할 정도로 독한 놈이니까."

세 사람이 홱 고개를 돌리더니 고후명을 바라보았다.

"저 순둥이가 그랬다고?"

"팔이 완전히 작살나고 다리마저 뭉개진 놈이, 개.새.끼.라고 했단 말이야?"

"설마……?"

그때다.

"개… 새…… 끼……. 차라리… 죽여……."

고후명이 부들부들 떨며 더듬더듬 그 말을 내뱉고는, 다시 조용해졌다.

네 사람은 눈을 부릅뜬 채 꿀 먹은 벙어리처럼 입을 닫았다.

한참 동안 방 안이 침묵에 휩싸였다.

그러다 모두의 얼굴에 슬며시 웃음이 떠올랐다.

저런 놈이라면 죽지 않을 것이다.

자신의 신세를 비관해 죽겠다고 설치지도 않을 것이다.

이제 보니 그런 놈이었다. 순둥이로 알고 있던 고후명이란 놈은.

웃음이 나오지 않을 수가 없었다.

유옥이 침묵을 깨고 어이없다는 듯 입을 열었다.

"자식, 사람 놀라게 하기는……."

웃음 진 여덟 개의 눈에 눈물방울이 맺혀 떨어지고 있었다. 하지만 아무도 서로를 비웃지 않았다.

우정이라는 이름의 눈물이 눈가에서 말라갈 즈음이었다.

"그냥 참을 거야?"

사진옥이 툭 한마디를 내던졌다.

모두가 유옥을 쳐다보았다.

"일단은."

실망감이 세 사람의 눈에 떠올랐다 사라진다.

유옥은 만장심해처럼 깊은 눈으로 세 사람을 주시했다.

"왜? 지금 당장 천양원과 집마원으로 쳐들어갈까?"

아무리 분노가 하늘에 닿아 있다 해도 그건 말도 안 되는 소리다. 그리고 모두가 그 사실을 잘 알고 있었다.

그래도 분이 삭지 않는지 상유상이 이 사이로 으르렁거리듯 말했다.

"그렇다고 그냥 있을 수는 없잖아!"

"그거야 당연하지. 지금 당장은 아니지만, 그들은 오늘의 일에 대해 대가를 지불해야 할 것이다. 열 배, 백 배……."

한마디 한마디 흘러나오는 말에 대기가 얼어붙고, 허공에서 서리가 내릴 것만 같았다.

분노에 찬 눈빛으로 유옥을 바라보던 세 사람이 흠칫 몸을 떨었다.

바로 그때였다.

툭툭!

누군가가 방문을 두드리더니, 딜컹 문이 열리고, 한 사람이 쏘옥 고개를 들이밀었다.

"들어가도 돼요?"

하은설이었다.

그녀를 본 네 사람의 몸이 석고상처럼 굳어졌다.

그나마 같은 여자인 예종이 맨 먼저 정신을 차렸다.

"들어오세요."

하은설은 머뭇거리며 방 안으로 들어서다가 무엇을 보았는지 얼굴이 붉어졌다.

'모두 울었나 봐. 어쩌지?'

남자들이 울었다. 처음 보는 모습이었다.

이상한 감정에 자신의 눈에도 자꾸 안개가 끼려 한다.

다행히 예종이 말을 붙여 그녀를 구해줬다.

"어떻게 오신 거죠, 하 아가씨?"

그제야 하은설이 황급히 입을 열었다.

"그분은 좀 어때요? 많이 다치셨다고 들었는데. 정신은 드셨어요? 깨어나면 배가 고프실 텐데, 제가 뭐 좀 가져올까요?"

한꺼번에 질문을 쏟아낸 그녀는 멍하니 자신을 바라보는 네 사람을 둘러보고 다시 얼굴을 붉혔다.

그러다 무슨 생각이 났는지 두 손을 마주 잡고 유옥을 바라보았다.

"아참, 아버지가 모시고 오래요."

갑작스런 말이었지만 유옥의 정신을 되돌리기에는 충분했다.

'아버지라면, 하경원?'

"저를 말입니까? 무슨 일이죠?"

"할아버지의 명령이에요."

"원주님이? 밤이 늦었는데 내일 가면 안 되겠습니까?"

사진옥이 냉정을 되찾고 재빨리 끼어들었다.

"그만큼 급한 일이란 말이겠지. 고후명은 우리가 돌볼 테니까, 갔다 와."

유옥이 느릿느릿 고개를 끄덕였다.

하긴 어차피 마주쳐야 할 일, 밤이면 어떻고 낮이면 어떻단 말인가.

"가시죠."

"예? 예. 아! 잠깐만요."

그때 돌아서려던 하은설이 밝은 웃음을 지으며 고후명에게 다가갔다. 그러더니 고후명의 귀에 대고 속삭이듯이 말했다.

"몸 빨리 나으세요. 나으시면 제가 맛있는 거 대접해 드릴게요."

바라보는 유옥의 입가로 보일 듯 말 듯 웃음이 맺혔다.

'정말 좋은 여인이다. 후명이가 저렇게 되지만 않았으면 더 좋았을 텐데……'

"이제 가요."

유옥이 고삐 잡힌 망아지처럼 하은설을 따라 밖으로 나가자 예종과 상유상이 휙 고개를 돌려 사진옥을 쳐다보았다.

"보내도 괜찮겠어? 위험하지 않을까?"

사진옥이 천천히 고개를 돌려 아직 정신을 차리지 못한 고후명을 바라보았다.

"혼자 들어가서 천양원을 발칵 뒤집어놓고, 집마사령을 병신으로 만들면서 후명이를 구해온 대형이 아니냐. 나는 대형을 믿는다."

2

두 손을 이마에 댄 채 눈을 감고 있던 하경원은 누군가 들어서는 소리가 들리자 천천히 고개를 들었다.

딸이 키가 큰 무사를 대동한 채 안으로 들어서고 있었다.

첫인상은 키가 크다는 것이었다.

'나보다 한 뼘은 크겠군.'

그리고 두 번째는 잘생겼다는 것이었다.

'잘생긴 놈치고 속 찬 놈이 없다고 했는데…….'

통념이란 깨지게 마련이다. 저 유옥이라는 무사의 무공이 자신조차 감당할 수 없을지 모른다고 아우인 경백이 그랬다. 믿기 힘든 말이지만, 그게 사실이라면 속도 어느 정도는 찼다고 봐야 했다.

더구나 경백은 설아와 유옥이라는 무사가 가까운 사이인

것 같다고 했다.

사실일까?

물론 오늘 이렇게 늦은 시간에 그를 부른 이유가 그 때문은 아니었다. 하지만 그래도 관심이 가는 것은, 과년한 딸을 둔 아버지의 어쩔 수 없는 마음이었다.

"모셔왔어요, 아버지."

딸이 환하게 웃으며 말한다.

저놈이 언제부터 저렇게 이가 다 보이도록 환하게 웃었지?

"험, 그래, 수고했다."

하경원은 떨떠름한 표정으로 대충 말하고는 유옥을 바라보았다.

"자네가 유옥이라는 무사인가?"

"그렇습니다만, 무슨 일로 부르셨는지요?"

웬일로 부르기는, 볼일이 있으니까 불렀지.

조금 건방진 말투인데도 목소리에 무게가 있다 보니 당연하게 들린다. 하경원이 일어서며 어깨에 힘을 주고 말했다.

"따라오게. 아버님께서 자네를 뵙자시네."

아버님? 하천광이?

유옥의 눈동자가 굳어졌다.

"원주께서 말입니까?"

"그렇다네. 오늘의 일은 결코 단순한 일이 아니네. 일급 사안이야. 아버님께선 이 일에 관계된 모두를 소집하셨네.

가지."

뜻밖이었는지 하은설의 눈도 커졌다.

"할아버지가 모두 오라고 하셨단 말이에요?"

"음, 그래. 하지만 너는 아니다. 너는 가서 쉬고 있어라."

하은설의 얼굴이 실망감으로 잔뜩 물들었다.

"그냥 한쪽에서 조용히 보고만 있으면 안 돼요?"

"뭘? 저 사람을?"

갑작스런 하경원의 공격에 하은설의 얼굴이 빨개졌다.

"아뇨. 뭐……."

"어쩌면 안 좋은 모습을 볼지도 모른다. 그러니 너는 들어 가 있거라."

말을 하는 하경원의 표정이 굳어진다. 그제야 하은설은 기어 들어가는 목소리로 대답하며 흘끔 유옥을 훔쳐보았다.

"알았어요. 할 수 없죠."

대전으로 들어가자 모여 있던 십여 명의 눈이 일제히 유옥을 향했다.

"데려왔습니다, 아버님."

하경원이 고개를 숙이자 상석에 앉아 있던 노인이 슬쩍 고개를 끄덕였다.

노인은 그리 크지 않아 보였는데, 눈가의 잔주름만 없었다면 하경원과 형제라 해도 믿을 수 있을 정도로 홍안이었다.

그러나 그의 작은 몸에서 뿜어지는 기세만큼은 넓은 대전이 좁게 느껴질 정도로 웅혼했다.

'대단한 노인이군. 과연 천양수 하천광이다.'

유옥은 그리 생각하며 주위를 빠르게 훑어보았다. 노인도 두어 명 보였지만, 대부분이 중년인들이었다. 개중에는 하경백도 보였다. 그리고 그 옆에는 하경백과 비슷한 얼굴의 중년인이 앉아 있었다.

'저자가 하경연인가?'

분명 그런 듯했다. 하경백과 닮은 사람이 더 이상은 보이지 않았으니까.

그때 하천광의 힘있는 목소리가 대전을 울렸다.

"그대가 유옥이라는 무사인가 보군."

"그렇습니다."

유옥은 가볍게 고개도 숙이지 않고 나직이 대답했다.

한데 그것이 못마땅한지 양편으로 늘어서 있던 자들 중 옅은 갈색 장삼을 걸친 장년인이 대뜸 소리쳤다.

"건방진! 이곳이 어딘 줄 알고 그따위로 행동하는 것이냐, 이놈! 묻는 말에 무릎을 꿇고 대답해라!"

유옥은 그럴 마음이 절대 없었다.

'그대들은 나를 무릎 꿇릴 자격이 없다.'

하기에 무심한 표정으로 상석의 노인만 바라보았다.

문득 노인의 입가가 씰룩이는 것처럼 보였다. 어떻게 하는

지 보자는 뜻인 듯했다.

"반기지 않는 분이 계신 것 같군요. 아무래도 그냥 가야 할 것 같습니다."

태연한 행동. 오만하게까지 보이는 말투.

"네놈이 감히!"

조금 전에 소리쳤던 자가 당장 손이라도 쓸 것처럼 한 걸음 나섰다.

그제야 하천광이 손을 들어 그를 말렸다.

"그만! 곡 당주, 물러서라."

"원주!"

"그는 내가 불렀다. 손님으로서. 하니 무릎을 꿇을 이유가 없다."

그는 간단하게 만호당주 곡이상의 분노를 잠재우고, 흥미가 동한 눈으로 유옥을 바라보았다.

"자네 친구는 지금 어떤 상태인가?"

일의 과정에 대해선 물어보지 않는다. 이미 알고 있다는 뜻. 아마도 하경백이 자세히 설명한 듯했다.

"아직 정신을 차리지 못한 상태입니다."

"으음, 경백에게 듣긴 했네만 다시 한 번 확인하고자 하네. 그가 본 원에 들어와서 집마원의 사람들이 만금당주와 만난 것을 봤다고 하던데, 사실인가?"

"아직 정확한 말을 듣지는 못했습니다. 다만 천양원에 들어왔던 친구가 왜 집마원의 사령에게 고문을 받아야 했을까, 하는 것을 생각해 본다면, 결코 거짓이 아닐 거라 생각합니다."

그 말에 하천광의 눈이 하경연에게 돌아갔다.

"네가 집마원의 사람들을 만난 것이 사실이더냐?"

하경연은 이를 지그시 깨물고 고개를 끄덕였다.

이미 동생이 알고 있는 일. 말로 아니라고 해서 해결될 문제가 아님을 익히 짐작한 까닭이었다.

"사실입니다."

"왜 만났느냐?"

하천광의 목소리에 노기가 얹혀졌다.

"그들도 천왕교의 사람들인데, 만나면 안 될 이유가 어디 있습니까, 아버님?"

쾅!

하천광이 탁자를 내려치며 노기 띤 목소리로 소리쳤다.

"이놈! 내 말하지 않았느냐? 집마원은 오직 마를 추구하는 무리들. 우리와는 다른 뜻을 지닌 자들이다!"

"하지만 그들도 같은 천왕교의 식구들입니다. 적이 아니란 말입니다."

"그럼, 내 묻겠다! 네가 정녕 순수한 목적으로 그들을 만난 것이냐?!"

하경연이 작정한 듯 입을 열었다.

"아닙니다. 저는 그들과 함께하기 위해 만났습니다."

"뭐라고!"

"어차피 지금 돌아가는 상황을 보면, 본 원도 천기원이든 집마원이든 어느 곳과 손을 잡아야 할 상황입니다. 아니면 도 태될 테니 말입니다. 해서 저는 집마원을 택한 것뿐입니다."

"이놈! 그걸 말이라고 하느냐? 우리가 왜 그들과 손을 잡는 단 말이냐!"

"잡지 않으면 도태되고, 도태되면 결국 잡아먹힐 테니까 요."

갑자기 대전 안이 조용해졌다. 숨소리만이 간간이 들려올 뿐 아무도 입을 여는 자가 없었다.

유옥은 가만히 서서 상황을 유추해 보았다.

하경연의 말도 완전히 틀린 말은 아니었다. 돌아가는 상황 이 그랬다. 언제부터인가 천왕교는 천기원과 집마원, 그들이 주도하고 있었다. 그 두 세력과 연결되지 않은 자들은 이단처 럼 취급될 정도였다.

이제 천왕교에서 순수한 패(覇)는 사라지고 있었던 것이다. 천왕의 율법이 사문화되고 있는 것처럼.

'사부께선 전대 교주의 한순간 판단 착오가 오늘의 일을 불렀다고 했었지.'

한참 만에야 하천광이 입을 열었다. 이미 노기는 밑바닥으 로 가라앉아 있었다.

"우리는 어느 곳과도 손을 잡지 않는다. 내가 죽기 전까지 그것은 불변이다."

유옥은 깊어진 눈으로 하천광을 응시했다.

이런 일로 자신의 분노를 참지 못할 만큼 그는 단순한 사람이 아니었다. 어쩌면 하경연을 몰아친 것도 모두에게 경각심을 주기 위한 그만의 방법이었는지 몰랐다.

또한 분노를 보임으로써, 이번 일이 결코 천양원의 뜻이 아니었음을 유옥에게 말하고자 함인지도 몰랐다.

하지만 그런 것은 아무래도 상관이 없었다.

"한 가지, 물어볼 게 있습니다."

모두가 유옥을 바라보았다. 어이없다는 표정이 대부분이다.

원주가 분노한 상황이거늘, 너 따위가 감히! 그런 표정이다.

아랑곳하지 않고 유옥이 물었다.

"하경연 당주께서도 제 친구가 잡혀간 것을 알고 계셨는지요?"

조용하면서도 아무런 감정이 느껴지지 않는 목소리였다.

하경연이 차갑게 대꾸했다.

"알고 있었다."

"하면 왜 말리지 않았습니까?"

"훙! 내가 왜 말려야 한다는 말이냐? 천양원의 내원에 침입

한 사람은 고후명이지 그들이 아니다."

유옥은 조용히 하경연을 바라보고는, 하천광을 향해 고개를 돌렸다. 두 사람의 눈이 마주쳤다.

순간 하경백이 다급히 나섰다.

"잠깐, 내 할 말이 있네!"

그는 안다. 유옥이 무슨 말을 꺼내려는지.

천왕의 율(律)!

아마 평지풍파가 일어날 것이다. 그것만은 막아야 했다.

유옥을 걱정해서가 아니다. 자신이 아는 하경연은 결코 저 유옥이라는 무사를 당할 수 없다. 그러니 천양원의 명예가 땅에 떨어지는 것만큼은 막아야 하지 않겠는가.

"더 할 말이 없는 것 같습니다만."

"아니네. 길이란 것이 항상 하나만 있는 것은 아니라네."

유옥의 깊어진 눈에 이채가 떠올랐다.

하경연처럼 무턱대고 일을 저지르는 사람이 있다면, 하경백처럼 침착하니 상황을 조절하는 자도 있다. 어쩌면 그것이 천양원이 천기원과 집마원 사이에서 버티는 힘일 것이다.

유옥은 한발 물러서기로 했다. 힘이 능사가 아니라는 것을 모르는 그가 아니었다.

"그럼 당주께선 어떤 길을 말씀하고 싶으신 겁니까?"

"자네 친구를 치료하는 데 본 원의 힘을 아끼지 않겠네. 본 원에는 영약이라 할 만한 것들이 제법 있네. 그중 몇 가지를 내놓겠네."

"그것이 고후명의 팔과 다리를 대신할 수 있다고 생각하십니까?"

"내가 내놓겠다는 몇 가지 영약 중에는 공력을 높일 수 있는 것도 있네. 비록 팔과 다리를 대신할 수는 없겠지만, 어느 정도 보충할 수는 있을 거네."

"경백! 그게 무슨 소리냐? 왜 저자에게 그런 물건을 내준단 말이냐?"

하경연이 말도 안 된다는 듯 소리쳤다.

그러자 하천광이 손으로 팔걸이를 탁 치며 하경연을 제지시켰다.

"너는 가만히 있어라! 뭘 잘했다고 큰소리냐!"

하천광도 하경백에게서 유옥의 무위에 관해 들었다. 말로만 들어서 확실한 것을 알 수는 없었지만.

하나 눈앞에 있는 지금, 한 가지만은 분명했다.

강하다! 젊은 놈이 자신의 아들들보다도 강하다!

눈이 마주치자 천양수라는 자신의 손에 땀이 배일 정도로!

어쩌면 그것이 오만하게 보이는 행동을 하는 유옥을 그냥 놔두는 이유이기도 했다.

'어떻게 저런 놈에 대해 알려진 것이 아무것도 없을 수가 있단 말인가?

하천광은 유옥을 물끄러미 바라보고는 조용히 입을 열었다.

"어차피 벌어진 일을 돌이킬 수 없다면 최선을 찾아야 하지 않겠나?"

그때 하경연이 더는 못 참겠다는 듯 앞으로 걸어나왔다.

"아버님, 이 일은 제가 처리하겠습니다. 일개 대의 대원에게 천양원의 원주이신 아버님이 굽히고 들어간다는 것은 말이 안 됩니다!"

"남자라면 자신이 한 일에 책임을 져야겠지. 나 역시 원하던 바요!"

유옥이 무심히 말하며 그를 돌아다보았다.

'이곳은 적진의 한가운데. 최대한 빨리 처리해야 한다! 내가 드러나는 일이 있어도. 후명이를 위해!'

빠르게 생각하고, 순간적으로 결론을 내렸다.

동시, 그의 신형이 흐릿하게 사라지면서 허공에 낭랑한 음성이 울려 퍼졌다!

"천왕 제일율에 따라 힘으로써 그대를 상대하겠다!"

하경백이 대경하며 외쳤다.

"기다려!"

그러나 이미 유옥의 신형은 하경연의 코앞에 닥치고 있었다.

삼 장의 거리가 찰나간에 사라졌다.

하경연의 눈도 급격히 굳어졌다.

설마 이렇게 빨리 손을 쓸 줄은 생각지 못했다는 표정이다.

하지만 그도 내노라하는 고수임은 분명했다.

"네놈이 감히!"

일갈을 토해낸 그는 한 걸음도 물러서지 않고 쌍장을 휘둘렀다.

그때다! 유옥의 두 손에서 푸르스름한 빛이 어른거린다.

그걸 본 하천광이 놀라 부르짖었다.

"설마, 천강벽월?!"

벌떡 일어선 그의 신형이 튕기듯이 날아갔다.

거의 동시였다!

쾅!

미처 누가 말릴 사이도 없이 유옥과 하경연의 쌍장이 정면으로 부딪쳤다.

"크윽!"

신음을 흘리며 주르륵 물러선 하경연의 두 눈이 더할 수 없이 크게 홉떠졌다.

멈칫, 주춤거렸던 유옥이 다시 하경연을 덮친 것은 순식간이었다.

십지가 쫙 펼쳐지더니 가슴을 찍어간다.

십절패왕조(十絶覇王爪)!

해쓱하니 질린 하경연이 정신없이 두 손을 휘둘러 장막을 쳤다.

전면을 가득 채운 손 그림자.

유옥은 차가운 표정으로 장막을 찢어버리고, 하경연의 가슴을 향해 구부러진 손가락을 뻗어갔다.

몸을 비틀어 뒤로 눕히며 신형을 튕기는 하경연. 시퍼런 유옥의 손가락이 그의 어깨를 스치고 지나간다.

"큭!"

짧은 신음이 하경연의 입에서 흘러나왔다.

한 움큼 살점이 떨어지며 피가 튄다. 찢어진 옷자락이 순식간에 붉게 물든다. 그 모든 것이 일수유의 순간에 벌어졌다.

하지만 유옥은 공격을 계속하지 못하고, 몸을 틀며 옆으로 물러서야만 했다. 하천광의 천양신장이 불길처럼 뜨거운 기운을 품은 채 자신의 옆구리 쪽으로 날아오고 있었던 것이다.

미끄러지듯 물러선 유옥의 표정이 신중해졌다.

상대는 천양원의 원주인 천양수 하천광. 결코 자신에 비해 크게 떨어지지 않는 고수인 것이다.

'좋아! 얼마나 강한가 보자!'

그는 두 손을 들어 건곤을 휘돌렸다.

대기가 비틀리며 천양신장의 열기가 푸르스름한 원에 갇혀 맴돈다.

일순간, 유옥과 하천광의 내력이 정면으로 얽혀들었다.

쿠구구궁!

바닥이 움푹 파이며 먼지구름이 피어올랐다.

쿵! 쿵! 쿵!

똑같이 세 걸음씩 물러선 두 사람.

여전히 차가운 표정의 유옥. 경악과 불신이 뒤섞인 채 활활 타오르는 눈으로 유옥을 노려보는 하천광.

유옥이 먼저 입을 열었다.

"천왕의 율을 어기겠다는 말씀이십니까?"

하천광이 놀람을 가라앉히고 대답했다.

"천만에! 누가 감히 천왕의 율을 어길 수 있단 말인가?"

"그럼 왜 나서시는 겁니까?"

"아직 할 말이 남아 있기 때문이네."

유옥은 천천히 고개를 돌려 하경연을 노려보았다.

창백하게 질린 얼굴. 어깨에서 뿜어진 핏물이 벌겋게 물든 가슴을 타고 빠르게 번진다.

재빨리 그의 앞을 가로막은 천양원 당주들의 눈이 경악으로 인해 크게 뜨여 있다.

말도 안 돼! 모두가 그런 눈빛이다.

유옥은 다시 천천히 고개를 돌리고 하천광을 향해 입을 열었다.

"말씀해 보시지요. 제가 납득할 수 있도록 말입니다."

하천광이 보일 듯 말 듯 고개를 끄덕였다.

"경백이 말한 것에다 한 팔을 대신할 수 있을 정도로 뛰어난 무기를 하나 더 주지. 그리고 내 아들에 대해선 그대들이 원하는 대로 조치하겠네."

"팔을 자르라면 자르겠다는 말씀입니까?"

"원한다면!"

의외의 대답. 대전 안이 찬물이라도 끼얹어진 것처럼 조용해졌다.

유옥의 차갑던 표정도 조금 누그러졌다.

'후명아, 만족하냐?'

솔직히, 하천광이 이 정도까지 굽힐 줄은 생각도 하지 못한 유옥이었다. 해서 피를 볼 각오를 하고 왔던 터였다. 한데 하천광이 자식의 팔이라도 자를 듯이 말하지 않는가.

게다가 이들이 내놓을 영약이 어떤 것인지는 모르지만, 고후명의 상처를 치료하는 데 적지 않은 도움이 될 것 또한 분명했다.

화풀이를 하는 것보다 고후명의 상처를 치료하는 것이 급선무. 유옥의 고개가 천천히 끄덕여졌다.

"좋습니다. 그럼 지금 즉시 그 약들을 약왕당의 의방에 보내주셨으면 합니다."

"당연히 그리해야겠지."

유옥의 눈이 다시 천양원의 당주들에게 감싸여 있는 하경연을 향했다.

"하경연 당주에 관한 처리는, 원주께 맡기겠습니다."

"고맙네. 다만 한 가지……."

하천광의 표정이 기이할 정도로 부드러워졌다.

"자네가 대답해 줬으면 하는 것이 있네."

"말씀해 보시지요."

"돌아가신 태대원로와 어떤 관계인가?"

유옥은 뜻밖의 전음에 하천광을 직시했다.

조금의 사심도 느껴지지 않는 눈빛이었다.

'하천광, 중도를 걸으며 어디에도 휩쓸리지 않는 자라 했지? 한번 모험을 해봐?'

망설임도 잠시, 유옥도 전음으로 대답했다.

"혹시 오래전에 한 아이가 지옥십관에서 사라진 것에 대해 들으신 게 있는지요?"

하천광의 눈이 커졌다. 입이 반쯤 벌어진 그는 무슨 생각에선지 입을 닫고 눈만 빛냈다.

"나중에 단둘이서 이야기를 나누었으면 싶은데, 어떤가?"

"며칠 뒤에 찾아뵙지요."

第四章
암류(暗流)

千秋芳景深更掩重霄 雨間容差現改

革閒故近天下 泛此知名陰窓 界一

道吉廣為傳

長座前再拜禮一天師與

曰弟子趙孟頫敬書至大改元四月

死星
天血

진시가 거의 지나갈 무렵.

집마원의 넓은 대전에 열두 명의 마도 고수가 둘러앉았다. 그들이 아침부터 머리를 맞댄 이유는 숙적인 천기원 때문이 아닌, 사단에 속한 일개 대의 대원 하나 때문이었다.

세상에, 대천왕교의 집마원 원로들이 하찮은 대원 하나 때문에 모이다니.

모인 사람들은 어이가 없다는 표정, 짜증난다는 얼굴로 상석을 바라보았다.

그곳에는 집마원의 원주이며, 천기원주와 함께 천왕교의 이인자 자리를 다투는 헌원무강이 눈을 감은 채 태사의에 깊숙이 몸을 묻고 있었다.

"원주! 마금종은 제 수하인만큼 이번 일은 제가 처리하겠습니다."

우측에서 카랑카랑한 목소리가 들려오자, 그제야 헌원무강이 천천히 눈을 떴다.

"혁련호, 그대가?"

턱이 좁고 얼굴이 홀쭉한 초로인이 하얀 머리칼 사이로 살기 어린 눈빛을 빛내며 조용히 고개를 끄덕였다. 집마사령을 이끌고 있는 마벽검 혁련호가 바로 그였다.

"마금종이 당한 것이 문제가 아니다. 그로 인해 하천광과 우리의 거리가 더 벌어졌다는 게 문제야. 결국은 천기원만 좋아지지 않았는가?"

"사실 천양원을 이용하려던 계획부터가 잘못된 것이었다는 것이 저의 생각입니다, 원주."

한 사람이 반대편에서 벌떡 일어섰다.

"뭐라? 혁련 루주, 그럼 내가 계획을 잘못 짜서 지금의 일이 벌어졌다는 것인가!"

그가 바로 집마원에서 군사 역할을 하고 있는 마유 등천우였다.

그는 모든 책임을 자신에게 전가시키려는 혁련호가 매우 못마땅했다. 일이 틀어진 것은 결국 멍청한 집마사령이 괜한 짓을 해서가 아닌가 말이다.

"누구의 잘못을 논하자는 것이 아니네. 그래 봐야 천기원의 늙은이만 좋아질 일이니까. 다만 내 말은, 어차피 이용할 수 없는 하천광을 이용해 보겠다고 쓸데없이 힘을 소모하느니, 차라리 직접 손을 쓰는 것이 나았을 거라는 말이지."

"흥! 그럼 그대가 직접 천기원을 치기라도 하겠다는 말인가?"

"허락만 떨어진다면 못할 것도 없지. 단, 그전에 그 애송이를 먼저 때려잡아야겠네. 본 원의 땅에 떨어진 위상만큼은 바로 세워야 하지 않겠는가?"

강한 어조로 말을 끝맺은 혁련호의 눈이 헌원무강을 향했다. 그러자 헌원무강이 부리부리한 눈을 좁히고 천천히 고개를 저었다.

"천기원이 남몰래 기른 힘은 생각보다 강하네. 더구나 귀왕전이 그들과 손을 잡으려 하고 있어."

"삼혼루가 함께라면 가능하지 않겠습니까?"

말을 하는 혁련호의 눈이 좌측을 향했다. 철탑처럼 조용히 앉아 있던 장년인, 혈마루주 혈마 도웅완이 가는 눈을 뜨고 천천히 고개를 끄덕였다.

"제 생각도 사령루주와 같습니다, 원주."

헌원무강이 희미한 미소를 지었다.

"하긴, 힘을 놔두고 머리 싸움을 한다는 것도 어리석은 일이지. 좋아, 한번 해봐. 단, 서두르지 말고 교 내가 조용해지면 처리해. 아직은 천왕대전을 자극할 때가 아니니까."

2

"그가 천양원에 들어가 한바탕 난리를 피웠다 합니다."

삼십대 백의문사의 보고에 백리군악이 보던 책을 덮고 물었다.

"결과는?"

"무사히 걸어나왔습니다. 천양원도 별다른 움직임을 보이지 않고 있습니다."

"뭔가 대가를 주었다 봐야겠군."

"저희도 그렇게 생각하고 있습니다."

"집마원은 어떤가?"

"그를 처단하기로 했다 합니다."

처음으로 백리군악의 눈매가 보일 듯 말 듯 좁혀들었다.

"처단이라……. 누가 나서기로 했나?"

"사령루주 혁련호가 직접 챙길 생각인가 봅니다."

"훗, 그렇다고 그가 직접 나서지는 않을 테고……. 사령 몇 명이면 그를 처리할 수 있다고 생각하겠군."

"아무래도 그렇게 생각할 수밖에 없지 않겠습니까?"

"흠, 혁련호가 좀 곤란해지겠군. 후후후……."

즐거운 웃음이 백리군악의 입가로 번지자 백의문사가 조

심스럽게 다음 말을 꺼냈다.

"하옵고, 그 와중에 혁련호가 삼루의 나머지 두 곳을 끌어들였다 합니다."

"그래?"

"본 원에 대한 조치로 사료되옵니다."

"아무래도 그렇겠지. 그들의 뜻이 성공할 가능성은?"

백의문사가 생각할 것도 없다는 듯 바로 대답했다.

"전무(全無)이옵니다."

"흠, 전무라……."

책의 겉장을 손가락으로 쓸어내리던 백리군악이 입은 연 것은 한참 만이었다.

"좋아, 그럼 그대들은 그 가능성을 삼 할 정도로 끌어올릴 수 있는 방법을 생각해 봐라."

"알겠사옵니다, 공자."

괴이한 명령인데도 백의문사는 당연히 그래야 하는 것처럼 고개를 숙이며 답했다.

그러자 백리군악이 혼잣말처럼 말했다.

"조금씩, 조금씩 시작하는 거다. 거대한 제방이 터지는 것도 하나의 돌이 빠지면서부터 시작되는 것이니 말이야."

고개 숙인 백의문사의 어깨가 가늘게 떨렸다.

'마침내, 첫발을 내딛기 시작했다.'

이제 다른 길은 없다.

외나무다리에 발을 올린 이상!

3

고후명이 정신을 차리고 눈을 뜨는 데는 사흘이 걸렸다. 그나마도 천양원에서 보내준 영약 덕분이었다.

약은 하은설이 직접 들고 왔는데, 그녀는 그날부터 하루도 빼놓지 않고 의방을 들락거렸다. 자기가 직접 약을 달여준다며. 여자가 보살펴 주어야 환자가 빨리 낫는다나?

하지만 그녀는 고후명이 저렇게 되는 데 결정적인 역할을 한 천양원의 여인. 아무래도 껄끄러울 수밖에 없었다.

결국 예종이 자기가 하면 어떠냐고 나섰다. 그러자 상유상이 한마디 했다.

"너는 안 돼. 어디 여자다운 데가 있어야지?"

예종은 심각하게 그 말을 듣더니 조용히 고개를 끄덕였다. 그리고 침묵이 한참 동안 방 안을 맴돌았다. 두 사람이 나가기 전까지.

두 사람이 나가자 사진옥이 고개를 설레설레 저었다.

"아무래도 오늘 밤 시끄럽겠군."

다음날, 상유상이 다리를 절며 의방에 나타났다. 얼굴에는 가시에 긁힌 것처럼 보이는 자국이 십여 군데나 나 있었다.

아무도 상유상의 부상에 대해 묻지 않았다. 당연히 그럴 줄 알았으니까.

한데 신월단주에게 하루 일과를 보고하느라 제일 늦게 의방에 나타난 사진옥이 고개를 갸웃거리며 중얼거렸다.

"이상하군. 어제 방에서 들린 소리로 봐서는 오늘 일어나지 못할 줄 알았는데 말이야. 뭐 다른 일이라도 있었나?"

그 말에 갑자기 두 사람의 얼굴이 벌게졌다.

"왜 저러지?"

유옥은 도무지 이해할 수 없다는 듯 사진옥을 바라보았다.

그때 하은설이 고개를 푹 숙이고 밖으로 종종거리며 나가 버렸다. 뭔가를 깨달은 듯.

도대체가 알 수 없는 일이었다.

"끄끄그……."

후명이마저 그 말을 알아들은 듯 웃고 있는데 자신만 모르다니. 은근히 열받은 유옥이 물었다.

"이봐, 진옥, 왜들 그래?"

"응? 어, 별거 아냐. 둘 다 몸들이 워낙 튼튼하잖아. 그래서 아무 이상이 없었던 건가 봐."

'그게 아닌 것 같은데?'

그리고 이틀, 고후명의 입이 트였다.

말을 할 수 있게 된 고후명이 유옥에게 한 첫 질문은 우습게도 하은설에 대한 것이었다. 아무래도 마음에 걸리는 듯했다.

"하 아가씨가 대형을 좋아하나 봐. 자주 오는 것이."

"네가 원하면 오지 말라고 하마."

유옥이 말하자 고후명이 고개를 천천히 저었다.

"아니…… 고맙잖아. 그냥 놔둬."

그녀가 오지 않으면 대형도 지금처럼 자주 오지 않을 것이다. 그건 고후명도 원치 않았다. 아니, 솔직히 그것이 두려웠다.

아무도 없을 때면, 누군가가 몰래 문을 열고 들어와서 자신의 살을 찢고, 뼈를 부러뜨리며 고문을 하다 죽일 것만 같았다. 어쩌면 자기가 소리를 지를까 봐 이불로 입을 틀어막고 그렇게 할지도 모른다는 생각마저 들었다.

하지만 그 말을 할 수는 없었다. 대형과 친구들이 겁쟁이라고 놀릴지 모르니까.

고후명은 대신 웃으며 물었다.

"그런데 대형. 나 절혼대에 계속 있을 수 있겠지?"

억지웃음이란 것을 모를 유옥이 아니었다.

아마도 자신의 처지를 잊기 위해 몸부림치는 것일 게다.

그렇게라도 하지 않으면 미칠 것 같아서일 게다.

썩을 놈, 차라리 울어서라도 속에 있는 것을 다 풀어버리지…….

"물론이지!"

대답을 하면서도 가슴이 아팠다.

아파서 살이 파이는 것만 같았다.

그래서 그도 웃었다. 웃지 않으면 고후명이 더 아파할 것 같아서였다.

그때, 덜컹! 방문이 열리더니 하은설이 들어왔다.

유옥이 고후명의 귀에 대고 말했다.

"호랑이도 제 말하면 온다더니……."

그 말을 듣지 못한 하은설은 약그릇을 들고 침상으로 다가오더니 유옥에게 물었다.

"무슨 이야기를 그렇게 정답게 나누시는 거예요?"

고후명이 힘겹게 입을 열었다.

"호랑이에 대한 이야기였습니다."

하은설이 새침한 표정으로 두 사람을 번갈아 봤다.

"저 놀리시는 거죠? 그렇죠?"

유옥이 심각한 표정으로 고개를 저었다.

"그게 아닙니다. 뼈를 다친 사람에게 호랑이의 뼈를 고아 먹이면 빨리 낫는다는 말을 들어서, 그 이야기를 하고 있었습니다."

하은설의 표정도 심각해졌다.

"그럼 호랑이를 잡아와야 되는 거예요?"

어찌나 심각해 보이는지 유옥은 웃을 수도 없었다.

"아마 이 근처에는 없을 겁니다. 다 잡아먹어서."

"저기요, 천양원에는 없는 게 없거든요? 혹시 조금이라도 있을지 모르니 한번 물어볼까요?"

유옥이 다시 고개를 저었다.

"어차피 금방 잡은 것 아니면 효과가 없으니 너무 신경 쓰지 마십시오. 지금 달이는 약만 잘 먹어도 곧 나을 겁니다."

"예에……. 아참!"

하은설은 그제야 생각났다는 듯 들고 온 약사발을 고후명에게 내밀었다.

"식기 전에 어서 드세요. 쓰다고 남기면 안 돼요? 한 번에 다 마셔요. 호랑이 뼈 고은 거라 생각하시고요."

고후명의 얼굴이 이지러졌다.

저 쓴 약을 한 번에 다 마시라고?

유옥을 바라보았다.

괜히 호랑이 뼈 어쩌고저쩌고해서!

유옥은 터져 나오려는 웃음을 참고 고후명의 살기 어린 눈빛을 향해 말했다.

"하 아가씨가 직접 달인 약이네. 영광으로 알고 마시게. 한 번에 다! 어서!"

고후명은 눈 딱 감고 사발을 비웠다.

엄청나게 썼다. 속이 뒤틀리는 것만 같았다. 제기랄!

몸에 좋은 약이 쓰다고?

그놈들에게 먹여보고 싶었다.

'먹고 나서 웃는 놈이 있다면 내가 할아버지라고 부른다!'

고후명이 오만상을 찌푸리며 오만 가지 잡생각을 다 하고
있을 때다. 유옥이 문득 생각났다는 듯 물었다.

"후명, 저번에 왜 웃었지?"

"뭐? 언제?"

"유상이 예종에게 맞고 온 날 말이야."

"……."

고후명이 힐끔 하은설을 바라보았다.

후다닥, 얼굴이 빨개진 하은설이 사발을 챙겨 들더니 재빨
리 밖으로 나가 버렸다. 그날처럼.

어리둥절해하는 유옥을 보니 고후명은 한숨이 나왔다.

"어휴, 바보 같은 대형. 이리 귀 대봐."

"……."

잠시 후, 유옥이 방을 나섰다.

약을 달이던 하은설이 미미한 동작으로 몸을 돌렸다. 아직
얼굴은 벌게진 그대로였다.

유옥은 그런 하은설을 힐끔거리고는, 아무런 말도 하지 않
고 성큼성큼 과장된 동작으로 의방을 떠나갔다. 절혼대를 향
해. 상유상을 찾아서.

'가서 물어봐야겠어. 어떤 방법을 썼는지……'

두 사람이 의방을 떠나는 유옥의 뒷모습을 바라보고 있었다.

"삼호(三號), 칠사령께 전해라. 명이 떨어지면 바로 작전에 돌입할 테니 모두 대기하라 하고."

"알겠습니다, 십이사령. 한데 저자가 정말 그리로 가겠습니까? 이번에도 다른 곳으로 가면⋯⋯."

십이사령의 눈매가 가늘어졌다.

"솔직히 말하자면, 나도 의문이다. 이미 한번 헛고생을 했으니까. 하지만 명령은 명령, 우리는 명령에 따르기만 하면 된다. 가봐."

4

상유상은 절혼대에 있지 않았다.

그렇다고 사방을 돌아다니며 찾을 수도 없는 일. 유옥은 절혼대를 나와 패왕전으로 발길을 돌렸다.

'아버지가 화내지 않을지 모르겠군.'

벌써 열흘이 넘었다. 닷새 전에 가봐야 했는데, 고후명의 일이 터지는 바람에 가보지 못한 것이다.

아무래도 달래줄 방법을 찾아야 할 것 같았다.

유옥은 일단 천왕교에 단 세 개 있는 객잔 중 술이 가장 맛있다는 대왕루에 들러 술을 한 병 샀다. 그것도 제법 고급으로.

그리고 질 좋은 고기도 두어 근 샀다.

하은설과 함께하지 못하는 것이 아쉽기는 하지만, 오늘은 아버지와 술 한잔 나누며 이야기를 나누고 싶었다.

설마 하루쯤 보지 않는다고 어디로 달아나지는 않겠지?

그런데…… 반 시진도 지나지 않았거늘 별생각이 다 든다.

지금도 약왕당의 의방에 있을까?

내가 없다고 천양원으로 돌아가지는 않았을까?

후명이를 보살핀다고 힘들어서 그런지 얼굴에 살이 빠진 것 같던데…….

후명이가 약왕당에서 나오면 아무래도 지금처럼 자주 만날 수는 없겠지? 그냥 후명이더러 더 누워 있으라고 할까?

아니면…… 더 누워 있게 만들어?

'응? 내가 무슨 생각을……. 훗.'

자신이 그런 생각을 했다는 걸 알면, 후명이가 어떤 표정을 지을까?

유옥은 진한 웃음을 매단 채 이런저런 엉뚱한 생각을 하며 골목길을 빠져나왔다.

한데 골목길을 빠져나온 그때부터였다. 유옥의 입가에 맺혔던 웃음이 싸늘히 식어갔다.

약왕당을 나선 순간부터 누군가가 자신을 따라붙었다.

'전에 그놈들인가?'

사실 오늘이 처음이 아니었다. 이틀 전에도 똑같은 움직임이 있었다. 그때는 조심스럽게 뒤를 따르다 자신이 절혼대로 들어가는 순간 그들도 발길을 돌렸었다.

한데 자신이 절혼대로 가지 않는 오늘은 끝까지 따라온다. 그때처럼 조심하지도 않고 살기마저 흘리면서.

유옥은 그들이 누군지 굳이 고민하지 않았다. 집마원의 놈들이 아니라면 이토록 살기를 흘리며 자신을 감시할 놈이 없을 테니까.

그로선 그저 반가운 일일 뿐이었다. 고후명이 나으면 움직일 생각이었는데 놈들이 먼저 찾아오다니.

'훗! 찾아갈 수고를 덜어줘서 고맙군.'

씨익, 싸늘한 웃음을 흘린 유옥은 오른쪽으로 방향을 꺾어 산쪽으로 향했다. 평상시 이용하던 우회로를 타기 위해서. 그리고 고후명이 흘린 피의 대가를 받아내기 위해서!

천왕곡의 북쪽 능선은 산양이나 다닐 법한 바위산이 죽순처럼 솟아 있었다. 그곳이 바로 유옥이 패왕전으로 가기 위해 자주 이용하는 우회로였다.

골목길을 빠져나온 지 일각이 조금 넘은 시각, 평소라면 짐승조차 거의 다니지 않는 능선을 오르며 유옥은 정상 너머에서 불어오는 바람을 가슴으로 안았다.

바람이 스쳐 가며 자기보다 먼저 온 손님들이 있음을 알려주고 있었다.

유옥은 알고도 모른 척 싸늘히 굳은 표정으로 바위 사이를 지나 고개 정상을 넘어갔다.

이제부터는 남의 눈을 신경 쓸 필요가 없었다.

마침내 때가 된 것이다.

'와라! 지옥으로 보내주마!'

그때다! 놈들이 자신의 마음을 알았는지 먼저 손을 썼다.

쐐액!

바람에 부대끼는 나뭇잎 소리에 섞인 채 귀청을 파고드는 날카로운 소음!

고개를 옆으로 돌리자 새까만 철전 하나가 보였다. 칠 장 밖의 나무 뒤에서 쏘아진, 길이가 한 자도 채 되어 보이지 않는 소전(小箭)이었다.

유옥은 홱 고개를 돌리며 머리를 뚫을 듯이 날아오는 소전을 입으로 잡아 물었다.

뒤이어 꼬리를 물고 다시 날아오는 세 발의 소전이다.

쐐에에엑…….

유옥의 신형이 한 바퀴 빙글 도는 순간, 세 발의 소전이 마치 물살에 휩쓸리듯 그의 몸을 따라 옆으로 흘렀다.

'가까운 곳에 넷. 멀리에도 몇이 더 있다!'

한 바퀴 휘돌며 적들의 동향을 탐지해 낸 유옥의 입가에 가느다란 미소가 맺혔다.

냉소였다.

적이 누군지는 모른다.

알 필요도 없다.

검에는 검으로, 피에는 피로!

순간 한 발을 내딛는 유옥의 신형이 흐릿하니 좌우로 흩어졌다.

한데 그것이 도주하려는 것처럼 보였나 보다. 카랑카랑한 목소리가 숲 속에 울렸다.

"놈이 도주한다! 막아!"

악쓰는 목소리가 잦아들기도 전이었다. 세 개의 그림자가 유옥을 향해 쇄도했다.

그와 동시, 입에 물린 소전이 좌수로 옮겨지고, 우수가 철검을 잡았다.

찰나였다! 날아드는 세 개의 그림자를 향해 칼날의 번개가 떨어졌다!

쾅! 쩌정!

"크읍!"

"어헉!"

두 마디의 신음이 동시에 터지고, 두 인영이 달려들던 때보다 빠르게 튕겨졌다.

내려선 자리에 남은 자는 한 사람뿐. 그가 입을 쩍 벌린 채 몸을 떨고 있다. 유옥의 손에 들린 소전에 매달린 채.

목을 꿰뚫고 반대쪽으로 삐져나온 소전의 화살촉을 타고

투두둑 떨어지는 선혈. 튕겨 나간 두 사람은 달려들 생각도 잊은 채 앞만 주시했다.

찰나간에 동료가 죽었다.

어이없게도 자신들이 쏘아냈던 소전에 목이 꿰뚫려서!

그러나 어떻게 된 일인지 생각할 겨를도 없었다.

"죽여라!"

또다시 이어지는 공격 명령이다.

이를 악다문 두 사람이 검을 꼬나 쥐고 유옥을 향해 달려들었다.

유옥의 입가에서 냉소마저 사라졌다.

휘이익!

유옥은 목을 꿰뚫은 소전을 잡고 그대로 옆으로 휘둘렀다.

소전에 매달려 있던 자가 허공을 가로지르며 날았다.

목에 난 구멍에서 뿜어지는 피분수!

숲이 붉게 물들었다!

차마 동료의 몸을 베지 못한 두 사람이 급급하게 옆으로 몸을 날렸다.

순간, 유옥의 신형이 죽 늘어나며 그중 한 사람을 덮쳤다.

"피해!"

다급함이 서린 카랑카랑한 목소리!

하지만 이미 유옥의 손에 들린 검은 궤적을 그리며 목표했던 갈의인을 길게 갈라 버렸다.

스걱!

소름 돋는 기음.

갈의인이 부릅뜬 눈으로 유옥을 보며 그대로 뒤로 넘어갔
다.

목이 반쯤 잘린 채. 마치 목이 잘린 박쥐처럼!

"악랄한 놈!"

분노에 찬 목소리!

카랑카랑한 목소리의 주인이 마침내 유옥을 향해 떨어져
내렸다.

유옥이 낮게 소리쳤다.

"나와라! 동료가 죽어가는데도 구경만 하고 있을 건가!"

그사이 상대의 공격은 일 장 앞까지 다다라 있었다.

유옥의 손이 들렸다.

검첨이 허공에 점 하나를 찍었다.

쾅!

단발의 굉음! 떨어져 내리던 자가 다시 허공으로 튕겨졌다.

동시에 바닥을 기어가는 듯한 소음이 일더니, 네 군데서 바
위도 뚫을 듯한 기운이 쏟아진 살처럼 날아들었다.

유옥의 눈빛이 깊게 가라앉았다.

'오랜만의 느낌이야.'

지옥칠관의 기관을 상대할 때의 긴장이 살아난다.

'정말 징글징글했지.'

그곳에서는 하루하루가 죽음과 삶의 연속이었다.

바로 지금처럼!

공세가 일 장 앞까지 다가오자 유옥의 몸이 휘돌며 손이 흔들렸다.

철검에서 푸른 기운이 일더니 허공을 한 바퀴 휘감는다.

전마십팔검 중 팔상난분(八像亂粉)이었다.

쇠처럼 단단해진 나뭇가지가 팔방을 휘감으며 어지러이 휘날렸다.

검기가 마치 가루처럼 흩뿌려지며 그물처럼 펼쳐졌다.

잔살망(殘殺網)!

세 자루의 검이 마치 그물에 갇힌 물고기처럼 퍼덕거리며 빠져나가려 발버둥 친다.

한순간, 흩뿌려진 검기가 뭉치더니 폭발하듯이 퍼져 나갔다.

전마십팔검의 후 팔초 중 폭마검류(爆魔劍流)였다!

따다당!

달려들던 자들이 사방으로 퍼져 나가는 검세를 견디지 못하고 분분히 뒤로 물러났다.

유옥의 입가로 차가운 냉소가 스쳤다.

이제 내 차례다!

둥실 떠오르는가 싶던 유옥의 몸이 사방으로 흩어졌다. 절정에 이른 유령보법의 환결(幻訣)이다.

우측의 갈의인이 입을 쩍 벌린다.

검첨이 그의 목을 훑고 지나갔다.

단 일격! 동맥이 잘린 듯 그의 목에서 가느다란 핏줄기가 허공으로 뿜어졌다.

그사이 유옥의 신형은 멈칫한 두 사람을 덮쳐 갔다.

따라라랑!

두 사람의 협봉검이 철검을 따라 맴돌았다.

바로 그 순간이었다.

"컥!"

억눌린 단말마가 터져 나왔다.

철검이 전면에 서 있던 자의 입속을 통과해 뒤통수를 뚫고 나왔다.

유옥은 조금도 멈칫거리지 않고 신형을 휘돌리고는, 좌수로 등을 노리고 달려들던 검날을 움켜쥐었다.

쩡!

검날의 중동이 부러지고, 부러진 검날을 움켜쥔 유옥의 좌수가 떨쳐졌다.

수리검처럼 날아간 부러진 검날이 뒤로 물러서려던 자의 심장에 틀어박혔다.

"이, 이, 네놈이……."

남은 자는 둘.

유옥은 조용히 서서 나머지 두 사람을 바라보았다.

마금종과 같은 복장. 집마원 사령루의 십팔사령 중 둘인 듯 하다.

달려들 생각도 못한 채, 부릅뜬 눈으로 자신을 노려보는 자 들. 그들을 바라보는 유옥의 표정이 차갑게 굳었다.

"고맙군, 친구의 복수를 할 수 있게 해줘서."

나직하면서도 고저가 없는 음성.

칠사령과 십이사령은 살이 떨리고 등줄기로 소름이 돋았 다.

그들은 자신들도 모르게 뒤로 물러섰다.

이놈은 우리가 상대할 자가 아니다.

대체 어떻게 된 거야! 정보가 잘못됐어!

유옥의 가슴 높이로 들린 손끝에 붉은 구슬 두 개가 맺힌 것은 바로 그때였다.

그걸 본 칠사령과 십이사령이 튕겨지듯이 뒤로 몸을 날렸 다.

그와 동시였다!

손가락 끝에 맺힌 핏빛 구슬 두 개가 허공을 일직선으로 갈 랐다!

대기가 비명을 지르며 찢겨졌다.

쒜에에엑!

날아간 핏빛 구슬이 두 사람을 꿰뚫고 지나간 순간, 채 삼 장을 벗어나지 못한 칠사령과 십이사령의 입에서 짤막한 비명이 터져 나왔다.

"컥!"

"헉!"

털썩! 힘없이 꼬꾸라지는 두 사람. 그들의 구멍난 뒷머리에 비친 하얀 뇌수가 핏물에 붉게 물들어간다.

그리고 언제 그랬냐는 듯 숲 속에 고요가 찾아왔다.

새들은 울음소리를 멈추고 숨을 죽인 지 오래였다.

휘이잉!

바람이 혈향을 몰고 산등성이를 넘어갈 즈음, 그제야 유옥의 눈매가 가늘게 찌푸려졌다.

사람을 죽였다. 그것도 일곱 명이나. 그런데도 별다른 감흥이 느껴지지 않는다. 아무리 친구를 위해 복수한다는 마음이 끼어들었다 해도, 사람을 죽였다는 것만큼은 변함이 없는 일이 아닌가 말이다.

'미처 몰랐군. 내 심장이 이렇게 차가웠다니.'

오래전부터였던 것 같다.

어렴풋이 자신의 내면에 자신도 모르는 무언가가 도사리고 있다는 생각이 들었다. 초감각과는 다른 그 무엇이.

한데 이제는 그것이 무언지 알 것 같다.

야수와 같은 냉혹함!

바로 그것이었다.

왠지 씁쓸한 마음이 들었다.

스스로에게 진저리가 쳐졌다.

그렇다고 이들을 죽인 것이 후회되지는 않았다.

아마 누군가가 또 자신을 죽이려 달려든다면, 자신은 또 그들을 죽일 것이다.

그때 문득 유옥의 눈매가 가늘게 좁혀졌다.

조금 이상한 점이 하나 느껴진 것이다.

'내가 이곳을 지나간다는 것을 이들이 어떻게 알았을까?'

5

"실패했다 합니다."

"결과는?"

"모두 죽었습니다."

"그는?"

"별다른 상처를 입지 않은 듯합니다."

백리군악이 고개를 끄덕였다. 당연하다는 듯이.

'죽음만이 존재할 거라는 비로에서 십 년을 버티고 나온 사람이야. 게다가 그에게는 누구도 모르는 기이한 능력이 있지.'

"사실 몇 명의 사령으로 그를 죽인다는 자체가 우스운 일이었어."

"하면 왜……?"

"그래야 헌원무강의 판단이 흐려질 테니까."

"헌원무강이 그렇게 쉽게 흔들리겠습니까?"

백리군악이 붓을 들었다.

"자부심이 강한 사람일수록 작은 것에 흔들리는 법이 아니겠나? 후후후, 어쨌든, 그는 아마 두 번은 실패하지 않으려 할 거야."

그러더니 두 장의 백지에 빠르게 글을 써 내려갔다.

단숨에 두 장의 서신이 완성되자, 백리군악은 백의문사에게 두 장의 서신을 모두 건넸다.

"하나는 천양원의 비접(秘蝶)에게 전하고, 다른 하나는 헌원 원주에게 전하게."

"알겠습니다, 공자."

백의문사가 두 장의 서신을 갈무리하고서 공손히 고개를 숙이고 나가자 백리군악이 조용히 입을 열었다.

"외숙부, 일단 늙은 여우의 다리를 하나 잘라내도록 하지요."

뒤쪽의 휘장 안에서 갈라진 목소리가 흘러나왔다.

"누굴 생각하느냐?"

"드러난 자는 그리 문제 될 게 없습니다. 일단 숨어 있는 자를 먼저 제거할 생각입니다."

"알았다. 준비하마. 한데…… 천양원을 얻을 생각이냐?"

백리군악이 천천히 고개를 끄덕였다.

"천양원은 우리에게 반드시 필요한 곳입니다. 그곳의 주인이 꼭 하씨일 필요는 없겠지요."

"그런데 왜 헌원무강을 도우려는 것이냐? 그가 욕심내면 죽 쒀서 개 주는 꼴이 될지 모르는데."

"하천광이 분노하면, 아마 둘 다 별로 얻는 게 없을 겁니다. 손해를 보면 손해를 봤지."

휘장이 살짝 흔들렸다.

백리군악의 눈 깊은 곳에서도 미미한 빛이 일렁였다.

'자네에게는 미안하지만 어쩔 수 없다네. 그래야 늙은 여우를 잡고 내 뜻을 이룰 수 있을 테니까 말이야.'

6

"토끼라도 잡아올까요?"

유옥의 말에도 풍백은 아무런 대답 없이 술만 따랐다.

쪼르르…….

"아, 화 좀 푸시라니까요?"

[이깟 술 가지고 풀릴 것 같냐?]

"다음부터는 오 일마다 꼭 올게요. 약속해요, 약속!"

풍백이 홀짝 술잔을 기울이고는 유옥을 노려봤다.

[너, 피 보고 왔지. 사람도 죽였냐?]

'어? 어떻게 아셨지?

유옥이 얼버무리며 입을 열었다.

"아버지, 태대원로께 점치는 것도 배웠어요?"

풍백이 같잖다는 듯 눈초리를 치켜뜨고 손을 휘저었다.

[썩을 놈. 허리의 핏자국이나 지우고 그런 말해라!]

슬쩍 허리를 쳐다봤다.

흑의에 말라붙은 핏자국이 은은한 빛을 발하고 있었다.

'눈도 좋네.'

유옥은 호들갑을 떨며 손을 저었다.

"아 글쎄, 놈들이 저를 죽이려고 하잖아요. 할 수 있나요? 저도 손을 썼죠. 그런데 놈들이 너무 약해 빠져서 그만 죽어 버리지 뭐예요?"

[됐다! 뭐 너를 나무라는 것은 아니니까. 다만 손을 쓸 때는 한 번쯤 더 생각해 보고 손을 쓰라는 말이야.]

"알았어요. 다음부터는 꼭 그렇게 할게요."

탁!

풍백이 잔을 내려놓더니 유옥을 향해 고개를 내밀었다. 그러더니 손가락 하나를 눈앞에 세우고 빠르게 글을 썼다.

[그래도 너를 죽이려는 놈들은 네가 먼저 죽여. 그게 네가 다치는 것보다는 훨씬 나으니까.]

피식, 유옥의 입가에 웃음이 맺혔다.

아마 걱정이 태산 같으실 것이다. 차마 먼저 사람 죽이라는 말을 하자니 여린 마음에 꺼려져서일 뿐.

"참, 아버지. 천양원에 아가씨가 하나 있거든요? 그런데……."

풍백이 다시 술을 따르며 불쑥 손을 들었다.

[하천광의 손녀?]

"어? 어떻게 알았어요?"

[내가 귀머거리 봉산 줄 아냐?]

"어떻게 생각해요?"

[솔직히 마음에 든다. 근데 그 아가씨가 정말 너 좋아하냐?]

유옥이 말을 못하고 한참 생각하더니 고개를 갸웃거렸다.

"그걸 잘 모르겠어요. 그런 것 같기도 한데……."

풍백이 한심하다는 표정으로 아들을 바라보더니 손을 들어 쓱쓱 허공에 몇 자 휘갈겼다.

[그럼, 저질러 버려라.]

"예? 뭘 저질러요?"

[그냥…… 저질러 버려.]

사실 풍백도 어떻게 해야 하는지 자세한 내용은 잘 몰랐다. 다만 많은 사람들이 그렇게 이야기하니 그러려니 할 뿐.

뭐 똑똑한 아들이니 그렇게 말하면 알아듣겠지, 하는 마음이었다.

'그냥 둘을 한 방에다 처넣고 문을 삼가 버려? 그럼 손자를 빨리 볼 수 있을 텐데 말이야.'

풍백이 그런 생각을 하는 줄도 모른 채 유옥은 홀짝 술잔을 털어 넣고 곰곰이 생각해 봤다.

하지만 그 일이 혼자 생각한다고 결론날 일일까.

'음, 일단 유상을 만나서 물어봐야겠군.'

*   *   *

그 시각.

사진옥은 신월단주 명기상과 단둘이 앉아 있었다. 경비 임무를 마치고 보고하러 왔다가 붙잡힌 지 벌써 일각째였다.

"자네 수하 중 하나가 집마사령에게 중상을 입었다고 들었네만."

"예, 단주."

"게다가 또 하나는 그 집마사령을 병신으로 만들었고 말이지. 어찌 된 일인가?"

어차피 숨긴다고 숨겨질 일이 아니었다. 천왕곡 내에서 벌어진 일을 순찰 경비 임무를 책임지는 신월단의 단주가 모른다면 그것이 더 이상한 일이었다.

사진옥은 신월단주 명기상에게 자초지종을 설명했다. 열중 다섯 정도만. 믿지 않는다 해도 모두 털어놓을 수는 없는 일, 하는 수 없었다.

"…해서 지금은 약왕당에서 치료받고 있습니다."

다행히 명기상은 별다른 추궁은 하지 않았다.

"자네만 한 고수가 자네 곁에 있었다니. 흠, 그리 나쁘지는 않은 일 같군."

"지옥십관에서 함께 수련하던 친구였습니다. 마침 개인 수련을 마치고 찾아왔기에 본 단에도 도움이 될 것 같아 끌어들였습니다."

"허허허, 요즘 경비 업무가 힘들다고 본 단에 들어오려는 젊은 놈들이 별로 없는데, 정말 잘했네!"

"그리 생각해 주시니 감사합니다, 단주."

기분이 좋은지 명기상의 눈빛이 부드럽게 풀어졌다.

"내가 자네를 어떻게 생각하는지 자네가 더 잘 알 것이네. 하니 함부로 움직여서 남에게 책잡히는 일이 없도록 하게나."

"명심하겠습니다, 단주."

"험, 가보게. 내가 너무 붙잡은 것 같군."

사진옥은 일어서서 깊숙이 허리를 숙였다.

누구보다 자신을 신뢰하는 상관이거늘 속여야만 하다니. 사진옥으로선 그저 미안할 뿐이었다.

"이만 가보겠습니다."

인사를 하고 돌아서려는 사진옥의 등을 향해 명기상이 깜빡 잊었다는 듯 말했다.

"아! 화아가 한번 보자고 하더군. 언제고 시간나면 들러보게나."

사진옥이 멈칫하고는 나직이 대답했다.

"내일 찾아가 보겠습니다."

상관이 그를 신뢰하는 이유, 그 반은 바로 그의 다섯 딸 중에 막내인 열일곱 살 철없는 소녀 명수화 때문이었다. 그리고 작지 않은 일이 벌어졌는데도 사진옥이 별다른 추궁을 받지 않는 이유 또한 그녀 덕분이었다.

'며칠 안 갔다고 삐쳐 있겠군. 후우⋯⋯.'

*　　　*　　　*

어두워질 무렵, 절혼대로 돌아가자 사진옥이 먼저 와 있었다.

"갑자기 집합 명령이 떨어졌었다고?"

"귀왕전의 소공녀가 왔거든."

유옥은 눈을 반쯤 감았다.

사진옥의 말은 사실 그다지 이상할 것도 없는 일이었다. 그동안 그런 일이 한두 번 있었던 것도 아니니까.

그런데 이상하게 느낌이 좋지 않았다. 잘 짜여진 듯한, 마치 꼭두각시가 된 듯한 느낌이다. 게다가 그들은 자기가 가는 길을 미리 알고 있었잖은가 말이다.

'그들이 우리를 주시하기 시작한 것은 후명이의 일이 있고 나서부터였어. 나는 그 후로 한 번도 패왕전을 가지 않았지.'

누군가가 그들에게 자신의 행적을 알려주지 않았다면, 그들은 절대 알 수 없었을 터. 결론은 간단했다.

누군가가 자신을 알고 있다. 그리고 그가 집마원에 자신의 행적을 노출시켰다.

누군가! 산야의 짐승들보다 더 예민한 자신의 감각을 속이고 모든 것을 지켜보고 있는 자는!

한순간, 유옥의 눈이 굳어졌다.

'설마 군악……?'

만일 그라면 모든 의문이 해결된다. 정말 그라면 말이다.

굳어진 얼굴에서 입술이 길게 늘어졌다. 실소였다.

'그랬구나, 그랬어! 그날, 네가 나를 알아봤었구나.'

어이가 없었다.

친구는 이미 자신이 살아 나온 것을 알고 있는데, 자신은 친구가 모른다는 가정 하에 행동을 하고 있다.

이 얼마나 우스운 일인가!

한데 왜 자신의 행적을 집마원에 알렸을까?

얼마나 강해졌나 보려고?

그래, 그럴지도 모르겠군. 정말로 죽이려 했다면 그런 자들만 보내게 하지는 않았을 테니까.

갑자기 웃음이 나왔다.

"하, 하하하! 멍청하기는!"

갑자기 유옥이 웃자 사진옥이 의아한 얼굴로 쳐다보았다.

유옥은 피식 웃으며 고개를 흔들었다.

"나는 내가 제법 똑똑한 줄 알았는데 말이야. 이제 보니까, 내가 못 본다고 남들도 못 보는 줄 아는 어리석은 놈이었어."

사진옥이 유옥을 뚫어져라 쳐다봤다.

'대형이 어리석은 사람이라고? 그럼 우리는!'

"대형, 나를 찾았다고?"

그때 상유상이 땀을 닦으며 안으로 들어왔다.

잠시 후, 사진옥의 방을 나서는 유옥의 얼굴이 잔뜩 찌푸려져 있었다.

'뭐? 직접 겪어봐야만 안다고? 자연의 섭리? 이것들이……'

자신이 묻자 상유상이 한숨을 쉬고는 고개까지 저으며 말했다.

그런 것은 말로 듣는 것보다 직접 해봐야 되는 거라고. 대형도 용기를 내서 직접 해보라고.

'자식들이 말이야. 좀 알려주면 어디 덧나나?'

7

"십팔사령 중 둘과 수하 여섯이 모두 죽었습니다."

"죽이러 간 놈들이 오히려 모두 죽었다? 지금 그걸 보고라고 하나?"

"면목없습니다, 원주."

"마금종을 병신으로 만든 수법을 보지 않았나? 놈은 절정의 고수야. 들으니까 하경원을 부상 입히고 하천광과 일수를 나누었는데도 무사했다고 하더군. 더구나 놈을 죽인다 해서 이익 될 것 하나 없어. 복수? 언제부터 복수가 제일 중요한 일이 된 것이지? 이봐, 혁련호, 처음부터 순서가 잘못되었어."

"원주, 하오나……."

"그만! 그놈에 대한 일은 뒤로 미루게."

한 번 말이 떨어지면 그걸로 끝인 사람이 헌원무강이다. 그걸 잘 아는 혁련호로선 더 이상 반론을 제기할 수가 없다. 그나마 하지 말라는 말을 하지 않은 것만도 다행이라면 다행이었다.

고개를 숙인 혁련호의 어깨가 가늘게 떨렸다.

그때 헌원무강이 말을 이었다.

"먼저 천양원을 건드려 봐. 그냥 놔두면 남들이 우리를 우습게볼지 모르니 확실하게 처리해. 놈이 하경원의 딸과 가까운 사이라 하니 잘하면 놈도 말려들 거야. 놈을 처리하는 것은 그때 가서 생각해 보세."

"알겠습니다, 원주."

"그리고 천기원의 늙은이가 천왕제를 올리기 전에 천왕각을 방문한다고 하더군."

갑작스런 말이었다. 하지만 그 말을 듣는 혁련호의 눈에선 칼날 같은 기광이 번뜩였다.

헌원무강의 목소리가 나직해졌다.

"은형루와 혈마루의 아이들이 움직일 것이야. 겸사겸사 자네가 바람 좀 잡아야겠어."

혁련호가 조용히 고개를 끄덕였다. 어느새 흔들리던 눈빛은 고요하게 가라앉아 있었다.

"그리하지요."

8

하은설을 바라보며 궁리만 하다가 이틀이 지났다.

어째 뭔 일인가를 저질러야 한다 생각을 하니 말을 걸기가 더 어렵기만 했다. 거기다 자신의 태도가 이상하다는 것을 느꼈는지 하은설이 가끔씩 피식거리며 소리를 죽이고 웃는다.

환장할 일이다.

이틀째 저녁, 별수없이 고후명에게 다시 물었다. 그러자 고후명이 눈을 반짝이며 말했다.

"대형, 선물을 해봐. 그녀가 좋아하는 것이 뭔가 살짝 알아보고 말이야."

그것도 좋은 방법 같았다.

유옥이 밖으로 나가자 하은설이 앉아서 약초를 다듬고 있는 게 보였다. 무공을 익혀서인지 작은 소도로도 질기고 단단한 뿌리들을 어렵지 않게 쳐내고 있었다.

그래도 연약한 손에 힘이 들어가자 힘줄이 돋는다.

유옥이 의아한 표정으로 물었다.

"약재가 약왕당에서 다듬어져 오지 않습니까?"

"이건 제가 천양원에서 가져온 거예요. 근데 워낙 단단해서 그런지 몇 번 자르고 나면 칼이 잘 안 드네요."

칼이 잘 안 든다고?

그때 하은설이 뾰루퉁하니 입술을 내밀며 말했다.

"집에서 하나 가지고 와야 할 것 같아요. 잘 드는 예쁜 칼이 몇 개 있는데."

유옥의 눈이 반짝였다.

'응? 칼?'

그러고 보니 전에 누군가에게 들었던 것 같다.

"하 소저의 비도술은 일류고수 수준이라네. 함부로 대하다간 엉덩이에 칼이 꽂힐 테니 자네도 조심하라고."

'그래, 서연각의 책임자인 종리문이 그렇게 말했지?'

유옥의 입가에 가느다란 미소가 걸쳐졌다.

'잘 들고 예쁜 칼이라……'

마침 자신에겐 잘 들고 예쁜 칼을 만들 수 있는 재료가 있었다. 유리혈루로 인해 빛을 보지 못한 채 보따리에 처박혀 있는 물건이.

다음날, 유옥은 천왕대로의 끝에 있는 대장간을 찾아갔다.

유옥은 대장간의 문을 열고 들어가자마자 우뚝 걸음을 멈추고 몸이 굳어버렸다.

붉은 것도 아닌 새파란 불꽃이 쇳덩이를 시뻘겋게 달구고 있었다.

진득한 땀 냄새. 거친 사내들의 숨소리!

가슴이 뛰었다.

벌떡거리는 심장의 고동이 귀청을 터뜨릴 것처럼 울렸다.

'멋지군! 정말 멋져!'

처음으로 구경하는 대장간의 풍경에 그는 넋이라도 빠진 것처럼 움직일 줄을 몰랐다.

"무슨 일로 오셨나?"

한쪽에서 담금질을 하고 있던 노인이 부르지 않았다면, 얼마나 더 그렇게 서 있었을지 자신도 몰랐다.

유옥은 천천히 고개를 돌려 자신을 부른 노인을 바라보았다. 열기로 붉게 달아올라 있는 노인의 얼굴에는 검버섯이 짙게 피어 있었다.

"한 가지 맡길 것이 있어서 왔습니다."

"맡길 것? 뭔가? 무기 수선인가?"

유옥은 품속에서 천으로 감싼 작은 꾸러미를 꺼내 들었다.

"이것에 맞는 손잡이와 검집을 만들어주실 수 있겠습니까?"

노인은 유옥이 내민 꾸러미를 다 풀고는 눈을 부릅떴다.

풀어진 천 위에는 한 뼘이 조금 넘을 듯한 손잡이 없는 비수 두 개가 놓여 있었다. 은은한 선홍빛이 신비롭게 보이는, 완만히 휘어진데다 양쪽에 모두 날이 선 비수였다. 가운데 구멍이 뚫렸다는 것이 조금 이상했지만, 비수의 날만큼은 손만 대도 베일 것처럼 날카로워 보였다.

노인이 경탄한 눈빛으로 비수를 뚫어지게 바라보았다.

"손잡이와 비수의 집을 만들어달라 하셨나?"

"예, 좀 예쁘게 만들어주셨으면 합니다만."

"예쁘게? 혹시… 여자에게 선물하려고……?"

유옥의 눈이 휘둥그레졌다.

"어떻게 아셨습니까?"

노인의 눈에 어이없어 하는 빛이 떠올랐다.

'그거야 자네 같은 멍청이를 많이 봐왔으니까 알지!'

그런 눈빛이었다.

노인이 중얼거리듯 말했다.

"천고의 귀물이 주인을 잘못 만났군."

유옥이 묵묵히 고개를 저었다.

"그래도 사람 죽이는 신세가 되는 것보다는 낫겠지요."

노인이 힐끔 유옥을 올려다봤다.

뜻밖이라는 표정이다.

"부탁드리겠습니다. 그것의 주인이 될 여자는 세상에서 가장 아름다운 여잡니다."

'어떤 남자든 다 그렇게 말하지.'

노인은 차마 직접 말하지는 못하고 꾸러미를 다시 묶었다.

"함부로 내보일 물건이 아니니 내 따로 작업을 할 것이네. 최대한 원상태를 건드리지 않고 만들어줄 테니 열흘 후에 찾으러 오게나. 아! 그리고 혹시라도 물건이 바뀔 걱정을 한다면, 그런 걱정은 접어두게. 이런 물건에 손대면 명이 짧아진다는 것쯤 나도 아니까."

"그리 생각하신다니 안심해도 되겠군요."

열흘이라면 그리 걱정할 것이 없었다.

그녀의 생일은 보름 후니까.

유옥은 보다 즐거워진 마음으로 약왕당으로 향했다. 마침 하은설이 와 있었다.

'평소보다 빨리 왔군.'

한데 평소와 달리 어째 초조한 표정이다.

다가가는 유옥의 표정도 점차 가라앉았다.

"오셨습니까?"

홱 돌아선 하은설의 얼굴에는 눈물 흐른 자국이 아직도 그대로였다.

"저와 같이 좀 가주시겠어요? 할아버지께서 급히 천 공자님을 모시고 오래요."

누가 이 여인의 눈에서 눈물을 보이게 했단 말인가?

"무슨 일이죠?"

유옥이 굳은 표정으로 묻자, 하은설이 두 손을 하얘지도록 꼭 쥐고 다급하니 말했다.

"둘째 숙부께서 돌아가셨어요."

눈을 감고 있는 하천광의 얼굴은 꺼칠하게 보이기까지 했다. 유옥이 하은설과 함께 방으로 들어서는데도 그의 표정에는 일절 변화가 없었다.

"할아버지, 모시고 왔어요."

하은설이 조용히 입을 열자 그제야 하천광의 눈이 뜨였다.

"왔군."

"하경연 당주께서 돌아가셨다 들었습니다."

"많이 의아할 것이네. 하지만 아주 의외의 일도 아니지."

하천광의 뜨여진 눈에서 광채가 번뜩이다 사라졌다.

분노의 빛이었다.

"어리석은 놈. 내 그래서 그들과 가까이하지 말라 했거늘."

"집마원입니까?"

하천광이 조용히 고개를 저었다.

"그들 역시 관계가 없다고는 할 수 없겠지."

제일 먼저 의심받을 사람과 단체가 유옥과 집마원이다.

그러나 집마원에 멍청이들만 모인 것이 아닌 이상, 아마 드러내 놓고 일을 저지르지는 않았을 것이다.

"혹시 저를 의심하시는 겁니까?"

하천광은 그 말에 대답하지 않고 하은설을 바라보았다.

"얘야, 가서 차 좀 내오너라."

"예, 할아버지."

하은설이 방을 나가자 하천광이 나직이 입을 열었다.

"내 아무리 자식의 죽음 때문에 눈이 가려졌다 해도 자네를 의심할 정도로 막힌 사람은 아니네."

"하면, 삼자가 있다는 말씀입니까?"

"정확한 것은 아니네만, 누군가가 우리를 제물로 삼을 작정을 한 것 같네."

"교 내에서 누가 감히 천양원을 그리 대할 수 있겠습니까?"

"힘만 있다면 못할 것도 없지. 해서 자네의 도움이 좀 필요하네."

유옥은 뜬금없는 말에 의아했지만, 겉으로 표현은 하지 않고 조용히 물었다.

"천양원을 그리 생각하는 자들이라면, 제가 도움이 될 수나 있겠습니까?"

그때다. 하천광의 눈에서 기광이 번뜩였다.

"한 가지만 묻겠네. 혹시 태대원로께서 특별히 한 말씀은 없으셨나?"

유옥의 표정도 무심히 가라앉았다.

"그 일이, 일전에 저를 만나자 했던 것과 관계가 있습니까?"

유옥을 뚫어지게 바라보던 하천광이 천천히 고개를 끄덕였다.

"그렇다네."

"아드님의 죽음을 밝히는 일보다 더 중요한 일입니까?"

하천광이 굳은 표정으로 이를 악물었다.

그의 입이 한참 만에야 어렵게 열렸다.

"어쩌면…… 그럴 수도 있네."

대체 어떤 일이 자식의 죽음보다 더 우선이란 말인가.

왜 저렇게 절박하게 알고자 하는 걸까?

'언젠가는 드러내야 할 일. 좋아! 당신이 어느 쪽인가 보는 것도 나쁘지는 않겠지.'

결심을 굳힌 유옥이 여전히 무심한 표정으로 입을 열었다.

"태대원로께서 당신이 하던 일을 하라 하시더군요."

기이하게도 그 말을 들은 하천광이 격동에 찬 표정을 지었다.

"그것이 천왕의 율에 관한 것이던가?"

유옥의 눈빛이 더욱 깊어졌다.

"저더러 바로잡으라 하셨지요."

"으음, 역시 그랬군. 그 양반이 그냥 죽지는 않았어."

살짝 떨리는 목소리. 내면에 진한 슬픔을 억지로 구겨 넣은 웃음. 마치 심장을 감싸며 흐르는 눈물이 눈에 보이는 듯하다.

유옥은 여전히 무표정한 얼굴로 하천광을 바라보다 문득 한 가지 생각이 떠올랐다.

격동에 찬 하천광의 눈에 시선을 고정한 채 유옥이 물었다.

"혹시… 잠들어 있는 사자에 대한 이야기를 아시는지요?"

하천광이 천천히 일어섰다. 그러더니 갑자기 한쪽 무릎을 꿇었다.

미처 유옥이 말릴 틈도 없이 벌어진 일이었다.

"원주님!"

대경한 유옥이 벌떡 일어설 때였다.

나직하면서도 힘있는 음성이 방 안을 울렸다.

"천왕감찰, 천금사자(天金獅子) 하천광이 삼가 령주를 뵈오!"

맙소사! 천양원주 하천광이 천잠사사자(天潛四獅子) 중 한 사람인 천금사자였다니!

반가운 한편으로 당황하지 않을 수 없었다.

"어서 일어나십시오. 계속 이러시면 놀리는 거라 생각하고 그냥 나갈 겁니다."

유옥은 급히 하천광의 어깨를 잡아 일으켰다. 그제야 하천광은 무릎을 세우고 자리에 앉았다.

"이제야 알겠소? 내가 왜 그대더러 도와달라 했는지."

유옥은 하은설이 들을까 봐 나직이 소리쳤다.

"존대도 하지 마십시오. 다른 분도 그렇지만, 특히 원주님은 무조건! 절대로 안 됩니다!"

어렴풋이 유옥이 그리 말하는 이유를 짐작한 하천광은 담담히 웃으며 고개를 끄덕였다.

"령주가 편하다면, 그렇게 하겠네."

그 말을 듣고서야 유옥은 가슴을 쓸어내리며 굳은 표정을 풀었다.

'후우, 사람 놀라게 하기는……. 하마터면 하 낭자하고 이상한 관계가 될 뻔했잖아?'

하지만 겉으로는 태연한 표정으로 하천광에게 물었다.

"아무런 증표도 없는데 어떻게 제가 천왕감찰령주라고 생각하신 겁니까?"

"천강벽월을 펼칠 수 있는 사람이 감찰령주 말고 또 있던가?"

문득 사부가 돌아가시기 전 한 말이 떠올랐다.

"천강벽월을 펼치면 놈들이 알아서 길 거다."

설마 그 말이 그런 뜻이었다니.

'쳇, 제대로 좀 말씀해 주시지······.'

그때 하천광이 자리에서 일어섰다.

"어쨌든 그 이야기는 날 새며 해도 모자랄 테니, 일단 둘째의 시신을 보러 가세."

하경연의 시신은 천양원의 별채인 수운각에 안치되어 있었다.

유옥과 하천광이 도착했을 때는 얼추 시신에 대한 검증을 끝냈는지 방부 처리를 하고 있었다.

유옥이 한천광과 함께 안으로 들어가자 침울한 표정의 하경원과 하경백, 그리고 하경연의 몸에 석회를 뿌리고 있던 두 명의 향주가 일제히 고개를 숙였다.

그러자 뿌연 석회가 뿌려진 하경연에게 눈을 고정시킨 하천광이 조용히 물었다.

"무슨 독인지는 밝혀졌느냐?"

기다렸다는 듯 하경원이 대답했다.

"당 향주가 피를 뽑아 갔습니다. 오래지 않아 밝혀질 것입니다."

"으음, 독이라니! 언제부터 대천왕교에서 독을 이용해 사람을 해쳤단 말인가?!"

자식이 죽었다는 것만도 분하고 치를 떨 일인데, 싸우다 죽은 것도 아니고 독살을 당했다. 분노에 분노가 더해졌다.

"철저히 조사를 하도록 해라! 어느 놈인지 내 꼭 잡고 말 것이다!"

그사이 유옥은 하천광의 분노에도 아랑곳하지 않고, 나름 대로 하경연의 시신을 자세히 살펴봤다. 머리끝에서 손끝까지.

어느 순간, 문득 기이한 것이 눈에 들어왔다.

"죄송합니다만, 시신의 손바닥을 뒤집어 봐도 되겠습니까?"

하경백이 의아한 표정으로 유옥을 바라보았다. 솔직한 심정으로는 그가 왜 이곳에 왔는지조차 의문이었다.

하지만 아버지인 하천광과 함께 온 만큼 함부로 할 수도 없는 일이었다.

"뭐 이상한 거라도 있나? 보는 거야 상관은 없네만……."

말이 떨어지기 무섭게 유옥의 손이 하경연의 손을 잡았다.

하경백이 흠칫하며 소리쳤다.

"조심하게! 형님의 몸을 잘못 만지면 독에 중독……."

그러나 유옥은 망설이지 않고 하경연의 반쯤 움켜쥔 손을 잡아 돌리더니 움켜쥔 손을 힘주어 폈다.

안에는 아무것도 없었다. 그저 손바닥에 작은 점이 하나 찍혀 있을 뿐.

검붉어 보이는 작은 점은 반 치 정도의 크기였다. 문제는 그보다 작긴 하지만, 반대쪽 손등에도 검붉은 점이 나 있다는 것이다. 마치 바늘로 콕 찍은 것처럼.

"혹시 어떻게 독상을 당했는지 알아내신 것이 있는지요?"

유옥의 물음에 하경백이 눈살을 찌푸렸다.

"혀가 검게 타 들어가고, 헐은 목구멍 안으로 수많은 혈반이 보였네. 해서 음독한 걸로 결론을 내렸지."

유옥은 그 말을 들으며 잡고 있던 하경연의 손에 힘을 주었다.

핏! 가느다란 핏줄기가 허공으로 솟았다.

깜짝 놀란 하경백이 또다시 소리쳤다.

"그게 무슨 짓인가!"

그러자 하천광이 손을 저어 하경백을 말렸다.

"조용히 있거라. 그는 그럴 만한 자격이 있는 사람이다."

"아버님?"

하경백과 하경원이 의아한 표정으로 바라보자 하천광이 다시 고개를 저으며 유옥에게 말했다.

"말해보시게. 뭘 보고 그러는 건가?"

유옥이 하경연의 손바닥을 위로 한 채 고개를 들고 말했다.

"보시지요."

하씨 삼부자의 눈이 하경연의 손바닥을 향했다.

손바닥에 쐐기 모양의 구멍이 나 있었다.

유옥이 세 사람을 향해 물었다.

"왜 이런 모양의 구멍이 났을까요? 어떻게 하면 이런 구멍이 생길 수 있을까요?"

그제야 이상함을 느낀 하경원이 침착한 말투로 입을 열었다.

"자네의 대답을 듣고 싶군."

"저도 추측을 할 뿐 확신은 못합니다. 그래도 듣고 싶다면 말씀드리지요."

"하고 싶은 말이 있거든 해보게."

하천광이 무거운 목소리로 유옥을 재촉했다.

유옥이 말했다.

"뭔가가 손바닥을 찔러 관통한 것 같습니다. 그리고 그 뭔가에 묻은 독으로 인해 손바닥의 살이 상했고 말입니다. 한데 손을 뚫으면서 그 독의 위력이 약해졌는지, 손등 쪽은 그저 바늘에 찔린 정도의 상처만이 남아 있습니다."

세 사람은 물론 네 명의 향주마저 고개를 빼고 유옥이 들어 올린 하경연의 손을 쳐다보았다.

"어쩌면, 음독을 하기 전에 먼저 몸이 굳었을지도 모르겠습니다."

"그렇게 말하는 이유가 있겠지?"

하천광의 물음이 떨어지자 유옥이 즉시 대답했다.

"혀가 타 들어갈 정도의 극독을 음독했다는 분의 입술이 너무 깨끗해 보이지 않습니까? 그리고 몸 상태를 보니 그리 몸부림이 심했던 것 같지도 않아 보이고 말이지요."

"그러니까 자네 말은, 하연이 이미 중독된 상태에서 강제로 음독하게 되었다, 이 말인가?"

유옥이 가만히 하경연의 손을 내려놓았다.

"추측일 뿐입니다."

"그걸로 뭘 알 수 있겠는가?"

손을 내려놓은 유옥이 나직이 말했다.

"하 당주가 가까운 사람에게 당했을 가능성이 크다는 것. 그리고 지금 용의자로 지목된 사람이 있다면, 그가 범인이 아닐 수도 있다는 것입니다."

덜컹!

유옥의 말에 모두가 심각한 표정을 짓고 있는데, 수운각의 문이 거칠게 열렸다.

하경백이 눈살을 찌푸리며 문 쪽을 향해 물었다.

"송아야, 무슨 일이냐?"

문을 열고 들어온 사람은 그의 아들인 하진송이었다.

하진송이 하얗게 변한 얼굴로 다급히 말했다.

"아버님! 전 향주가 죽었습니다!"

"뭣이!"

사람들의 눈이 유옥을 향했다. 하경백이 말했다.

"전패는 이번 일의 범인으로 지목되던 자였네. 형님이 죽기 전 마지막으로 만난 사람이었지."

그제야 상황을 인식한 유옥의 이마에 주름이 하나 그어졌다.

'어렵게 됐군. 그를 죽였다는 것은 그가 분명 뭔가를 알고 있었다는 말인데.'

이각 후 유옥과 하천광 삼 부자, 네 사람이 굳은 표정으로 둘러앉았다.

차가 싸늘히 식어가는데도 누구 하나 찻잔을 잡지 않았다.

"결국 심증만 있을 뿐이라, 이건가?"

하천광이 탄식하듯이 입을 열었다.

조금 전 죽은 전패의 방에서 독이 발견되었다. 그 바람에 상황이 더 복잡해졌다. 보이는 대로라면 그가 범인이어야 맞았는데, 어느 누구도 그가 범인이라는 것을 확신하지 못한다는 게 문제였다.

"전패의 방에서 발견된 독과 형님을 죽인 독이 같은 거라는 결론이 났습니다, 아버님."

하경백이 침중한 목소리로 말했다. 하지만 자신감이 없는 목소리였다.

"으음, 전패의 평소 행동에 대해 알아보았느냐?"

"그게…… 워낙 조용히 자기 할 일만 하던 사람인지라……."

유옥은 끼어들지 않고 가만히 그들이 나누는 이야기만 들었다. 그러자 하천광이 물었다.

"자네 생각은 어떤가? 전패가 정말 둘째를 죽였을 거라 보는가?"

"그에게 둘째 아드님을 죽여야 할 이유가 있다고 보십니까?"

"글쎄, 내 생각으로는 없다고 보네만."

"그럼 둘째 아드님을 죽여야 할 만한 이유가 있는 자들이 있습니까?"

"없지는 않겠지."

하천광의 대답을 들으며 하경원과 하경백이 유옥을 쳐다보았다.

유옥이 씁쓸한 표정으로 말했다.

"물론 저도 이유가 없다고는 못합니다. 하지만 아쉽게도 저는 제 친구 때문에 제 할 일도 제대로 못하고 있는 상탭니다."

조금 비꼬는 것처럼 들렸는지 하천광이 헛기침을 하며 말했다.

"험, 내 어찌 자네를 의심하겠나."

그 말에 하경원과 하경백이 도무지 알 수 없다는 눈빛으로 하천광을 바라보았다. 그러자 하천광이 답답하다는 듯 버럭 소리쳤다.

"그렇게도 모르겠느냐? 오늘의 일은 단순히 감정이 상했다고 해서 벌어진 일이 아니란 말이다! 조직적으로 움직이지 않았다면 누가 감히 천양원의 내원에서 아무도 모르게 사람을 죽일 수 있단 말이냐!"

하천광이 노성을 내지르자 하경원이 조금은 풀죽은 표정으로 말했다.

"하면 둘째의 죽음에 타 세력이 끼어들었단 말씀이십니까?"

"그래서 고민하고 있는 것이다."

"대체 어떤 놈들이······!"

문득 무엇이 생각났는지 눈을 크게 뜬 하경백이 조심스럽게 끼어들었다.

"혹시 집마원을 의심하시는 겁니까?"

하천광이 마지못한 듯 고개를 끄덕였다.

"그들도 의심 가는 곳 중에 하나지."

하나? 그럼 또 있다는 말?

순간 하경원의 눈이 커졌다.

"하오시면, 설마 천기원까지······?"

"아직 확실한 것은 아무것도 없다. 그러니 당분간 그에 대해선 입을 다물고 있어라. 설이 어미에게도."

"아버님······."

누구도 의심에서 벗어날 수 없다는 말이다. 자신의 아내조차도.

갑자기 싸늘한 침묵이 내려앉았다.

침묵은 하천광이 한숨을 내쉴 때까지 계속되었다.

"후우, 너희는 나가서 쓸데없는 소문이 돌지 않게 사람들 입단속부터 해라."

"예, 아버님."

"부고(訃告)는 최대한 조용히 알리도록 하고."

"그리하겠습니다."

두 사람이 나간 후로도 하천광은 한참 동안 입을 열지 않았다.

흔들리는 황촛불에 하천광의 하얗게 센 머리가 누렇게 떠보였다. 단 며칠 사이에 십 년은 더 늙은 듯했다.

"어떻게 생각하나? 놈들이 오늘 일만으로 움직임을 멈출 거라 생각하나?"

"그렇지는 않을 겁니다. 누군가가 다른 일을 하고자 한다면, 이때만큼 좋은 기회도 없으니까요."

하천광의 이마가 꿈틀거렸다. 노안에 분노의 불길이 피어올랐다. 누군가에게 이용당한다는 것. 그에 대한 분노였다.

"그게 사실이라면, 결코 좌시하지 않을 것이네. 내 모든 것을 걸고라도 말이야."

그 이후로 두 사람은 한참 동안 입을 열지 않았다. 이어질 말이 무슨 말인지 알고 있는 것이다. 어쩌면 그것이 이 방에 단둘이 있는 이유이기도 했다.

하지만 언제까지나 입을 다물고 있을 수는 없는 일. 유옥이 먼저 입을 열었다.

"다른 세 분이 누군지 아시는 바가 있습니까?"

하천광이 천천히 고개를 저었다.

"그건 누구도 모르네. 오직 태대원로만이 알고 있었지."

"그분은 저에게 그분들이 누군지 알려주시지 않았습니다."

하천광이 묵묵히 고개를 끄덕였다.

"아마 믿지 못해서일 거네. 지금 그들이 어떻게 변했을지 누가 알겠는가? 이미 삼십 년도 더 넘은 일인데."

그 말도 일리가 있었다.

강산이 세 번 바뀌고도 남을 시간이다. 사람의 마음이 항상 같지는 않을 터였다. 더구나 힘을 가진 사람이라면 말이다. 권력을 쥔 자는 권력에서 내려가기를 두려워하는 법. 그게 사람이 아니던가.

"결국 혼자 해야 한단 말이군요."

"둘이라고 봐야겠지. 내 늙긴 했지만, 아직 젊은 놈들 몇 정도는 한 손으로도 감당할 수 있다네."

하천광이 수먹을 들어올리더니 불끈 쥐었다.

이미 유옥에게서 하고자 하는 일에 대해 들은 그였다. 교주의 급사와 천왕령주의 행불에 대한 것까지. 그리고 유옥이 이미 친구들과 함께 한 발을 내디딘 것까지.

그 일에 대해선 자신 역시 의문을 가졌던 터였기에, 하천광은 쌍수를 들고 유옥과 함께하겠다고 나선 것이다.

"그래, 무엇부터 시작할 생각인가?"

하천광은 사진옥 등과는 격이 다른 조력자다. 유옥으로서도 굳이 머뭇거릴 이유가 없었다.

"시기가 좀 이른 감이 없잖아 있습니다만, 숨어 있는 여우와 곰을 끌어내기 위해 불을 피우려 합니다."

유옥의 대답에 하천광이 싸늘하게 입꼬리를 말았다.

"그거 재미있겠군."

9

"재미있군, 재밌어."

백리진양의 얼굴에 밝은 웃음이 떠올랐다.

"그 곰탱이가 그런 머리를 썼단 말이지?"

"예, 아버님."

"클클클, 곰도 늙으니 머리를 굴릴 줄 안다 이 말인가?"

"그래 봐야 곰이지요."

백리종무의 말에 백리진양의 웃음이 지워졌다.

"너는 곰의 특성이 무엇인지 아느냐?"

"우직함과 힘이 아니겠습니까?"

"그래, 바로 그거지. 그런데 말이다. 그래서 무서운 것이 곰이다. 그는 그 곰 같은 뚝심으로 지금을 이루어냈어. 벌 떼가 아무리 달려들어도 아랑곳하지 않고 꿀을 파먹는 곰처럼 말이야."

백리종무도 웃음을 지운 채 조용히 말했다.

"해서 소자 역시 그를 결코 가볍게 보고 있지 않습니다. 물론 두렵게 생각하지도 않지만 말입니다."

백리진양의 입가에 다시 웃음이 피어났다.

"항상 그 마음을 잊지 말아라. 적을 가볍게 생각한 순간, 내 자신이 소리없이 무너지는 법이니까."

"명심하겠습니다, 아버님."

"그건 그렇고……. 군악이는 요즘 어떻게 지내고 있느냐? 귀왕전의 아이와 잘되어가고 있다면서?"

"예, 아버님. 그 아이가 요즘 와서 귀왕전의 소공녀를 자주 만나고 있습니다. 아버님의 허락만 떨어진다면, 해가 지나기 전에 혼례를 올릴까 합니다."

하지만 두 사람은 모르고 있었다. 자신들의 눈과 귀가 이미 자신들의 것이 아니라는 것을.

第五章

단심비(丹心匕)

千秀芳景深要掩中密
草開放近天下 淫興知名於家界
雨閒容羞現改
鄭元昇

長壁前再拜禮一天師與
道音廣為傳
日弟子趙孟順敬書至大政元四月

死星
天血

신월의 달빛조차 구름에 가려 천지가 암흑이었다.

간간이 새어 나오던 등잔불조차 하나둘 꺼져 가자, 천왕사의 종소리만이 울려 퍼지는 가을밤은 을씨년스럽기조차 했다.

뎅! 뎅! 뎅!

삼경.

서른여섯 번의 종소리가 천왕곡의 깎아지른 듯한 산봉우리를 어루만지며 스러질 즈음이었다.

어둠을 가르며 흑의인영 하나가 커다란 전각 위에 내려앉았다. 조금도 거침없는 행동. 마치 모든 것을 다 알고 있다는 듯 태연한 움직임.

휘이잉! 한줄기 바람이 전각 위를 쓸고 지나간다.

용마루에 오롯이 서서 사위를 쓸어보는 그의 긴 머리가 허공에 휘날렸다.

순간, 휘날리는 머릿결 사이로 바람없는 천 장 깊이의 호수처럼 고요히 가라앉은 그의 두 눈이 드러났다.

'외부 순찰이 셋, 내부에 도사리고 있는 암중경호가 둘.'

전각 아래에는 몇 명의 무사가 순찰을 돌고 있었다. 그러나 누구 하나 그의 등장을 눈치 채지 못하고 있었다.

하긴 밤새조차 그를 느끼지 못하고 두 자 옆으로 스쳐 지나가거늘, 누가 있어 그를 느낄 수 있을까.

박쥐에게 배운 초감응력에 풍운무가 더해진 무령풍(霧靈風)은 그토록 신비했다.

호르르르……

야조의 울음소리가 밤하늘을 가르며 지나갈 때다.

전나무 나뭇가지를 스치는 바람 소리가 칼바람 소리처럼 귀청을 찢고 지나갔다.

한순간, 전각의 용마루에서 그가 사라졌다.

사대무단 중 하나인 패천단의 부단주 적수창은 자신이 꿈을 꾼다 생각했다.

옆구리에는 어젯밤 자신을 달궈준 계집이 세상모른 채 잠들어 있다.

그런데 자신의 목에 날선 검첨을 대고 있는 저놈은 대체 누구란 말인가?

'왜 몸이 움직여지지 않는 거지? 꿈이라서 그런가?'

다행인지 입은 움직일 수가 있을 듯하다.

아무리 꿈이라도 그렇지, 이놈이 감히 어디서!

"웨, 웬 놈이냐?"

적수창은 억지로 입을 열어 자신의 목에 검을 겨눈 놈을 윽박지르려 했다. 하지만 그의 의도와는 다르게 목소리가 떨려 나왔다.

그는 스스로의 목소리에 치욕을 느끼고 이를 악물었다.

참 기분 더러운 꿈이군! 그런 마음으로.

그리고 눈을 들어 자신의 목에 검을 겨눈 자를 노려보았다.

붉은 불빛을 등진 그는 자신보다 한 뼘은 커 보였는데, 무저의 늪처럼 가라앉은 눈빛에선 아무런 감정도 느껴지지 않았다.

소름이 돋는 눈빛이었다.

적수창은 눈이 마주치자 자신도 모르게 부르르 몸을 떨었다.

그때 아무런 감정도 없는 눈빛의 주인이 나직이 입을 열었다.

"조용히. 그대는 내가 묻기 전에는 말을 해서는 안 된다.

짜증나니까. 설령 그대가 소리친다 해도 올 사람이 없다는 것만 알고 있도록."

적수창은 그의 목소리를 듣는 순간 얼음물이 뒷덜미에 쏟아지는 기분이었다.

'이놈은 야수다! 사람을 찢어 죽이고도 눈 하나 깜박하지 않을 놈이다!'

그래도 이대로 있을 수는 없었다. 자신이 누군가!

"내가 누군 줄 알고……. 크윽!"

하지만 자존심을 내세운 대가는 작지 않았다.

검첨이 흔들렸다 싶은 순간, 귀가 따끔했다. 그리고 곧이어 극심한 통증이 몰려왔다. 그제야 모든 것이 확실해졌다.

꿈이 아니다. 이건 현실이야! 대체 어떻게 된 일이지?

유옥이 적수창의 귀를 뚫은 검을 천천히 잡아 빼며 말했다.

"다음에는 잘라낸다. 귀든, 코든, 팔이든. 명심하도록."

적수창은 입을 열지 않고 고개만 정신없이 끄덕였다. 꿈이 아닌 이상 모든 것을 조심해야 했다.

그는 아직 죽고 싶지 않았다.

어떻게 올라온 자린데!

그의 태도가 변하는 것을 보고 있던 유옥이 물었다.

"첫 번째. 천기원과 어떤 관계인가?"

적수창의 안색이 흙빛으로 물들었다.

누구도 알아서는 안 될 비밀을 이놈이 어떻게 알고 있는 걸까?

"같은 천왕교의 사람으로 그냥 단순한 관계……. 흡!"

볼을 타고 내려온 검첨이 턱밑을 반치쯤 파고들었다. 뜨끈뜨끈한 선혈이 주르륵 목을 타고 흘러내린다.

"다시. 그대와 천기원과의 관계는?"

적수창의 눈빛이 거세게 흔들렸다.

유옥이 말을 이었다.

"비밀은 지킨다. 천기원은 오늘의 일을 알지 못할 것이다."

적수창의 거세게 흔들리던 눈빛이 조금씩 안정을 찾아갔다.

어차피 이판사판이다. 죽어도 나중에 죽는 게 나았다. 게다가 눈앞의 살귀가 약속을 지킨다면, 자신은 더 살 수가 있지 않은가 말이다.

"그냥…… 무력이 필요할 때, 약간의 대가를 받고 상부상조하는 사이오."

"좋아. 그럼 두 번째다. 사 년 전인가? 전대 교주께서 돌아가시기 닷새 전, 무엇 때문에 수하들을 움직여 패왕전을 포위했었지?"

적수창의 눈이 흡떠졌다.

유옥이 다시 물었다.

"그때의 일도 천기원과 상부상조하기 위함이었나?"

"그, 그건……. 커억!"

적수창이 대답을 망설이자 검첨이 어깨로 흐르더니 비파골을 뚫고 들어갔다.

무심한 표정. 일말의 인정도 없는 손속!

안색이 누렇게 뜬 적수창이 겨우 입을 열었다.

"그, 그렇소이다. 당신 말이…… 맞소."

"이제 세 번째다. 이번만 제대로 답한다면, 오늘의 일은 없던 일이 되고, 그대는 다시 여인을 품을 수 있을 것이다."

절망이 희망으로 바뀌었다. 적수창의 눈빛이 강렬해졌다.

유옥이 여전히 고저없는 무심한 목소리로 물었다.

"그 일에 패천단주 육청도 관계가 있는가?"

적수창이 이를 지그시 깨물고 답했다.

"나는 부단주요. 단주의 명을 받아야 움직일 수 있는 부단주……."

돌려 말하긴 했지만 확실한 대답이었다.

'그랬군. 결국 패천단주 육청도 교주의 죽음에 관계가 있었어. 아버지가 짚긴 제대로 짚었군.'

유옥은 적수창의 몸에서 검을 잡아 빼고 가볍게 흩뿌렸다. 핏방울이 후두둑 떨어져 적수창의 옆에서 자고 있는 여인의 얼굴에도 튀었다.

동시에 유옥의 모습이 방 안에서 사라졌다.

적수창은 눈 뜨고 뭔가를 도둑맞은 사람마냥 멍하니 앞을 바라보았다. 유옥이 사라지자 지금까지의 일이 모두 꿈만 같았다.

그러나 조금 전의 일이 꿈이 아니란 것을, 그는 촌각도 지나지 않아 확실하게 알 수 있었다.

"크으윽!"

목을 비틀었을 뿐인데도, 불꼬챙이가 찌른 듯한 극심한 통증이 어깨와 목에서 느껴진 것이다.

"대체 이놈들은……."

적수창은 고통을 악착같이 참고 몸을 움직여 봤다. 어떻게 해서든 한 가지 확인해야 할 것이 있었다.

소리를 지르면 간단한 일이지만 그래서는 안 된다.

누군가가 오늘의 일을 알면 자신이 죽는다. 처절한 고문을 당할지도 모른다. 그럴 수는 없었다. 그럴 수는!

'어떻게든 묻어야 돼! 그래야 내가 살 수 있어!'

한데 생각지도 않게 몸이 움직인다.

제압당했던 마혈이 자신도 모르는 새 풀려 있다.

'귀신같은 놈!'

등줄기를 타고 독거미가 스멀거리는 기분이다.

그놈의 눈이 아직도 앞에 있는 것만 같다.

부르르.

몸을 떤 적수창은 벽을 향해 다가갔다. 하지만 두 걸음을 옮기기도 전에 멈춰야만 했다.

벽을 타고 붉은 핏줄기가 흘러나오고 있었다. 보지 않고도 능히 짐작할 수 있는 일이었다.

자신을 지키던 수신호위가 소리없이 죽었다. 그리고 하나가 죽었다면, 나머지 하나도 죽었을 것이다.

'놈은…… 마귀다, 살귀!'

2

추혼광도(追魂狂刀) 엽은평은 자신의 애도를 품에 안고 잘 정도로 도에 미친 무공광이었다.

오죽했으면 마누라가 도저히 참지 못하고 따로 잘 것인지, 아니면 도를 옆에다 떼놓고 잘 것인지 결정하라고 하자, 도를 택하고 외딴 곳으로 거처를 옮길 정도였다.

덕분에 그는 천왕교에서 다섯 손가락에 드는 도의 고수 중 하나가 될 수 있었고, 교주를 모시는 호법 중 한 사람이 될 수 있었다.

대신 마누라를 안지 못한 지 벌써 십 년째였다.

사람들이 그에게 왜 그렇게 도를 애지중지하냐고 물으면, 그는 항상 간단하게 대답했다.

"도는 거짓말을 하지 않는다!"

하지만 오늘은 아니었다.

지난 이십 년 동안 손에서 놓지 않았던 도가 지금은 그의 손에 들려 있지 않은 것이다.

"너는 누구냐?"

엽은평은 분노한 표정으로 앞을 바라보았다.

묻는 그의 손이 도 대신 이불자락을 쥐고 있었다.

자신의 도는 눈앞의 청년이 들고 있었다.

"좋은 도군요."

키가 크고 늘어뜨린 머리카락이 어깨를 덮은 청년, 유옥은 도를 반쯤 빼 들고 진정 어린 감탄사를 내뱉었다.

완만하게 휘어진 도신은 반 뼘이 조금 넘어 보였다.

길이는 두 자 세 치 정도. 뾰족한 도첨과 날 선 도인은 불빛도 없는데 푸른빛이 일렁인다.

"이십 년간 자식처럼 돌본 칼이지."

분노한 와중에도 엽은평의 얼굴에는 은근히 자랑스러운 표정이 떠올랐다.

"한 가지만 대답해 주신다면 돌려 드리지요."

생각 같아서는 달려들어서 뺏고 싶었다.

모가지를 댕경 잘라서 패대기치고 싶었다. 그럴 수 없다는 것이 문제일 뿐.

마혈을 제압당했다. 손을 나눈 지 단 오 초 만에. 아무리 누워 있던 자세였고 상대를 얕본 면이 없잖아 있었지만, 당하고도 믿기지 않는 일이었다.

당연히 자신을 지키던 경호무사들도 죽었을 게 분명하다.

엽은평은 마누라와 떨어져 외딴 곳에서 지낸 것이 처음으로 후회되었다.

'후우, 나도 이제 늙은 것인가?'

그가 힘없이 물었다.

"뭘 알고 싶은 것인가?"

"전대 교주의 죽음에 대해 아시는 게 있다고 들었습니다."

엽은평의 두 눈이 급살 맞은 노루 새끼마냥 파르르 떨렸다.

유옥이 말을 이었다.

"당시 호법을 섰던 네 분 중 한 분이셨지요?"

"글쎄……."

쉭!

미미한 소음이 일더니 도광이 번쩍였다.

엽은평은 눈을 부릅뜨고 미간에 닿아 있는 자신의 애도(愛刀) 추상(秋霜)을 노려보았다.

"교주께서 누워 계신 방은 의원을 제외하고 아무도 들어갈 수 없는 것으로 알고 있습니다. 한데 누군가가 그 방을 들어갔다고 하더군요."

"나는 잘……."

스으윽!

도첨이 미간에서 콧등까지 길게 그어졌다.

엽은평은 핏방울이 한쪽 눈 속으로 들어가는 게 느껴졌다.

"그 일이 있고 나서 한 달도 안 돼 약왕당의 손 당주께서 돌아가셨지요. 교주께서 돌아가신 지 이틀 만에 말입니다."

차분히 이어지는 목소리는 나직했다. 게다가 고저도 없었다.

불개미가 기어 들어가듯이 귓속을 파고드는 목소리.

"…모르는 일……."

엽은평은 설마 네놈이 감히 날 죽이랴 하는 마음으로 악착같이 버텼다. 그런 한편으로는 이십 년 만에 느껴보는, 두려움이라는 생경함에 몸이 절로 떨렸다.

툭!

언뜻 작은 소음이 그의 몸에서 인다고 느껴졌다.

찰나간 콧속에서 극통이 일었다.

끼기기…….

자신의 도가 콧속을 파고든다.

아마도 콧대가 도날에 잘린 듯하다.

한데 콧대를 자른 도첨이 멈추지 않고 계속 콧속을 파고든다. 그리고 밤안개처럼 밀려오는 목소리.

"게다가 그 후에 천왕령주 사도궁조가 행방을 감추었습니다. 혹시 그가 어디로 갔는지 아십니까?"

엽은평은 그제야 상대가 진정으로 두려워졌다.

밀고 들어오는 도첨에선 미세한 흔들림조차 느껴지지 않

는다.

마치 고요가 밀고 들어오는 듯하다.

'감정이 있는 놈이라면 이럴 수는 없어. 이놈은 사람의 목을 잘라내면서도 흔들리지 않을 놈이야!'

자신이 내릴 수 있는 결정은 두 가지뿐.

이대로 죽음을 맞이하느냐, 아니면 사실을 밝히고 사느냐.

망설이는 사이 도첨은 콧대를 다 자르고 콧속의 예민한 신경을 건드리고 있다.

머릿속에서 뇌성벽력이 휘몰아친다.

뇌리가 하얗게 타 들어간다.

엽은평은 자신의 의지와 상관없이 입을 쩍 벌렸다.

"자… 암…… 까… 안……."

3

"원주님의 말씀대로였습니다. 그 두 사람 모두 전대 교주의 죽음과 연관이 있었습니다. 다만 사도궁조의 행방에 대해선 잘 모르는 것 같더군요."

"왜 죽이지 않았나? 살려두면 위험할 텐데."

"어차피 자신이 입을 연 사실을 남에게 밝힐 배짱도 없는 자들입니다. 괜히 죽여봐야 놈들의 경계심만 키워줄 뿐입니다. 그리고 살아 있는 미끼가 죽은 미끼보다 아무래도 나을 것 같아서 말이지요. 나중에 또 써먹을 수 있을지 모르니 말입니다."

유옥의 말에 하천광의 눈이 이채를 띠었다.

"그들이 미끼 역할을 할 정도로 가치가 있다고 생각하나?"

"가치가 있게 만들어야지요."

"음?"

의아해하는 하천광을 향해 유옥이 말했다.

"적당한 때에 원주님이 적수창을 찾아가 담소만 한번 나눠도 그의 가치가 올라갈 것 같습니다만……."

하천광의 의아해하던 표정이 일순간 벙찐 표정으로 바뀌었다.

"그러니까, 나도 그 미끼 중 하나가 되는 건가?"

유옥이 담담히 말했다.

"어릴 적, 배가 고프면 몰래 어른들 낚싯대로 낚시를 한 적이 있습니다. 들켜서 혼난 적도 많았지만, 덕분에 배를 채울 수가 있었죠. 그때 밑밥의 중요성을 알았죠. 밑밥을 잘 써야 큰 고기가 잡힌다는 것을 말입니다."

"끄응, 나더러 미끼도 아니고, 밑밥이 되라 이 말이군."

"원주님 정도면 아마 상당히 큰 고기들이 몰려들 겁니다."

"낚싯대는 튼튼한가?"

유옥이 아무런 말도 하지 않고 손을 들었다.

손끝에 선홍색 구슬이 하나 맺혔다.

하천광의 눈이 부릅떠졌다. 그가 자신도 모르게 소리쳤다.

"천홍지주(天紅指珠)?!"

"태대원로께서 남겨주신 것을 재수가 좋아 익혔습니다."

재수가 좋아 익혔다고? 패왕의 인(印)이라는 천홍지주를?

하천광은 유옥의 무공이 자신과 별반 다를 게 없을 거라 생각했었다. 사실 그 정도만으로도 굉장한 것이었다.

이제 스물이 갓 넘은 젊은이의 무위가 패도천하 천왕교에서 능히 삼십 위 안에 든다는 말이었으니까.

하지만 천홍지주를 보니 자신이 잘못 생각했을지 모른다는 생각이 들었다.

'어쩌면 얼마 가지 않아 천왕교 십대고수의 이름이 바뀔지도 모르겠구나.'

그런 한편으로, 그만큼 자식에 대한 복수를 할 수 있는 가능성이 더 커졌다는 게 마음에 들었다.

"그래, 밑밥 주러 언제 가면 되겠는가?"

하천광이 적수창을 찾아간 것은 이틀이 지나서였다.

하경연의 죽음에 사용된 독이 무엇인지, 독의 전문가인 패천단의 독요(毒妖) 진설항을 만난다는 것이 표면적인 이유였다.

의외의 일에 적수창은 굳은 얼굴로 하천광을 맞이했다. 독요 진설항과 함께.

근 반 시진, 하천광은 심각한 얼굴로 정말 독에 대한 것만 묻고서 적수창에게 말해줘서 고맙다는 말만 남기고 패천단을 떠났다.

적수창은 하천광이 별다른 일 없이 자신의 거처를 떠나자 내심 안도의 한숨을 내쉬었다. 자신이 생각했을 때, 하천광이 찾아온 일은 그다지 중요한 일이 아니었던 것이다.

하지만 암중에서 하천광의 동태를 지켜보던 사람들은 그와 생각이 달랐다. 그들은 빠르고 자세하게 당시의 상황을 자신들의 주인에게 전했다.

천양원주 하천광이 적수창을 만났습니다. 독에 대한 것을 묻기 위해 진설향을 찾아왔다고 합니다만, 꼭 그 이유만은 아닌 듯했습니다. 그는 심각한 표정으로 말해줘서 고맙다는 말을 남기고 떠났는데, 이상하게도 그 말을 한 상대는 진설향이 아닌 적수창이었습니다.

4

"하천광이 고작 독 때문에 직접 적수창을 찾아가지는 않았겠지? 방 령주, 잠사령(潛士令)의 생각은?"

"저희는 하천광과 유옥의 비밀 회동과 그 일을 연관시켜 생각해 봤습니다."

백리군악은 아무런 말도 하지 않고 조용히 찻잔을 들었다. 계속해 보라는 듯.

작은 체구의 삼십대 문사, 방운휴가 말을 이었다.

"천유옥이 태대원로의 진전을 이었다면, 그의 뜻도 이었을 터. 저희는 그가 하천광을 태대원로가 맡긴 일에 끌어들였지 않나 생각하고 있습니다."

입술에 찻잔을 댄 백리군악의 눈빛이 가늘게 좁혀졌다.

"태대원로가 맡겼을 것으로 추정되는 일이라……. 전대 교주의 죽음에 대한 것 말인가?"

"그렇습니다. 태대원로는 전대 교주의 죽음에 대해 반드시 밝혀내겠다고 공언까지 한 적이 있었지요."

"하천광이 군이 그 일에 말려들려고 할까? 그게 얼마나 위험한 일이라는 것 정도는 그도 알고 있을 텐데?"

"가능성은 반반입니다만, 하천광이 태대원로를 진정으로 대했던 점을 생각한다면, 그 가능성이 좀 더 높아진다 할 수 있습니다."

백리군악이 찻잔을 내려놓았다.

"늙은 여우도 알고 있겠지?"

"슬쩍 흘렸습니다."

천천히 고개를 끄덕이는 백리군악의 눈빛이 서릿발처럼 차가워졌다.

"잘하면 시기를 앞당길 수도 있겠군."

방운휘의 작은 체구가 더욱 움츠러들었다.

백리군악이 차갑게 입을 열었다.

"천유옥에게 정보를 넘겨줘라. 보다 확실한 정보를. 직접 움직이지 않을 수 없게 큰 걸로 말이야. 아! 이참에 늙은 여우의 팔 하나를 잘라 버리는 것도 괜찮겠군."

"알겠습니다, 공자."

"그리고 늙은 곰에게도 연락해라. 그들이 시작하면 뒤는 우리가 맡는다고 말이야. 그리고……."

백리군악은 다시 찻잔에 차를 따르며 조용히 말을 이었다.

"천왕께 전해라. 나 백리군악은 오직 하나의 하늘을 섬길 뿐이라고 말이다."

'물론 하늘이 존재할 때까지일 뿐이지만.'

"존명!"

잠사령주인 방운휘가 나간 것은 그로부터 일각가량이 더 지나서였다.

그가 나가자 백리군악은 찻잔에 반쯤 남은 식어버린 차를 한 입에 털어 넣었다.

'유옥, 이제 우리가 만나야 할 때가 된 것 같구나.'

밤은 깊어 삼경을 알리는 종소리가 멀리서 울리고 있었다.

5

천유옥은 품속에 든 꾸러미를 만지작거렸다.

대장간에서 물건을 찾은 지 닷새. 오늘이 그렇게 고대했던 하은설의 스무 번째 생일날이다.

'그 양반, 그렇다고 손녀의 생일까지 그냥 넘길 게 뭐람.'

밝은 모습의 그녀에게 선물을 주고 싶었는데, 아무래도 틀린 것 같다.

하경연의 죽음이 몰고 온 충격에 천양원의 모든 공식 행사가 중지되었다. 하천광이 공식적으로 입을 연 것이다.

"한 달간 천양원 내에서 음주가무를 금지한다! 또한 외부와의 어떤 결탁도 허락하지 않는다!"

그렇다고 준비한 것을 자신이 가지고 있기도 뭐했다.

'좋아! 까짓거 부딪쳐 보는 거야! 어쩌면 이걸로 하 소저의 얼굴이 풀어질지도 모르잖아?'

유옥은 힘을 내 약왕당으로 향했다.

고후명의 외상은 거의 다 나은 상태였다. 조금 절룩이긴 해도 걸어 다니기까지 한다. 하은설이 더 이상 보살펴 줄 일이 없다는 말이다.

그런데도 그녀는 매일같이 약왕당으로 온다.

이유는 한 가지다.

"대형을 만나려고 오는 거야. 그렇게 모르겠어?"

유옥은 고후명이 넌지시 그 말을 하자 말도 안 된다며 코웃음 쳤다. 사진옥이 고후명의 말에 고개를 끄덕이는 걸 보고 눈을 부릅떴다. 상유상과 예종이 비실거리며 웃자 주먹을 휘두르기도 했다.

하지만 혼자 있을 때는 자신도 그렇게 생각했다.

그래, 그녀는 나를 보기 위해서 오는 거야! 분명해!

꼭 그래야 하는 것처럼 주먹을 불끈 쥐고, 씩 웃으면서.

성큼성큼 걸어 약왕당을 들어가자, 시무룩한 모습으로 약탕기 앞의 바위에 앉아 있는 하은설이 보였다.

그녀 곁으로 다가갔다. 가까워질수록 걸음이 조심스러워졌다. 거기다 주책없이 가슴마저 뛰었다.

쿵닥! 쿵닥!

제기랄! 어제까지만 해도 아무렇지 않았는데!

유옥은 적수청의 목에 검을 들이댈 때보다 더 힘들게 입을 열었다.

"오셨군요. 오늘이 생일이라고 들었는데……."

하은설이 일어서더니 고개를 가로저었다.

"숙부님 장례도 치르지 못하고 있는데 생일은요."

힘없이 대답하는 그녀의 얼굴에 수심이 가득하다.

문득, 유옥은 눈앞의 여인을 안고 싶다는 마음이 들었다.

음욕이 아니다. 그냥 보듬고 등을 쓰다듬어 주고 싶을 뿐이다. 그래서 하은설의 마음에 깃든 슬픔이 가라앉을 수만 있다면, 하루 종일이라도 안아주고 싶었다.

유옥은 머뭇거리다가 불쑥 손을 내밀었다.

"어머!"

하은설이 깜짝 놀라 고개를 쳐들었다. 한 걸음도 물러서지 않은 채.

순간 손을 내민 유옥의 얼굴이 슬며시 이지러졌다.

왼손은 그녀의 어깨를 잡고 있다. 그럼 오른손도 당연히 그녀의 다른 쪽 어깨를 잡고 있어야 했다. 그래야 그녀를 안아줄 테니까!

그런데…… 젠장! 오른손에 언제 빼 들었는지 품속의 꾸러미가 들려 있지 않은가 말이다!

제기랄! 왜 지금 이걸 빼 든 거야!

유옥은 자신의 빠른 손이 야속했다.

하지만 마냥 이대로 있을 수도 없었다.

"이거…… 내가 하 소저의 생일 선물로 준비한 것이오."

그나마 다행히도 말이 술술 나와준다.

"선… 물요?"

어깨를 잡힌 순간 살짝 달아올랐던 하은설의 눈이 가늘게 떨렸다. 그녀의 떨리는 눈이 유옥의 손을 향했다.

"풀어봐요."

재촉하는 유옥의 입가에 옅은 미소가 떠올랐다.

방문을 살짝 열고 밖을 내다보던 고후명이 눈을 휘둥그렇게 떴다.

'얼래? 대형 많이 발전했네?'

그사이 하은설의 손이 꾸러미를 풀고 있었다.

마침내 꾸러미가 다 풀리고, 연녹색의 칼집에 든 두 자루의 소도가 모습을 드러냈다. 앙증맞은 두 자루 소도에는 작은 노리개가 달려 있었다.

하은설이 발그레해진 눈으로 힐끔 유옥을 올려다봤다.

"마음에…… 안 듭니까?"

유옥이 조금 불안한 표정으로 물었다.

하은설은 안개 낀 눈을 내리깔고 고개를 저었다.

"아뇨. 정말 예뻐요."

"한번 뽑아봐요."

자신을 얻은 유옥의 말에 하은설은 백어의 지느러미 같은 두 손을 뻗어 천천히 소도를 뽑아봤다. 연붉은 소도의 도신이 은은한 광채를 뿜내며 뽑어낸다.

하은설의 눈이 커졌다.

유옥이 말했다.

"내 가슴이 지금 그런 빛입니다. 그래서 이름을 단심비라 지었지요."

막상 말을 하자 얼굴이 뜨거워졌다.

하은설도 빨개진 얼굴을 푹 숙인 채 소도만 만지작거렸다.

조마조마한 마음으로 바라보고 있던 고후명은 괜히 자신

의 속에서 열불이 났다.

'그래! 이제 안아줘! 뭐 하는 거야, 대형! 어이구, 답답해!'

그때였다.

폴짝!

하은설이 먼저 유옥의 가슴으로 뛰어들었다.

'엉?'

고후명의 눈이 문틈 사이에서 한껏 커졌다.

한데 그걸로 끝이 아니었다.

유옥은 자연의 법칙에 따라 천천히 고개를 숙였다.

두근두근, 콩닥콩닥.

유옥의 온몸이 심장 박동에 맞춰 들썩였다.

그때 하은설의 고개가 슬며시 들렸다.

감긴 채 파르르 떨리는 눈꺼풀, 반쯤 벌어진 붉은 입술.

유옥은 마치 무엇엔가 홀린 듯이 하은설의 입술을 찍어 눌렀다.

"읍!"

하은설의 얼굴이 복숭아빛으로 달아올랐다.

그래도 싫지는 않은 듯 두 눈을 감은 채 꼼짝도 하지 않았다.

두 사람의 몸은 그렇게 한동안 굳어버렸다.

황급히 문을 닫고 돌아앉은 고후명의 눈에 불똥이 튀었다.

'제길! 나도 안 해본 것을! 너무 진도가 빠르잖아?!'

*   *   *

그날 석양이 질 무렵.

사진옥이 그를 본 것은 우연이었다. 상유상과 함께 마지막 순찰을 돌고 있는데, 누군가가 숲에서 기어나오고 있는 것이 보인 것이다.

그나마 옆을 지나가던 강아지가 짖지 않았다면 알아보지 못했을지도 몰랐다.

"누구요!"

상유상이 소리쳐 묻는데도 대답이 들려오지 않았다. 대신 억눌린 신음만이 흘러나왔다.

가까이 다가가서야 사진옥은 상대가 전신에 심한 부상을 입은 채 죽어가고 있다는 것을 알았다.

그리고 고개를 드는 그를 보고 깜짝 놀라 소리쳤다.

"백리 부당주?"

놀랍게도 그는 만박당의 부당주인 백리종상이었다.

"정신이 드십니까?"

그의 정체를 알아본 사진옥은 황급히 달려들어 그를 부축했다. 하지만 그는 한마디도 제대로 뱉어내지 못하고 몸만 떨었다.

한데 그때였다. 그의 옷깃 사이로 누렇게 변색된 종이 쪼가리가 보이는 것이 아닌가.

'응? 뭐지?'

사진옥은 주위를 살피고는 슬며시 종이를 꺼내 펼쳐 보았다.

순간 눈을 부릅뜬 사진옥은 재빨리 종이를 접어 품속에 집어넣었다.

거의 동시였다.

"이봐! 무슨 일인가?"

천기원의 담을 돌아가던 몇 사람이 사진옥에게 다가오며 소리쳤다. 천기원의 문사들이었다. 개중에는 격안당주인 백리종연도 보였다.

사진옥은 재빨리 엄지손가락으로 백리종상의 명문혈을 누르며 큰 소리로 대꾸했다.

"순찰 중에 만박당의 부당주께서 심한 상처를 입고 쓰러져 계신 것을 발견했습니다!"

"뭐라고?"

천기원의 문사들이 다급한 걸음으로 다가왔다.

사진옥은 백리종상을 놓고 뒤로 물러섰다.

그러자 백리종연이 백리종상을 알아보고 뒤에 서 있는 문사들을 향해 소리쳤다.

"빨리 안으로 모셔라!"

그러고는 사진옥을 노려보았다.

"범인이 누군지 봤는가?"

"저희도 오시기 바로 전에야 발견했습니다."

"순찰을 제대로 돌기는 한 것인가? 어떻게 이런 일이 있을 수 있단 말인가?"

환장할 일이었다. 하필 자신들이 순찰을 도는 시간에 이런 일이 벌어지다니.

"그럼 저희가 놀기라도 했다는 말씀입니까? 왜 부당주께서 숲에 들어가셨는지 저희가 어떻게 안단 말입니까?"

사진옥이 의외로 강하게 나가자 백리종연의 눈빛이 조금 수그러들었다.

"어쨌든 조사해 보면 알겠지. 순찰 똑바로 돌게나."

"그렇게 하지요. 가자, 유상!"

"예! 대주!"

사진옥은 기분 나쁜 표정을 지으며 휙 몸을 돌렸다. 백리종연이 노려보는 것에 아랑곳하지 않고.

그러고는 투덜거리며 터벅터벅 그곳에서 멀어졌다.

"젠장, 그러잖아도 쓸데없는 곳에서 경비를 서는 것 같아 기분이 엿 같은데, 별소리를 다 듣는군."

상유성도 자신의 무기인 굵은 철곤으로 땅바닥을 두들기며 억울하다는 듯 소리쳤다.

"그러게 말입니다, 대주. 대체 왜 우리가 저런 소리를 들으면서 천기원을 지켜야 하는 겁니까?"

"낸들 아나? 힘없는 놈이 참아야지."

*　　　　*　　　　*

아침 햇빛이 유난히 맑고 싱그럽다.

약왕당에서 밤을 지새우고 절혼대를 향해 걸어가는 유옥의 마음도 쪽빛 하늘처럼 맑기만 했다.

'사진옥이 왜 급하게 찾은 거지?'

어젯밤, 하은설을 데려다 주느라 자리를 비운 사이에 사진옥이 찾아왔다고 했다. 급한 일이라면서.

기왕지사 데려다 주는 김에 유옥은 하은설과 식사까지 함께했다. 그리고 하천광까지 만나고 왔다. 그 바람에 밤늦게서야 약왕당에 도착했는데 그 시간을 기다리지 못하고 돌아간 듯했다.

평소의 성격이라면 기다렸을 사진옥이 그냥 돌아갔다는 것은 둘 중 하나였다.

급한 일이라는 것이 아직 진행 중이거나, 아니면 남의 눈을 의식하고 있다는 것.

둘 다 소홀히 넘길 수 없는 일이었지만, 유옥은 곧바로 사진옥을 찾아가지는 않았다. 누군가가 보고 있을 것이 분명하니까.

대신 아침 일찍 서둘러 뒷문을 통해 절혼대로 들어갔다.

한데 분위기가 조금 이상하다. 지금쯤이면 뒷마당에서 아침 수련을 하고 있어야 할 세 사람이 보이지 않는다. 절혼대의 전체적인 분위기도 깊게 가라앉아 있다.

방으로 들어가자 사진옥이 노려본다.

예종이 실실거리고, 상유상이 부럽다는 눈으로 쳐다본다.

"왜 그런 눈으로 보는 거지?"

유옥이 묻자 사진옥이 말했다.

"몰랐어. 대형이 그렇게 저질러 버릴 줄이야."

유옥이 피식 웃으며 며칠 전과는 완전히 다른 태도로 말했다.

"후명이한테 들었는가 보군. 그걸로 놀라기는……."

세 사람의 벙찐 눈이 유옥을 향했다.

우리 눈앞에 있는 사람이 완전 쑥맥이었던 대형 맞아? 혹시 우리가 알고 있는 것보다 더 진행된 거 아냐?

맞아! 그럴지도 몰라!

의심의 눈초리가 유옥의 전신을 훑어간다.

여섯 개의 송곳 같은 눈빛이 구석구석을 헤집는다.

하지만 유옥이 정색한 목소리로 그들의 송곳 같은 눈빛을 한 방에 꺾어버렸다.

"시답잖은 소리 말고, 무슨 일이지?"

사진옥이 아쉬운 눈빛을 거두고는, 표정을 굳힌 채 나직이 입을 열었다.

"천기원의 외곽을 순찰하던 중에 거의 죽어가는 사람을 하나 구했는데, 알고 보니 그 사람이 만박당의 부당주 백리종상이었어."

"백리종상?"

유옥의 미간이 좁아졌다.

짜릿한 충격이 등줄기를 훑어 올라간다.

기이한 느낌에 세 사람을 바라보자 왠지 조금 전과 달리 굳은 표정이다. 뭔가가 있다는 말.

그때 사진옥이 말을 이었다.

"근데, 그의 품속에 서신이 하나 있더라고."

말을 하는 사진옥의 눈빛이 긴장으로 차갑게 빛난다.

예사 서신이 아니라는 뜻.

"서신을 봤어?"

사진옥이 살짝 고개를 끄덕였다.

"천기원에서 사람들이 나오는 걸 보고 일단 내가 챙겼어."

"챙겼다고?"

유옥의 굳어진 시선이 사진옥을 향했다.

그러자 사진옥이 긴장한 표정으로 품속에서 빛바랜 서신을 꺼내 내밀었다.

서신을 건네받은 유옥이 심각한 표정으로 물었다.

"그가 정신을 차리면 찾을 텐데 왜 그렇게 위험한 짓을 했지?"

사진옥이 서신을 바라보며 말했다.

"거기에 몇 사람의 이름과 그들의 행적이 적혀 있었거든."

"이름? 행적?"

유옥의 시선이 손에 들린 서신으로 향했다.

나직한 목소리로 사진옥이 말했다.

"적수창과 엽은평은 물론이고, 다섯 명의 이름이 더 적혀 있어. 그들의 지난날 행적까지."

난데없이 등줄기로 얼음물이 쏟아진 듯한 기분이었다.

역시 단순한 서신이 아니었다. 단순하기는커녕 한바탕 폭풍을 몰고 올 수도 있는 위험한 물건이었다.

끈적끈적한 침묵이 방 안을 짓눌렀다.

유옥은 천천히 고개를 들어 사진옥과 상유상과 예종을 차례대로 돌아다보았다.

자신을 바라보는 세 사람의 눈빛에 결연한 의지가 담겨 있다. 어떤 일이 있어도 후회하지 않겠다는, 그런 눈빛이다.

멍청한! 어리석은! 바보 같은 놈들!

후명이가 당한 꼴을 보지 않았어? 너희가 얼마나 위험한 일을 했는지 알아?

유옥은 세 사람을 향해 눈을 부라렸다.

하지만 세 사람은 꼼짝도 하지 않았다. 마치 당연히 할 일을 했다는 듯.

그때 사진옥이 씩 웃으며 말했다.

"백리종상은 걱정하지 않아도 돼. 내가 친절하게 염라대왕 앞으로 안내했으니까."

* * *

천기원이 백리종상을 비롯해 둘, 집마원이 둘, 지옥전에 하나. 사단의 적수창, 호법으로는 엽은평.

서신에는 그들 일곱 명의 이름과 그들이 한 일이 적혀 있다.

하천광은 서신을 끝까지 읽고는 조심스럽게 서신을 접어 유옥에게 건넸다.

"놈이 왜 서신을 들고 나왔다고 생각하나?"

"둘 중 하나 같습니다. 누군가에게 위협을 받았든지, 아니면 그 서신으로 뭔가를 챙기려고 했든지."

"내가 봐서는 첫 번째 같군. 뭔가를 챙기려고 했다면, 지금까지 기다릴 이유가 없었으니까 말이야."

"제 생각도 그렇습니다. 서신을 가지고 누군가에게 자신의 안전을 맡기려 천기원을 나섰다가 당한 것 같습니다."

"누가 그를 위협했을까?"

하천광의 묵직한 목소리에 유옥은 한 사람을 떠올렸다.

그라면 알 것 같았다. 왠지 그럴 거라는 생각이 들었다.

'군악을 만날 때가 된 것인가?'

그때 하천광이 다시 물었다.

"그건 그렇고. 그래, 자네는 이제 어떻게 할 생각인가?"

"미끼는 둘로 충분합니다. 분산되면 오히려 상대하기가 어려워질 뿐입니다. 하나하나 제거하면서 상대의 반응을 지켜보지요."

"시끄러워지겠군."

"어쩔 수 없습니다. 마냥 놔둘 수도 없으니까요."

"하긴, 그동안 너무 조용했어. 어차피 벌어질 일이라면 일찍 벌어지는 것이 낫겠지."

"조심하십시오. 일이 시작되면 앞날이 어떻게 될지 아무도 모르니까요."

"허허허, 내 비록 늙긴 했어도 명색이 천양원의 원주라네. 걱정 말게. 그래, 누구부터 시작할 생각인가?"

유옥의 눈빛이 싸늘하게 가라앉았다.

"헌원무강의 한 팔을 끊어버릴 생각입니다."

6

혈마(血魔) 도웅완은 이마와 능줄기를 타고 흐르는 땀을 느끼며 기분 좋은 웃음을 지었다.

"오늘 따라 기분이 더 좋군."

사령루, 은형루와 함께 집마원의 삼루를 이루는 혈마루의 주인이자 헌원무강의 의제인 그는, 비 오는 날을 제외하면 하루도 빼놓지 않고 아침 수련을 할 정도로 수련광이었다.

그로 인해 그가 무공을 수련하는 집마원 뒤쪽의 작은 계곡은 아침 시간만큼은 금지나 다름없었다.

그런 도웅완도 사실 오늘은 많이 망설였다. 거처를 나올 적에만 해도 구름이 잔뜩 끼어 있었으니까.

그는 무공 수련을 좋아하는 만큼 비를 싫어했다.

그런데 다행히도 수련을 하는 사이 구름이 반쯤 걷혔다. 그래선지 흐르는 땀이 평소보다 더 기분 좋게 느껴진 것이다.

도웅완은 이마에 흐르는 땀을 닦아 내며 만족한 표정을 지었다.

"후, 요즘 젊은 놈들은 수련을 게을리 한 단 말이야. 땀을 흘리고 나면 이렇게 좋은 것을. 쯔쯔쯔……."

혀를 차며 땀을 닦던 그는 마치 못 볼 것을 보기라도 한 것마냥 갑자기 동작을 멈췄다.

계곡의 안쪽에서 누군가가 내려오고 있었다.

뒷짐 진 태연한 걸음걸이, 자신을 똑바로 바라보는 눈.

'웬 놈이지? 내가 수련하는 시간에 이곳을 지나가는 놈이 있다니.'

괘씸한 한편으로 은근히 흥미가 일었다.

보아하니 그리 약한 놈 같지도 않았다. 옆구리에 매달린 철검이 철렁거리며 흔들리는데, 그 소리가 묘하게도 그의 걸음걸이와 조화를 이루고 있었다.

'젊은 놈이 제법이군.'

그의 입가로 희미한 웃음이 떠올랐다. 조금은 심술궂은 웃음이었다.

감히 이 시간에 자신의 수련장에 들어오다니. 저놈을 어떻게 요리할까?

도웅완은 땀을 닦던 손을 내리고 자신을 향해 똑바로 걸어오고 있는 흑의청년을 바라보았다.

큰 키에 마른 몸, 늘어뜨린 흑발은 흑의와 어울려 묘한 감정을 불러일으킨다. 거기다 조금 긴 듯하면서도 남자답게 선 굵은 얼굴.

아무리 깎아내리려 해도 멋지게 생겼다.

'계집깨나 후리게 생겼군.'

그사이, 어느덧 거리가 십 장으로 가까워졌다. 그제야 흑의청년의 입이 열렸다.

"혈마 도웅완, 맞소?"

도웅완의 이마에 꿈틀 주름이 그어졌다.

"꽤 건방진 놈이군. 감히 어른의 이름을 그따위로 묻다니. 네놈의 상선이 누구냐? 내 네놈을 잘못 가르친 죄를 물어야겠다."

사진옥이 저 소리를 들었으면 어떤 표정을 지을까?

유옥은 문득 사진옥의 표정이 궁금해졌다.

그의 입가로 하얀 웃음이 그어졌다.

"나의 상전을 알고 싶으면 내 검을 이겨보시오."

"뭐라? 이제 보니 내가 잘못 생각했군! 네놈은 꽤 건방진 놈이 아니라, 건방이 하늘을 찌르는 놈이구나!"

도웅완은 분노와 쾌감이 번갈아 일었다.

'이놈! 잘근잘근 부숴주마! 네놈 주둥이부터!'

그가 차갑게 가라앉은 표정으로 말을 이었다.

"좋다! 내 네놈에게 하늘 높은 것을 알려주마!"

유옥도 서서히 웃음을 지우고 발걸음을 늦췄다.

바람이 계곡을 타고 내려와 그의 긴 머리를 휘날렸다.

한순간 그의 붉은 입술이 가려졌다.

"대신 나에게 지면 한 가지 일에 대해 확인을 해줬으면 하오."

그래선지 나직한 목소리가 더욱 음울하게 들린다.

"광오한 놈! 너 따위에게 질 정도면 목인들 못 내놓겠느냐?"

"허락한 것으로 알겠소."

유옥은 나직이 말을 내뱉으며, 오 장 거리가 되자 걸음을 멈추고 철검을 잡았다.

도웅완은 어이가 없었지만 결코 상대를 얕보는 우를 범하지는 않았다.

상대와 마주하면 최선을 다해라!

그것이 평소 그의 좌우명이었다. 그리고 그는 강호에 뛰어든 이후, 삼십오 년 동안 자신의 좌우명을 철저히 지켜왔다.

지금도 마찬가지였다.

그는 두 손에 혈마기(血魔氣)를 끌어올렸다. 일순간 핏빛의 붉은 기운이 마치 살아 있는 것처럼 꿈틀거리며 피어났다.

"이놈! 와라!"

유옥은 도웅완이 혈마기를 일으키며 호기에 찬 일성을 내지르자 발을 내디뎠다.

단 한 걸음이었다. 일 보만에 유옥과 도웅완의 오 장 거리가 좁혀졌다.

휘잉!

벼락처럼 내리꽂히는 철검!

떨어져 내리는 철검을 향해 원을 그리는 도웅완의 혈수!

쾅! 주르륵!

두 사람이 동시에 일 장가량을 물러섰다.

유옥의 얼굴에 의외라는 빛이 떠올랐다.

도웅완이 경악한 표정을 지었다.

순간, 유옥의 신형이 다시 도웅완을 향해 쇄도했다.

철검이 다시 벼락을 뿜어내고, 혈수가 수십 개의 그림자를 만들며 도웅완의 몸을 감쌌다.

조금도 물러서지 않는 두 사람이다!

눈에 보이지도 않을 정도로 빠르게 펼쳐진 십여 초의 공방!

어느 순간!

떠더덩!

두 사람이 다시 물러섰다.

도웅완의 이글거리는 눈이 유옥을 향했다.

물러선 거리는 비슷하다. 하지만 자신의 앞에는 두 치 깊이로 파인 발자국이 선명하다.

도웅완이 으르렁거리며 물었다.

"네놈은 누구냐? 전마십팔검을 네놈처럼 완벽히 익힌 놈이 있다는 소리는 듣지 못했거늘!"

"내 이름은 천유옥. 지옥에 가거든, 잊지 말고 염라대왕께 말하시오."

"뭐라!"

도웅완이 미처 분노를 다스리기도 전이었다.

유옥의 신형이 흐릿하니 사라졌다.

마침내 풍백의 풍운무가 펼쳐진 것이다!

흠칫한 도웅완은 혈마기(血魔氣)를 전력으로 끌어올린 채, 자신의 최고절기라 할 수 있는 혈마구장의 후삼초를 연속적으로 펼쳤다.

혈혈단혼(血血斷魂)! 혈광마격(血光魔擊)! 혈수파천(血手破天)!

강기로 이루어진 핏빛 손 그림자가 그를 둘러싼 채 휘돌았다.

재미로 시작한 일이다. 그러나 이제는 아니다.

와라! 네놈의 심장을 터뜨려 대지를 적시고, 하얀 뇌수가 비산하도록 머리를 박살 내버리리라!

그는 십수 번에 걸친 격돌로 상대의 철검이 자신의 혈마기를 어찌할 수 없다는 생각을 굳혔다.

설사 전마십팔검이 아닌 다른 검을 펼친다 해도 마찬가지일 거라 생각했다.

쾅!

아니나 다를까, 첫 번째 격돌에 철검이 산산이 부서지며 허공으로 튕겨졌다.

유옥의 몸도 허공으로 솟구쳤다.

유옥의 위치를 감지한 도웅완의 얼굴에 잔혹한 살기가 떠올랐다.

'이제는 내 차례다! 건방진 놈!'

순간 휘돌던 핏빛 강기가 하나로 뭉쳤다.

그때였다!

쉬이이이익!

날아 내리는 유옥의 손에서 한 방울 피눈물이 떨어졌다. 눈부신 광채에 섞인 채!

유리혈루가 마침내 세상에 모습을 드러낸 것이다.

찰나! 뻗어가던 혈마강기가 반으로 쪼개졌다.

그러고도 모자랐는지, 유리혈루에서 뻗은 광채는 도응완의 몸을 훑고 지나갔다.

동시에 유옥의 몸도 이 장 밖으로 튕겨졌다.

땅으로 내려선 유옥은, 손을 뻗은 채 움직임을 멈춘 도응완을 바라보았다.

창백한 얼굴. 무저갱 같은 눈빛. 유옥 역시 적지 않은 충격을 받은 상태였다. 도응완에 비할 바는 아니었지만.

"내가 이긴 것 같군요."

"그… 그…… 것은……."

도응완의 충혈된 눈은 튀어나올 듯이 커져 있었다.

그가 본 것은 커다란 핏방울이 전부였다.

구름 사이로 내비친 햇살에 눈부신 광채가 번쩍이긴 했지만, 미처 그것의 모습까지는 보지 못했다.

주르륵!

어깨를 타고 핏물이 흘러내린다.

도응완은 천천히 고개를 내려 자신의 어깨를 바라보았다.

선홍빛 선 하나가 어깨를 지나 가슴까지 이어져 있다.

혈선에서 뿜어지는 가느다란 핏줄기.

"멋진 일격……. 뭐였지?"

도응완이 가까스로 입을 열었다.

그는 유리혈루를 모르는 듯하다.

창백한 표정의 유옥이 여전히 무심한 목소리로 답했다.

"천라혈왕구검(天羅血王九劍) 중 하나, 단심절천세(丹心絶天勢)."

"정말…… 굉장한……."

"이제 내가 묻겠소."

도웅완이 떨리는 눈을 억지로 치켜떴다.

"전대 교주의 죽음에 귀하가 관여되어 있다는 것은 이미 알고 있는 일이니 간단히 답해주길 바라겠소."

도웅완의 떨리던 동공이 사자(死者)의 눈처럼 굳어버렸다.

유옥이 물었다.

"집마원주와 천기원주 간의 약속에 대해 아는 게 있소?"

언뜻 도웅완의 얼굴에 희미한 조소가 떠올랐다.

"멍청한…… 내가 형님을…… 배반할 사람으로 보였는가?"

"알고 있소?"

"크크크크, 그 일에 대해서 아는 게 조금 있지. 하지만 네 놈은 나에게서 한마디도 들을 수 없……."

콰직!

유옥의 손이 번개처럼 도웅완의 목을 움켜쥐었다.

"끄억!"

도웅완의 가슴에서 뿜어지던 핏줄기가 더욱 세게 뿜어졌다.

유옥은 도웅완을 바짝 잡아당기고는 그의 귀에 대고 말했다.

"어떤 고문을 해도 당신이 말하지 않을 거라는 것 정도는 나도 알고 있었어. 하지만 상관없어. 내가 원하는 것은, 그런 약속이 있었느냐, 아니면 없었느냐 하는 것이었으니까."

도웅완의 눈이 순간적으로 새카맣게 죽어갔다.

그는 그제야 안 것이다. 자신의 본의와는 다르게, 자신이 적에게 절대 말해서는 안 되는 비밀을 누설했다는 것을.

"이, 이 개……."

그러나 그는 분노를 표할 시간조차 없었다.

유옥이 손에 힘을 주는 순간,

우드득!

한마디도 제대로 내뱉지 못한 채, 도웅완은 목뼈가 완전히 부서져 널브러졌다.

털썩!

유옥은 무심한 눈으로 널브러진 그를 내려다보고는 천천히 고개를 들었다.

물러갔던 구름이 다시 몰려오고 있었다.

금방이라도 비가 쏟아질 것 같았다.

"늙은 여우와 불곰이 공생했을 때는 그만한 이유가 있었겠지. 이제 그것을 알아볼 때가 된 것 같군."

그러기 위해서는 한 사람을 만나봐야 했다.

세상에 나올 때부터 보고 싶었던 그를 말이다.

'군악, 한 가지 일만 더 처리하고 너를 만나러 가겠다. 설마 이번에도 피하지는 않겠지?

우르릉!

하늘이 울음을 터뜨렸다.

제법 세차게 쏟아지려나 보다.

백리군악이 크게 웃으며 대답하는 것만 같다.

'그래! 어서 와라, 유옥!'

7

혈마 도응완이 죽었다!

천왕교가 술렁였다.

얼마 전에는 천양원주의 아들인 하경연이 죽고, 천기원의 백리종상이 죽더니, 이제는 집마원의 혈마루주이자 오마 중 한 사람인 혈마가 죽었다.

혈마의 죽음은 전의 두 사람과는 천양지차의 반응을 불러 일으켰다.

폭풍전야! 혈풍전야!

집마원과 천기원이 마침내 한판 붙는 것인가?

천왕대전에서는 과연 어떻게 이번 일을 처리할 것인가.

지금까지처럼 두고만 볼 것인가, 아니면 전면에 나서서 서 물들의 싸움을 종식시킬 것인가.

천왕교의 오천 무사들은 촉각을 곤두세우고 천왕대전을

바라보았다. 그런 와중에 은밀한 소문이 밑바닥으로 흘렀다.

정면 대결!

혈마 도웅완은 정면 대결에 의해 죽었다!

누눌까? 누가 혈마 도웅완을 정면 대결로 죽였을까?

천기원이겠지.

아냐, 천기원에는 그럴 만한 고수가 없어.

설왕설래, 의문이 꼬리를 물었다. 그리고 며칠이 지나지 않아 혈마 도웅완을 죽인 자에게 별호가 하나 붙었다.

혈사자(血獅子)!

사람들은 그를 죽음의 사신, 혈사자라 불렀다.

그러더니 천왕교에서 가장 강한 열 명의 고수 중 하나로 꼽기를 주저하지 않았다.

"혈사자라……. 역시 멋진 이름이 아닌가?"

"그렇게 부르니까 기분이 좋습니까?"

유옥의 심통난 듯한 말에 하천광이 빙긋이 웃었다.

"자네가 그랬지 않은가? 고기를 많이 잡으려면 밑밥이 좋아야 한다고 말이야. 사실 혈마 도웅완을 죽인 사람에게 그 정도의 이름이야 아무것도 아니지."

유옥은 하는 수 없다는 듯 한숨을 내쉬며 입을 열었다.

"후우, 뭐 다 좋습니다. 그런데 과연 그 이름을 듣고 움직이는 사람들이 있을까요?"

하천광이 얼굴의 웃음을 지우고 천천히 고개를 끄덕였다.

"그 이름을 아는 사람은 우리 사자들뿐이네. 천왕교의 원로들조차 감찰령주의 별호가 혈사자라는 것은 모르고 있지. 그 이름은 우리가 감찰령주를 칭할 때 부르는 이름이니까."

그랬다. 혈사자라는 이름을 퍼뜨린 것은 하천광이 한 일이었다. 정체를 알 수 없는 나머지 세 마리의 사자를 찾기 위해서.

물론 그들이 태대원로 장천궁의 염려대로 변질되었을 수도 있었다. 그래도 찾아야 했다.

지금은 예전의 평온한 시기가 아니다.

그리고 자신은 사부인 장천궁이 아니다.

변질되었다면 처단할 것이고, 아니라면 힘을 얻을 수 있을 것이다.

적어도 그 정도는 되어야 천왕대전에 대한 조사를 할 수 있을 터.

'둘만 얻어도 해볼 만하겠는데…….'

8

도응완이 죽고 칠 일이 지났다.

짐마원은 도응완의 장례를 치르고 나서도 침묵으로 일관했다. 헌원무강의 평소 성격을 생각한다면 기이한 일이었다.

그러다 보니 헌원무강이 혈사자를 두려워한다는 소문부

터, 천왕대전에서 집마원의 기를 꺾기 위해 혈마를 죽였다는 소문까지 무수한 소문들이 저잣거리에 돌기 시작했다. 한데 그러한 소문을 듣고도 집마원은 묵묵부답이었다.

하지만 그것은 모두 표면적인 모습일 뿐이었다.

"아직 밝혀내지 못했나?"

"워낙 증거를 남기지 않아서 시간이 걸릴 것 같습니다."

헌원무강의 굵은 눈썹이 꿈틀거렸다.

"마유, 증거와 상관없이도 아우를 죽일 수 있는 자가 얼마나 된다고 생각하느냐?"

"본 교에서 검으로 도 루주를 죽일 수 있는 자는 그리 많지 않습니다. 모두 해서 열 명 정도. 그중 상세로 봐서 가장 의심되는 자는 셋 정돕니다, 원주."

"셋이라……. 누구누군가?"

"십대장로 중 검마제(劍魔帝) 호등천, 구대호법 중 천혈검마(天血劍魔) 추관위, 귀왕전의 무정검귀(無情劍鬼) 양우진입니다."

헌원무강의 눈빛이 만년빙처럼 싸늘히 굳어졌다.

하지만 쉽게 발작하지는 않았다. 그들 셋은 자신조차 조심해서 건드려야 할 자들인 것이다.

"음, 그들이 왜 도 아우를 죽인단 말인가?"

"그들은 단지 그런 능력을 지녔고, 그럴 가능성이 있다는 것일 뿐입니다. 나머지 자들도 결코 용의 선상에서 자유로울 수는 없습니다. 얼마든지 흉내를 낼 수 있는 자들이니 말입니다."

조용히 듣고 있던 혁련호가 눈을 좁히며 물었다.

"유옥이라는 놈일 가능성은 왜 생각지 않는 것이오?"

등천우가 비릿한 조소를 머금은 채 혁련호를 바라보았다.

"그가 사령 넷과 그 수하들을 죽인 것은 분명하지만, 그 정도로는 결코 도 루주를 죽일 수 없소."

"그가 하천광과 평수를 이루었단 말을 듣지 못했단 말이오?"

"하천광이 전력을 다했다는 보장도 없지 않소? 더구나 하천광이 전력을 다해도 죽일 수 없는 사람이 바로 도 루주요. 루주는 설마 도 루주가 이제 스물이 조금 넘은 젊은 놈에게 죽었다 생각하시는 거요? 그것도 정면 대결을 펼치고?"

"물론 그렇긴 하오만……."

자신이 생각해도 등천우의 말에는 일리가 있었다.

더구나 죽은 사령의 몸에 난 상처와 도웅완의 몸에 난 상처는 완전히 판이했다.

사령은 자(刺)와 쾌(快), 도웅완은 절(切)과 중(重)에 당했다.

조금 전에 등천우가 말한 세 사람이라 하더라도, 그토록 완전히 상반된 검식을 절정에 이르도록 구사할 수는 없을 터였다.

그때 두 사람의 말다툼이 짜증나는지, 헌원무강이 몸서리쳐지는 한광을 토해내며 분노한 곰처럼 포효했다.

"여러 말 할 것 없다. 일단 의심이 가는 놈들은 모두 조사를 해봐! 찾으면 내 직접 찢어 죽일 테니까!"

9

"화난 곰은 건드리지 않는 것이 상책이다."

백리진양은 툭 한마디 내뱉고는 이가 몇 개 빠진 입에 그를 위해 특별히 제조된 포자를 집어넣었다. 그가 포자를 꼭꼭 씹어 다 삼키자 그제야 백리종무가 입을 열었다.

"그래서 지켜보고만 있습니다, 아버님. 물론 정보망은 최대한 가동하고 있습니다."

"잘했다. 잘하면 오히려 더 많은 것을 챙길 수도 있을 것이다. 흘흘, 위기를 기회로 만드는 것이야말로 지혜로운 자가 택할 방법이지."

"군악이도 이 기회에 귀왕전과의 관계를 더욱 돈독히 하겠다며 직접 귀왕전에 다녀온다고 합니다."

"호! 그래? 그 녀석도 이제 제법이구나. 아암, 그래야지. 그래야 하고말고."

"하온데, 아버님. 상황이 좋지 않은데 꼭 천왕제에 가실 필요가 있겠습니까?"

백리종무가 조심스럽게 의문을 표하자 백리진양이 주름져

반쯤 감긴 눈을 들었다.

"내가 가려는 이유가 무엇인지 아느냐?"

"본 원의 위치를 확고히 하기 위함이 아니었습니까?"

"그래, 물론 그 이유도 있지. 하지만 진짜 이유는 따로 있다."

"예?"

"내가 움직이면 누가 가장 신경 쓰겠느냐?"

"그야 집마원의 헌원 원주 아니겠습니까?"

백리진양이 조용히 고개를 저었다.

"너는 우리의 적이 헌원무강뿐이라 생각하나 보구나."

"하오면······?"

백리종무의 반문에 백리진양의 노안이 깊어졌다.

"우리에겐 헌원무강보다 더 무서운 적이 있다. 그는 조용하지만 항상 우리를 주시하고 있지. 그는 우리를 보호하겠다고 했지만, 언제라도 기회가 되면 제거할 마음을 가지고 있다. 그는 우리를, 그리고 헌원무강을 자신의 친구이자 적으로 생각하고 있다. 진짜 무서운 자는 바로 그자야."

백리종무의 눈이 커졌다.

"설마······ 교주를··· 말씀하시는 겁니까?"

백리진양이 굳어진 얼굴로 말했다.

"교주는 결코 허수아비가 아니다. 그 점을 잊어서는 안 될 것이다. 내가 위험을 무릅쓰고 가는 이유는, 그에게 내 마음이 변하지 않을 것임을 보여주기 위해서니라. 명심해라. 적을 치기 가장 좋은 때는, 적이 나를 친구로 생각하고 있을 때다."

그 말을 끝으로 백리진양의 입이 닫혔다.

"아버님……."

백리종무는 부르르 몸을 떨고 허리를 깊이 숙였다.

백리진양의 말뜻을 알아들었기 때문이다.

'무서운 분.'

병법을 아는 사람은 많다. 그러나 제때에 실행에 옮기는 사람은 거의 없다.

백리종무는 새삼 백리진양의 모습이 커 보였다.

이제 이도 빠져서 조금 작아지지 않았나 생각했거늘…….

*   *   *

"기습을 하는 자는 적이 절대 움직이지 않는다고 착각을 한다. 그리고 죽어갈 때가 되어서야 자신이 무엇을 잘못했는지 깨닫지."

백리군악은 붓에 먹을 듬뿍 묻혀 빠르게 휘갈겼다.

"그 말을 거꾸로 하면, 적의 기습을 미리 알면 필승이라는 말이다."

그는 붓을 내려놓고 고개를 숙이고 있는 잡사령주 방윤휘를 바라보았다.

"가서 전하게. 등천우라면 무슨 뜻인지 알아들을 것이야.
만일 그들이 하지 않겠다면 조용히 물러나도록."

"명심하겠습니다, 공자."

이대도강(李代桃僵) 후(後) 오비이락(烏飛梨落).

그의 앞에 놓인 종이에는 간단하게 두 문장만이 쓰여 있었
다.

방운휴는 그 글을 머릿속에 새겨 넣고 조심스럽게 고개를
들었다.

"한데 공자, 정말 귀왕전으로 갈 생각이십니까?"

백리군악은 잠깐 허공에 시선을 던지고는 나직이 말했다.

"갈 생각이네. 하나 나 혼자만 갈 것이야."

"돌아가는 상황이 너무 위험합니다."

"친구를 만나러 가면서 여럿이 가기도 그렇지 않은가?"

"그래도 운중삼사(雲中三士)는 데려가십시오. 그 아이들이
라면, 결코 공자를 번거롭게 하지 않을 것입니다."

"원 그대도……. 알겠네. 그렇게 하지."

第六章
만남

千秀芳景深...掩中霧
草閣投连天下 淫此知名 和宽界
長庭前再拜禮一天眄與
道吉廣爲傳
日弟子趙孟頫敬書 至大改元四月

死星
天血

1

　유옥은 어떤 신호가 오기만을 기다리며 시간만 나면 하은
설과 함께 돌아다녔다. 그러면서 하루가 한 시진같이 빨리 흘
러가는 것을 아쉬워했다.

　그렇게 칠 일째 되던 날 석양 무렵이었다.

　천왕곡의 동쪽 입구에 있는 석화봉 꼭대기 고사목에 붉은
천이 하나 내걸렸다.

　일반 사람이 보기에는 별것도 아니었다. 산꼭대기에 작은
천 하나가 걸렸디고 거기에 관심을 가질 사람이 누가 있을까.

　하지만 유옥은 그것을 보는 순간 눈을 빛냈다.

　첫 번째 신호였다.

유옥이 산양처럼 석화봉의 암벽을 타고 오른 것은 밤이 늦은 해시 초였다.

달빛이 쏟아지는 석화봉의 정상은 생각보다 제법 넓었다. 직경이 족히 이십여 장은 되어 보였는데, 한쪽은 완만한 경사를 이루며 천왕곡의 반대쪽 봉우리로 이어지고 있었다.

붉은 천이 매인 커다란 고사목은 넓은 정상의 구석 쪽, 절벽에서 그리 멀리 떨어지지 않은 곳에 서 있었다. 유옥은 정상에 오르자마자 고사목의 팔뚝 굵기 가지에 매인 채 펄럭이고 있는 붉은 천을 향해 다가갔다.

누군가가 완만한 경사 쪽에 있다는 것을 알았지만, 크게 개의치는 않았다.

유옥이 고사목에 매어진 천을 풀었을 때다.

"그대가 혈사자인가?"

나직하면서도 힘있는 목소리가 뒤에서 들려왔다.

유옥은 손에 들린 붉은 천을 보며 입을 열었다.

"천화사자(天火獅子) 본인이십니까?"

순간 뒤에서 강력한 양강의 기운이 느껴졌다.

유옥은 천천히 돌아서며, 붉은 천을 옆구리에 꽂고 앞을 향해 일 장을 뻗었다.

앞에는 어느새 나타났는지 장대한 체구에 적의를 입은 노인이 붉게 달아오른 손을 든 채 서 있었다.

노인은 유옥이 손을 뻗자 자신도 마주 손을 뻗었다.

후끈한 열기가 화악 밀려왔다.

유옥의 눈에 의외의 빛이 떠올랐다.

입은 노인이 먼저 열었다.

"십성에 이른 천강벽월! 과연!"

유옥도 나직이 말했다.

"축융마화장? 미처 몰랐군요. 본 교의 장로이신 축융신마(祝融神魔) 염 노사께서 천화사자(天火獅子)시라니."

노인의 불길을 담은 눈이 유옥을 직시했다.

"생각보다 훨씬 젊군. 나는 그래도 사십대는 되리라 생각했는데 말이야."

"나이가 강함을 뜻하는 것은 아니지 않겠습니까?"

"그렇다고 경륜을 부정할 수는 없지 않겠는가?"

"제가 아는 사람들 중에는 나이를 웬만큼 먹었는데도 경륜은커녕 철조차 안 든 분들이 많은 것 같더군요."

축융신마 염곡호의 이마가 바짝 좁혀졌다.

"입심이 제법이군."

"십몇 년 혼자 살면서 중얼거려 보면 할 말, 못할 말, 별말을 다 하게 되지요. 그것도 지치면 며칠씩 입 다물고 살기도 하지만 말입니다."

"훗!"

염곡호의 입에서 가벼운 웃음이 새어 나왔다.

그러나 유옥은 웃을 수가 없었다. 염곡호의 전신에서 막대한 양강진기가 쏟아져 나오기 시작했기 때문이다.

'제대로 시험해 보겠다는 건가?'

살기는 없어 보였다. 그렇다고 대충 펼치는 것도 아니었다.

유옥의 눈빛이 깊게 침잠되었다.

상대의 의도가 그렇다면 마다할 그가 아니었다.

'좋아! 십대장로의 실력이 어느 정도인지 알아보는 것도 좋겠지!'

유옥은 구전암황기를 끌어올리고 염곡호가 공격해 오기를 기다렸다.

그런데 어느 순간이었다. 갑자기 코앞에서 화끈한 열기가 느껴졌다.

'이런!'

유옥은 반사적으로 주욱 이 장을 미끄러졌다. 너무 빨라 마치 허깨비를 보는 듯했다.

속으로 회심의 미소를 짓고 있던 염곡호는 눈을 부릅떴다.

손 안에 든 떡을 도둑맞은 기분이었다.

자신의 눈이 잡지 못할 정도의 빠르기라니!

하지만 그것이 다가 아니었다. 물러선 유옥이 흐릿해지더니, 갑자기 강맹한 기운이 자신의 축융마화장을 밀어내며 덮쳐드는 것이 아닌가!

눈으로 보고도 믿기지 않을 정도의 공수전환이었다.

"제법이구나! 도웅완을 죽였다더니!"

염곡호의 눈에 처음으로 긴장감이 떠올랐다.

시험하려다 시험을 당할 판이다. 상대는 자신과 비슷한 무위를 지닌 도웅완을 죽인 자다.

이긴다는 보장이 어디에도 없는 것이다.

"이제부터가 진짜다!"

염곡호는 호기롭게 소리쳤다.

심장이 펄떡거리며 끓었다.

얼마 만인가는 생각도 나지 않았다.

천왕대전의 후원에 자리 잡으면서부터 묻혀 버린 고동 소리가 귀청을 찢을 듯이 울린다!

"오오옷!"

염곡호는 밀려오는 기운을 향해 쌍장을 일곱 번 휘돌렸다.

칠정마화(七情魔火)!

활화산서 뿜어진 것 같은 열기가 구전암황기와 정면으로 충돌했다.

콰광!

주춤거리며 물러서는 두 사람. 서로를 노려보는 눈이 한 치도 흔들리지 않는다.

"젊은 놈이 제법 힘을 쓰는군."

"젊으니까요."

"한 가지만 묻지."

"말씀해 보시죠."

"무엇 때문에 찾은 건가?"

"천왕의 율을 세우기 위해섭니다."

염곡호의 노려보던 눈이 짧게 흔들렸다.

"우리만으로 가능할 거라 생각하나?"

왠지 말이 떨려 나온다. 격동한 목소리다.

유옥이 말했다.

"해보지도 않고 포기하는 것보다는 낫지 않겠습니까?"

"태대원로도 포기했던 일이네."

"포기한 것이 아니라, 때가 아니었던 것이죠. 전대 교주께서 생사를 헤매고 있었으니까 말입니다."

"하면, 지금이 때라고 생각하나? 지금의 교주를 만든 사람들이 바로 천왕의 율을 우습게보는 사람들인데?"

"태대원로께서 그러시더군요. 현 교주께서 비록 남의 도움을 얻어 자리에 오르시기는 했지만, 그분 역시 천왕의 핏줄이라고요."

염곡호의 눈썹이 꿈틀거렸다. 뭔가 말을 하고 싶은데 억지로 참고 있는 듯한 모습이었다.

유옥은 못 본 척 말을 이었다.

"지금쯤은 그 기질이 나타날 때가 되었을 거라 봅니다만."

"왜 그렇게 생각하는가?"

염곡호가 말을 아끼며 짧게 물었다.

유옥은 염곡호의 부리부리한 노안을 뚫어지게 바라보고는 나직이, 그러나 힘있게 말했다.

"아니라면, 이런 글을 써서 보내셨을 리가 없잖습니까?"

천천히 들리는 손에는 옆구리에 꽂아 넣었던 붉은 천이 들려 있었다.

천립(天立).

단 두 글자가 적혀 있었다.

한데 말뜻이 괴이하다. 마치 '당신 교주가 보냈지?!' 하고 묻는 듯하다.

염곡호는 끝까지 모르겠다는 표정으로 물었다.

"그게 어쨌다는 건가?"

"천왕곡에서 일어설 하늘이 누구겠습니까?"

"그럼······?"

혈사자의 등장을 알리자, 교주는 만나는 방법을 물었다.

누이의 아들. 자신이 화사자임을 아는 유일한 사람. 굳이 말하지 못할 것도 없다 생각했다. 그래서 말했더니 내민 것이 지금 유옥이 들고 있는 붉은 천이었다. 조금은 이해할 수 없는 말을 하면서.

"때맞춰 나타났군요. 기왕이면 하나보다 둘이 낫겠지요."

한데 왜 그런 말을 했는지 이제 어렴풋이 이해가 간다.

'제길! 차라리 그냥 말로 전하라 할 것이지!'

유옥은 무표정한 얼굴로 씁쓸해하는 염곡호를 바라보았다.

"가서서 말씀드리시지요. 제가 천왕의 율을 세우려는 것은, 결코 교주를 위해서가 아니라고 말입니다. 그래도 상관없다면, 그때 다시 만나지요."

2

유옥이 염곡호를 만나고 온 다음날. 아침을 먹기도 전이었다. 사진옥이 다급히 방으로 뛰어들어 왔다.

그답지 않은 행동. 유옥은 기이한 예감에 아무런 말도 하지 않고 사진옥이 입을 열기만 기다렸다.

"대형, 그가 움직인다는 연락이다."

그? 혹시?

"군악이 말이냐?"

"그래, 백리군악. 그가 귀왕전에 간다고 해."

"언제지?"

"아침을 먹고 사시 초쯤. 한데 단주가 우리에게 그의 호위를 맡겼어. 열 명 정도의 인원으로 그를 귀왕전까지 호위하라더군."

유옥의 입꼬리가 가늘게 올라갔다.

"군악이 요청했겠군."

분명 그랬을 것이다. 군악이는 자신의 존재를 알고 있을 테니까.

그렇다면 목적은 하나다.

바로 자신을 만나려 한다는 것!

원하던 바였다. 자신 역시 군악이를 만나야 할 이유가 있지 않던가.

사진옥은 아침 식사가 끝나자 절혼대의 대원들 중 열 명을 뽑았다. 그리고는 곧바로 천기원으로 향했다.

천기원에서는 달랑 네 사람만이 출발 준비를 하고 있었다. 그중에 그가 있었다.

'백리군악, 내 친구. 이제야 너를 보는구나.'

유옥의 눈에서 짧은 흔들림이 일었다.

하지만 그뿐이었다. 유옥은 무표정한 얼굴로 백리군악과 운중삼사를 바라보고는 천천히 몸을 돌렸다.

그때 출발 신호가 떨어졌다.

"귀왕전에 도착할 때까지 개인행동을 일절 금한다. 출발!"

소리치는 사진옥의 눈이 잠깐 유옥에게 머물렀다.

유옥은 못 본 척 걸음을 옮겼다.

백리군악과의 거리는 오 장. 가슴이 두방망이질 쳤다.

귀왕전까지의 거리는 십여 리였다. 기껏 십여 리를 가면서 호위를 받는다는 것 자체가 우스운 일이었다. 그러나 누구도 그들을 비웃지 않았다.

혈마도 죽었는데 누가 감히 마음을 놓을 수 있단 말인가.

그렇게 천기원을 떠난 일행이 천왕곡의 중앙부를 관통하는 대로를 지날 때였다. 백리군악이 갑자기 걸음을 멈추더니 다루를 올려다보았다.

"잠깐 쉬어가도록 하지. 나온 김에 다루에서 차를 한잔 마셔보고 싶군."

이 자리에서 그의 말을 거스를 사람이 누가 있을까.

사진옥은 바짝 긴장한 표정으로 대원들을 훑어보았다. 마침내 때가 왔다. 그가 단순히 차를 마시고 싶어 다루에 가려는 것은 아닐 터.

"공자께서 쉬어가신다고 하신다. 유옥, 유상, 예종. 너희만 나를 따라오고, 나머지는 밖에서 대기한다."

사진옥은 빠르게 명령을 내리고는 앞장서서 다루로 들어가는 백리군악의 뒤를 따랐다.

시간이 일러서인지, 아니면 다른 이유 때문인지는 몰라도 다루에는 손님이 한 사람도 없었다. 여섯 개의 다탁. 그리고 네 개의 방. 모두가 비어 있었다.

백리군악과 운중삼사는 다루에 있는 방 중 가장 안쪽의 방으로 들어갔다. 다루의 주인이 얼굴을 보이기도 전이었다.

그 이유를 짐작하는 것은 그리 어렵지 않았기에 유옥과 사진옥 등도 따라 들어갔다.

안으로 들어가자 백리군악이 조용히 말했다.

"다른 사람들은 이곳에서 기다리도록."

사진옥 등이 의아해하는 사이, 운중삼사 중 한 사람이 다실(茶室)의 한쪽 벽을 매만졌다.

순간 한쪽 벽이 소리없이 뒤로 밀려났다.

이중으로 되어 있는 다실. 그가 그 사실을 미리 알고 있었다는 것은, 이곳이 천기원이든, 아니면 백리군악 개인적으로든, 어떤 식으로든 관계가 있다는 말이었다. 아마도 내일이면, 아니, 이 시간이 지나면 이 방은 폐쇄될 것이 분명했다.

유옥은 망설이지 않고 그를 따라갔다. 아무도 앞을 막지 않았다. 이미 그럴 줄 알고 있었다는 듯.

밀실은 제법 깊었다. 삼 장을 들어가서야 밀실이 넓어졌다. 그제야 백리군악의 걸음이 멈췄다.

등을 보이고 선 그의 어깨가 가늘게 떨렸다.

"후후후, 절대 떨지 않겠다고 열 번도 더 다짐했는데…….
어렵군."

"나는 뭔 말을 해야 할지 생각도 나지 않는다, 군악. 할 말이 무진장 많은 것 같았는데 말이야."

백리군악이 천천히 돌아섰다. 무표정한 그의 얼굴 근육이 푸들거리며 떨리고 있었다.

"멋있어졌구나."

"원래 그랬잖아. 청아도 그렇게 말했고."

"그 녀석. 너 보고 싶다고 꽤나 졸라댔었는데……."

"이제 시집갈 때가 되었겠군."

"벌써 매파가 세 번이나 왔다 갔다."

"남 주기는 아까운데."

"자식. 너한테는 하은설이 있잖아. 아깝기는."

"흠, 알고 있었나? 모르면 어떻게 해보려고 했더니."

"도둑놈."

한동안 말이 끊겼다.

서로를 바라보는 눈빛만이 점점 열기를 더해갔다.

어색한 침묵을 깨고 유옥이 입을 열었다.

"좌우간…… 반갑다."

"……나도."

누가 먼저라 할 것도 없었다. 두 사람은 거의 동시에 서로를 끌어안았다.

"군악……."

"유옥……."

근 반 각이 지나서야 두 사람의 팔이 풀렸다.

유옥은 자신이 어떻게 칠관에서 살아 나왔는지 대충 말해 줬다. 하지만 구관과 십관에 들어간 이야기는 하지 않았다. 장천궁과의 대화에 대해서도 말하지 않았다.

서글펐다. 친구에게 말하지 못할 이야기가 있다는 것이 못 내 가슴 아팠다.

그래도 하는 수 없었다. 아직은, 아직은 때가 아니었다. 자신 혼자라면 몰라도, 아버지와 또 다른 친구들의 목숨이 걸려 있는 일인 것이다.

그냥 말해도 될 것 같은데, 못할 말이 뭐가 있을까 싶은데, 그 빌어먹을 초감각이 자신의 입을 얼어붙게 하고 있는 것이 다.

미안하다, 군악.

"……그래서 박쥐 덕분에 겨우 살아 나왔지. 영락없이 죽는 줄 알았는데 말이야."

다행히 군악이 그 일에 대해서 더 묻지 않는다.

"살 거라 생각했다. 내가 아는 유옥이 너라면, 지옥의 유황불이 들끓는 곳에서도 살아날 길을 찾을 수 있을 거라 생각했지. 어떻게든."

강렬해진 눈빛을 고정한 채 백리군악이 말을 이었다.

"그런데 어느 날 보니 빈둥거리며 우리 집에 들어오지 뭐냐. 말도 없이 돌아 나가는 놈을 보고 쫓아가서 뒤통수를 갈기려다 꾹 참았다."

조금도 흔들림없이 유옥이 말했다. 말도 안 된다는 듯.

　"네가 뭘 잘못 알았구나. 나는 말이야, 혹시 이놈이 나 없는 동안 장가가지 않았나 싶어서 확인하러 가봤을 뿐이야. 친구는 죽었는지 살았는지도 모르는데, 혼자 떡하니 장가를 갔으면 한 대 쥐어 패려고 했지."

　"뭐?"

　"다행히 장가를 가지는 않은 것 같더군. 귀신들의 여왕이라 불리는 선우진진이 찾는 것을 보면 말이야."

　"얼씨구? 네가 뭘 모르고 있는데 말이야. 선우진진이 관심을 가진 사람은 너지 내가 아니야. 어때, 생각있어? 소개시켜줄까?"

　"헛, 절대 그런 소리 말아라. 설아가 알면 큰일나."

　"뭐야? 아하하하!"

　"후후후후!"

　웃음이 사그라질 즈음, 백리군악이 뜬금없이 물었다.

　"혈마, 네가 죽였냐?"

　역시 군악은 자신의 움직임을 환하게 알고 있다.

　가슴의 한구석이 빈 느낌이다. 쓰라림이 심장을 찌른다.

　유옥은 천천히 고개를 끄덕였다.

　백리군악은 찻잔에 차를 따르더니 느릿하니 한 모금을 들이켰다.

　"네 목표에 천기원의 사람도 들어 있겠지?"

유옥이 다시 한 번 고개를 끄덕였다.

"그래. 하지만 네가 원하지 않는다면, 천기원에선 손 떼겠다."

백리군악은 빤히 유옥을 바라보고는 고개를 가로저었다.

"아니, 손을 뗄 필요까지는 없어. 다만 너의 목표에 내가 원하는 사람을 넣어줬으면 좋겠는데."

유옥의 눈이 커졌다.

"누가 너를 괴롭혀? 어떤 놈인데?"

백리군악이 정색한 표정으로 입을 열었다.

"나, 한 가지 목표를 정했다. 목표가 정해진 이상 무슨 수를 써서라도 달성하고 싶은 마음이다. 한데 방해가 되는 사람이 있어."

그래서? 도와달라고? 그래, 도와줘야지. 친군데.

그런데 왜 그 말을 듣는 내 가슴이 아픈 거지?

너는 또 왜 그 말을 하면서 정색하는 거냐?

그냥 편하게 말하자! 우린 친구잖아!

유옥은 답답해지려는 가슴을 억누르고 나직이 물었다.

"그게 누구지?"

백리군악이 차갑게 가라앉은 눈으로 유옥을 바라보았다,

"백리종위. 내 의숙부. 그가 바로 너를 칠관에 집어넣은 자다."

"그가?"

"그래. 천기원의 모든 무력을 총괄하는 무종령주가 그야. 그리고 그는 나를 매우 싫어하지."

"그럼 죽을 이유가 최소한 두 가지는 되는군."

"조심해야 할 거다. 그는 도응완만큼 강한 데다, 무종령의 고수들이 그를 에워싸고 있으니까."

유옥은 대답 대신 고개를 끄덕였다.

"그래도 그는 죽을 것이다. 내가 죽이겠다고 마음먹었으니까."

그 말에 백리군악의 입가로 옅은 웃음이 떠올랐다.

"일각 정도 후원의 기문진이 풀릴 것이다. 너무 짧지 않을지 모르겠군."

"그 정도면 충분해."

들어간 지 이각가량이 지나서야 다루를 떠났다.

귀왕전까지 가는 내내 유옥은 입을 열지 않았다.

"가을을 타나?"

사진옥이 흰소리를 해도 대구하지 않고 씁쓸하게 웃기만 했다.

백리군악과는 눈조차 마주치지 않았다.

'군악, 너는 언제까지고 내 친구로 남을 거지, 그렇지?'

유옥은 귀왕전의 건물이 보이는 곳에 도착하기까지 수백 번 마음속으로 물었다. 하지만 원하는 대답은 들려오지 않았다.

자신이 알고자 했던 것. 군악이의 마음. 모든 것이 안개라도 낀 것마냥 흐릿했다.

친구를 믿지 못하는 오늘, 슬픈 날이었다.

'돌아가면 술이나 한잔해야겠군.'

3

귀왕곡(鬼王谷).

천왕교가 들어선 방대한 분지의 남쪽에 외떨어져 있는 계곡을 사람들은 귀왕곡이라 불렀다. 귀왕전이 그곳에 있음으로 해서 붙은 이름이었다.

천왕교의 사전(四殿) 중 하나. 그러면서도 실질적으로는 대를 이어 귀왕(鬼王)으로 칭해지는 선우가문의 개인 단체. 그것이 귀왕전이었다.

무적천왕의 의제로서 천왕교를 세우는 데 결정적인 역할을 한 사람이 바로 귀왕이었기에, 누구도 귀왕전을 선우가문이 지배함을 부정하지 않았다.

천왕대전, 집마원과 더불어 가장 강한 무력(武力)을 지닌 곳으로 귀왕전을 꼽는 것도 그러한 이유 때문이었다.

유옥이 백리군악과 함께 귀왕곡으로 들어가자 몇 사람이 마중 나왔다.

한데 의외였다. 맨 앞에서 걸어오는 사람이 선우진진이 아닌가.

그녀는 백리군악을 향해 가볍게 고개를 숙이고는 전과 별 다르지 않은 싸늘한 말투로 입을 열었다.

"생각보다 빨리 오셨군요."

"날이 좋으니 좀이 쑤셔서 서둘렀지요."

"소소는 좀 있어야 나올 수 있을 거예요. 일단 안으로 들어 가요."

선우진진은 일상적인 인사말만 내뱉고는 유옥을 향해 눈 길을 돌렸다. 마치 유옥을 만나려고 나온 것이 진짜 목적이라 도 되는 것마냥.

"오랜만이군. 어쩐 일이지?"

선우진진의 눈이 자신에게 고정되어 있다.

게다가 전과 다르게 부드러운 말투다.

곁에 있던 귀왕전의 사람들이 듣고도 믿을 수 없다는 표정 을 짓는다.

유옥은 그제야 백리군악의 말뜻을 이해했다.

"선우진진이 관심을 가진 사람은 너지, 내가 아니야."

'이런! 말도 안 돼!'

사진옥과 상유상이 자신을 바라본다.

부럽다는 눈빛이 절대 아니다. 걱정된다는 눈빛이다.

유옥은 최대한 표정을 관리하며 아무것도 아니라는 듯 입을 열었다.

"백리 공자의 호위를 맡았습니다."

"호, 그래? 잘 왔군. 그러잖아도 한번 만나고 싶었는데."

"저를 말입니까?"

"음, 오랜만에 나갔는데, 남자답게 생긴 사람을 보니 기분이 좋았거든."

점입가경이다. 여기저기서 헛기침 소리가 들렸다. 심지어 군악이조차 입을 가리고 먼 산을 쳐다본다.

유옥이 비장한 표정으로 말했다.

"저는 좋아하는 사람이 있습니다."

선우진진이 단칼에 내리쳤다.

"상관없어. 그럴 거라 생각했으니까."

'동장철벽이라도 무너뜨리면 돼!'

그런 뜻처럼 들렸다.

'끄응, 골치 아프게 생겼군.'

어차피 귀왕 선우무혁을 볼 수 있을 거라 생각하지는 않았지만, 그래도 귀왕전에 대해 어느 정도는 판단을 내릴 수 있을 거라 생각했다. 하지만 아니었다. 유옥이 본 귀왕전의 무사들은 채 열도 되지 않았다.

그럴 수밖에 없었다. 귀왕전은 다른 곳과 다르게 외곽에 본

전이 있고, 내곡에 무사들이 기거하는 특이한 구조를 가지고 있었던 것이다.

결국 유옥이 본 사람들은 모두가 본전에서 일하는 사람들 아니면, 일이 있어 본전에 들른 사람들 정도였다.

더구나 본전은 그들이 들어갈 수 있는 곳이 아니었다.

"저희는 이곳에서 기다리겠습니다, 공자."

사진옥이 대전으로 들어가는 백리군악에게 말했다. 본래대로라면 당연한 일이었다. 그러나 오늘은 아니었다.

선우진진이 돌아서며 말했다.

"모두 안으로 들어가요. 몇 사람 더 대접하지 못할 정도로 궁핍하지는 않으니까요."

사진옥이 슬쩍 유옥을 바라보았다. 그러더니 유옥이 입을 열기도 전에 먼저 고개를 숙였다.

"명에 따르도록 하겠습니다."

그냥 밖에서 기다리겠다고, 막 입을 열려던 유옥의 눈빛에서 시퍼런 칼날이 튀어나왔다.

두고 보자!

안으로 들어간 지 얼마 되지 않아 간단하게 차와 술이 나왔다.

문득 한 가지 소문이 떠올랐다.

'아! 선우진진이 술을 좋아한다고 했지?'

아니나 다를까, 선우진진이 술병을 잡는다.

한데 자신은 왜 바라보는 것일까?

유옥이 슬며시 고개를 돌리자 선우진진이 말했다.

"술 좋아해?"

유옥은 반쯤 고개를 돌리다 말고 대답했다.

"지금은 임무 수행 중입니다."

"설마 내가 줬다는데 뭐라고 하겠어?"

"제 상관이 좀 까탈스런 사람이라서……."

선우진진이 느릿하니 사진옥을 바라보았다. 그러더니 눈을 가늘게 뜨고 턱을 치켜들었다.

"저 사람?"

사진옥의 얼굴이 묘하게 일그러졌다. 웃지도 울지도 못하는 그런 표정이다.

그때 선우진진이 말했다.

"걱정 마. 만일 뭐라고 하면, 내가 목을 부러뜨려서 말을 못하게 만들어 버릴 테니까."

살벌한 말을 아무렇지도 않게 말하는 여자다.

유옥은 속으로 실소를 머금은 채 사진옥을 바라보았다.

잘 빚어놓은 조각상처럼 굳은 모습. 이마에 번들거리며 한 방울 땀이 맺히고 있다.

귀화선자 선우진진. 정말 대단한 여인이 아닌가! 사신옥을 기세만으로 누르다니 말이야.

가까스로 웃음을 참은 유옥은 자의 반 타의 반 앞에 놓인 작은 술잔을 집어 들었다.

'그러잖아도 술 한잔 생각이 절실했는데, 못 마실 것도 없지.'

손 안에 쏙 들어오는 술잔을 빙글 한 바퀴 돌린 유옥이 선우진진을 바라보았다.

"잔이 좀 작군요. 좀 더 큰 잔 없습니까?"

생각지도 못한 말에 선우진진의 눈 가장자리에 가는 주름이 그어졌다. 웃음이었다.

"역시 멋져. 어때, 우리 친구할까? 나이도 별 차이 없을 것 같은데."

마주 앉은 지 일각, 찻잔의 가장자리를 백옥 같은 손가락으로 쓰다듬던 여인이 조용히 입을 열었다.

"저를 사랑하지 않으시지요?"

백리군악은 새삼스런 눈으로 선우소소를 바라보았다.

살짝 얽은 얼굴. 삐뚤어진 입술. 결코 미녀라 할 수 없다. 소문대로 추녀에 가까운 얼굴이다.

그런 만큼 자신의 흠을 감추고 싶어서라도 절대 하고 싶지 않은 말일 텐데, 선우소소는 아무렇지도 않게 내뱉는다. 조금도 흔들리지 않는 고요한 눈빛으로.

백리군악의 얼어붙은 마음에 파동이 쳤다.

"왜 그런 생각을 했소?"

"그냥 한번 물어보고 싶었어요. 물어보지도 못하고 혼인을 올리면 너무 억울할 것 같았거든요."

담담한 목소리. 말하는 선우소소의 입가에는 옅은 미소마저 배어 있다.

'생각보다 강한 여인이다. 세상은 이 여인을 잘못 알고 있구나.'

백리군악은 물끄러미 선우소소를 바라보며 실바람처럼 지나가는 듯한 목소리로 말했다.

"어쩌면 그랬을 거요. 조금 전까지는. 하나 문득 생각해 보니, 지금 이 시간 이후로는 그 생각이 바뀔지도 모른다는 생각이 드는구려."

선우소소의 옅은 웃음이 조금 짙어졌다.

"너무 부담 가지시지 않아도 돼요. 원래 정략혼이라는 것이 그런 것이니까요. 그나마 백리 공자께선 다른 사람들처럼 입바른 말을 안 하시니 조금 안심이에요."

"음? 그게 그렇게 되는 거요?"

백리군악이 과장된 표정으로 눈을 크게 떴다.

선우소소는 웃으면서 고개를 끄덕였다.

"저는 그것만으로도 만족해요. 공자의 말씀처럼 나중에 바뀔 수 있다년 더 좋겠지만요."

백리군악도 정색한 채 선우소소를 직시했다.

"잘될지는 모르겠소. 하나 노력해 보리다."

"고마워요."

고맙다고?

백리군악은 천천히 찻잔을 잡아갔다.

자신이 세운 계획이었지만 왠지 마음에 들지 않았다. 정(情)이란 것은 애초의 계획에 없던 것이 아니던가.

'조금 수정할 필요가 있겠어.'

백리군악은 조금 전보다 더 깊게 가라앉은 눈빛으로 선우소소를 바라보았다.

"한데, 전주께서는 보이지 않는군요."

"아버님은 폐관 중이세요. 아마 열흘 정도 더 있어야 나오실 거예요."

백리군악도 알고 있는 사실이었다. 그렇기에 오늘 찾아온 것이기도 했다. 귀왕의 마음을 완벽하게 모르는 이상 아직은 직접 대면할 때가 아니었다.

"다음에는 미리 알아보고 와야겠구려. 사위 될 사람이 아직 장인의 얼굴도 모르고 있으니 원."

영락없이 불만에 가득 찬 사위의 말투.

선우소소의 입가에 다시 웃음이 피어올랐다.

"아버님도 같은 마음이실 거예요."

신시가 지날 무렵, 먹구름이 태양을 집어삼켰다.

한바탕 비라도 쏟아지려는지 눅눅한 습기가 바람에 실려

계곡을 뒤덮는다.

선우소소가 백리군악과 함께 밖으로 나온 것은 그 즈음이었다. 그녀는 얼굴이 달아 있는 선우진진을 보고 눈을 동그랗게 떴다.

"언니, 술 마셨어?"

선우진진이 피식 웃으며 말했다.

"멋진 남자를 만나서 말이야. 안 마실 수가 있어야지. 끄으윽."

선우소소의 눈이 선우진진을 따라 유옥을 향했다.

아들이 없는 자리를 메우기 위해 어릴 적부터 남자처럼 커 온 언니였다. 항상 싸늘한 얼굴에 강한 모습을 하고 있지만, 그것은 겉모습일 뿐이었다.

어느 여인 못잖게 가슴이 여린 여자. 그것이 바로 선우진진의 가려진 내면인 것이다.

그녀는 그래서 항상 마음이 아팠다. 귀신들의 여왕이라는 말을 들을 때마다, 그렇게 보이기 위해 애쓰는 언니 때문에 몰래 눈물을 흘린 것이 한두 번이 아니었다.

그런 언니가 남자 때문에 술을 마셨단다.

한데 자신이 봐도 괜찮아 보인다. 호위무사를 하기에는 아까워 보일 성노다.

"이봐요. 우리 언니, 잘해줘요."

뭘?

유옥은 흘낏 선우진진을 바라보고는 태연히 물었다.

"이봐, 진진. 내가 뭐 못해준 거 있나?"

"아니, 없어. 딸꾹!"

"그럼 됐군. 이제 가봐야겠어."

"벌써? 꺼어억!"

"백리 공자가 나왔잖아. 다음에 보자고."

선우소소는 물론이고 곁에 있던 모두가 얼어붙었다. 그리고 찰나의 순간, 백리군악의 눈빛이 싸늘히 흔들렸다.

귀왕곡을 완전히 빠져나올 때까지 아무도 입을 열지 않았다.

표정이 굳은 운중삼사. 어이없어하는 사진옥과 상유상과 예종. 모두가 유옥을 괴물 보듯 바라보며 고개를 젓는다.

사람들의 그런 반응이 재미있는지 백리군악은 희미한 웃음을 지었다.

하지만 막상 당사자인 유옥은 웃을 수가 없었다.

'군악, 대체 뭘 갈등하고 있는 거냐?'

보지 말아야 할 것을 보았다.

느끼지 말아야 할 것을 느꼈다.

유옥은 처음으로 자신이 가진 능력이 싫어졌다.

조금 전, 자신이 선우진진을 대하는 것을 보고 찰나간 백리군악의 눈빛이 흔들렸다.

너무도 차가운 눈빛. 그것은 결코 그가 알고 있는 친구의 눈빛이 아니었다.

'군악아, 나는 네 친구야. 너를 위해서라면 죽어줄 수도 있는 친구란 말이다! 그러니 말을 해라. 그럼 뭐든지 들어줄 테니까!'

그렇다고 자신이 먼저 그 일에 대해 입을 열 수는 없었다.

어쩌면 두려웠는지도 몰랐다. 군악이 자신에게 친한 누군가를 죽여달라 할까 봐. 사부와의 약속 따위는 지키지 말라고 할까 봐.

귀왕전의 맨 꼭대기 층. 귀왕전의 누구도 허락받지 않고는 다가갈 수 없는 그곳에서 세 사람이 창을 통해 귀왕곡의 입구를 바라보고 있었다.

그중 두 사람은 선우진진과 선우소소. 그리고 나머지 한 사람은 녹의를 입은 작달막한 장년인이었다.

만일 누구든, 그를 보았다면 그가 누군지 단번에 알아보았을 터였다. 녹의에 녹염. 그런 사람은 천왕교에 단 한 사람뿐이었으니까.

귀왕(鬼王) 선우무혁 말이다!

유옥과 백리군악의 일행이 입구를 돌아가 완전히 보이지 않자, 그제야 선우무혁이 입을 열었다.

"그가 왜 찾아왔다고 생각하느냐?"

선우소소가 조용히 답했다.

"아마 그가 움직였다는 것은 그만큼 때가 가까워졌다는 말일 거예요. 그리고 자신이 움직였을 때, 본 전이 끼어들지 못하도록 묶어놓으려는 생각일 테고요."

"이용하려는 게 아니고?"

"나중에는 그럴지 모르지만 당장은 아닐 거예요. 아버님이 계시지 않는다는 말을 듣고도 찾아온 것을 보면 말이에요."

"흠, 생각보다 더한 놈이로구나. 아주 위험한 놈이야."

선우소소의 입이 두어 번 씰룩이다 잠잠해졌다.

'어쩌면…… 아버님이 생각한 것보다도 더 위험한 사람일 거예요. 제가 본 그는 천왕교로 만족할 사람이 아닌 것 같았거든요.'

그때 선우무혁이 침잠된 목소리로 조용히 말했다.

"저놈의 일거수일투족을 결코 놓치지 않도록 해라. 아무래도 심상치 않아."

그러자 선우진진이 아직도 술이 덜 깬 목소리로 트림을 하며 핀잔을 줬다.

"아버님도 참. 이제 사위가 될 사람인데 놈이 뭐예요? 놈이. 끄으윽."

선우무혁이 고개를 저으며 혀를 찼다.

"쯔쯔, 그래도 술 좀 마신다는 네가 그렇게 취하다니. 대체 그 유옥이라는 놈이 뭐가 좋아서 그렇게 마신 것이냐?"

눈을 반쯤 감은 선우진진이 몽롱한 표정을 지었다.

"그는 진짜 남자거든요. 저 백리군악처럼 머리만 굴리는 남자가 아닌, 진짜 남자 말이에요."

그러더니 말을 끝맺을 즈음에는 몸마저 부르르 떨었다.

어이가 없었다. 보면서도 믿을 수가 없었다. 어쩌다가 귀왕전의 공포이자 귀신들의 여왕이라 불리는 자신의 딸이 저렇게 되었단 말인가.

선우진진을 바라보는 선우무혁의 눈에 호기심 가득한 눈빛이 번뜩였다.

자신의 딸은 자신이 안다. 결코 얼굴만 보고 저렇게 반쯤 돌아버릴 딸이 아니다. 그렇다면 뭔가가 있다는 말이다.

'흠, 그렇다면 평범한 호위무사는 아니라는 말인데…….'

하긴 멀리서 본 느낌만으로도 예사 젊은이가 아닌 듯 보였다.

'자세히 알아봐야겠어.'

第七章
혼돈(混沌)

千秀芳景深更掩本露　雨間容畫現改

羊閣故遠天下　混此知名陸室　眞一　郭志卓元志...

長壁前再拜禮一天師與

道吉廣為傳

日弟子趙孟頫敬書　至大改元四月

死星
天血

1

비가 내리고 있었다.

처마 끝에서 떨어지는 낙숫물 소리가 가슴을 두드린다.

아프다.

백 장 두께의 만년빙이 깨어져 나가는 아픔에 가슴이 아리하다.

군악이는 지금 어떤 마음일까?

그도 나처럼 저 비를 바라보고 있을까?

비 내리는 모습을 창문 너머로 바라본 지 벌써 두 시진째다. 한데 답답한 마음이 풀어지기는커녕 오히려 차곡차곡 쌓이는 것만 같다.

참을 수 없을 정도다.

유옥은 갑자기 몸을 돌리고는 덜컹, 방문을 열고 밖으로 나섰다. 유난히 술이 마시고 싶은 날이었다.

"아버지하고 술이라도 한잔해야겠어."

그럼 이 답답한 가슴이 풀어질지도 모르잖아?

아리한 아픔이 가라앉을지도 모르잖아?

그러면 좋겠는데…….

한순간 그의 모습이 빗속으로 스며들었다.

평소와 다르게 굳은 표정으로 들어서자 풍백이 물었다.

[무슨 일 있었느냐? 왜 그런 표정이냐?]

유옥은 술병을 내려놓고 피식 웃었다.

"별일 아니에요. 그냥 아버지하고 술 한잔하고 싶어서 왔어요."

아닌 것 같은데?

풍백은 그런 눈빛으로 바라보면서도 더 묻지는 않았다. 털어놓을 이야기라면 알아서 털어놓을 것이고, 그러지 못할 이야기라면 자신이 묻는 것 자체가 부담이 될 터였다.

[비도 오는데 잘됐다. 어디 한잔 따라봐라.]

한참 동안 술만 주고받았다.

딱히 할 말이 없었다.

그래도 그냥 마주 앉아 술을 마시는 것만으로도 답답함이
조금은 풀어지는 것만 같았다.

'진작 찾아올걸.'

"후우……."

유옥의 입에서 자신도 모르게 한숨이 새어 나왔다.

눈을 치켜 올린 풍백이 손가락을 슬쩍 쳐들었다.

[여자 때문에 그러느냐?]

유옥은 피식 웃으며 고개를 저었다.

[그럼 군악이 때문이겠구나.]

유옥의 입가에 쓴웃음이 맺혔다.

풍백이 다시 손을 저어 글을 썼다.

허공에 무형의 글자들이 주렁주렁 매달렸다.

[사람은 변하게 마련이다. 항상 같을 수는 없는 법이지. 하지
만, 진정(眞情)은 언젠가 다시 본래의 모습을 찾게 되는 법이다.
그러니 지금의 변화를 괴로워하지 마라, 아들아.]

"그럴까요?"

그래, 그럴 거야. 내가 너무 심각하게 받아들이고 있는 거
야.

제발 그랬으면 싶다. 그럼 얼마나 좋을까?

그때 풍백이 다시 손을 들었다.

[네가 더 잘 알겠지만 교의 분위기가 이상하게 돌아가고 있
다. 몸조심해라.]

"예, 아버지."

풍백은 멈칫하더니 조금 머뭇거리는 손짓으로 글을 썼다.

[혹시라도 다치거든, 즉시 내게로 와야 한다. 알았지?]

항상 자신만 걱정하는 아버지다. 유옥은 조금도 걱정하지 말라는 투로 장난처럼 말했다.

"참나, 아버지도. 다치면 의원을 찾아가야지, 왜 아버지에게 옵니까?"

틀린 말이 아니다. 아버지는 의술을 모른다. 자기의 부러진 손가락을 치료한다며 동분서주하던 아버지가 아니었던가.

기껏 해봐야 상처에 약 바르고, 천으로 싸매주는 정도가 아버지가 할 수 있는 모든 치료일 터였다.

한데 기이했다.

물끄러미 바라보는 눈빛이 잘게 떨리고 있다. 마치 깊이 숨겨놨던 뭔가를 마지못해 꺼내봐야 하는 사람처럼.

[너……. 전에 나더러 물었지? 패도를 추구해서 이곳에 있냐고.]

그랬던 적이 있다. 지옥십관에 들어가기 전에 물었었다.

"왜요? 지금 말해주시려고요?"

풍백이 천천히 고개를 끄덕였다.

유옥은 자신이 왜 이곳에 왔는지조차 잊고 풍백의 손을 주시했다. 한 자라도 놓치지 않겠다는 듯이.

풍백이 손을 들었다.

[내가 천왕교에 들어온 이유는… 천왕비고에서 한 가지 물건을 찾기 위해서였다. 실수로 기관을 건드리는 바람에 다리가 잘리고 말았지만.]

시작부터 생각지도 못했던 말이 쏟아졌다.

뭔가를 찾기 위해서 들어왔다고? 그것도 천왕비고에서?

말이 찾는다는 것이지, 훔치려 했다는 말이다.

그럼 아버지가 도둑이었단 말?

어이가 없었다.

하지만 유옥은 풍백의 손짓을 끊지 않고 조용히 바라보기만 했다.

[때마침 태대원로께서 천왕비고에 들어오지 않았다면, 아마 나는 거기서 벗어나지 못하고 죽었을 거다.]

그날의 일이 생각나는지 풍백의 얼굴에 미미한 떨림이 일었다.

[한데 말이다. 태대원로께서 버둥거리는 나를 보더니 웃지 뭐냐. 천왕비고에 뭘 훔치려 들어온 놈은 내가 처음이라나, 뭐라나? 젠장, 다리 잘린 사람을 보고 웃다니! 생각해 봐라. 그게 말이 되냐?!]

과장되게 콕콕 찍듯이 글을 쓰는 풍백을 보고도 유옥은 웃을 수가 없었다. 풍백의 눈에 맺힌 것은 분명 이슬이 아니었다.

풍백은 이슬의 정체를 감추려는 듯 빠르게 손을 휘둘렀다.

[어쨌든 그 양반은 나를 죽이지 않고, 오히려 남들 몰래 약왕당으로 데려갔다. 내가 천왕비고에 들어간 것이 신기하다나? 그러더니 낫거든 자신의 시중을 들라 하시더구나. 어차피 밖에 나가봐야 다리병신이 뭐 하겠냐면서. 나도 목숨 빚은 갚아야 하겠기에 그러마고 했지. 그런데 사람 삶이라는 것이 참 이상해. 세월이 흐르다 보니까 나도 모르게 태대원로가 좋아지더구나. 마치 어릴 때 돌아가신 아버지처럼……]

어쩐지 태대원로를 극진히 모신다 했다. 하지만 설마하니 이런 사연이 있을 줄은 꿈에도 생각지 못했다.

유옥이 여전히 입을 다물고 자신의 손만 바라보는 것을 느꼈는지 풍백이 다시 글을 이었다.

[한데 말이다. 내가 천왕비고에서 뭘 훔치려고 했는지 아느냐?]

유옥이 고개를 저었다.

조금씩 느려지던 풍백의 손이 끝내는 완전히 멈췄다.

유옥이 더는 참지 못하고 물었다.

"혹시 천왕삼보(天王三寶)인가 뭔가, 그거 찾으려고 들어간 겁니까?"

이번에는 풍백이 고개를 저었다. 그러더니 다시 글을 쓰기 시작했다.

[내가 찾으려 했던 것은 그런 것이 아니다. 내가 원한 것은 천

년 전의 전설이었지. 잊혀져 전설이 되어버린, 믿지 못할 이야기의 실체, 구천마령(九天魔靈)의 전설을 말이다.]

"그게 그렇게 귀한 겁니까? 아버지가 목숨을 걸어야 했을 정도로요?"

[그래. 내가 들은 것의 반만 진실이라 해도 그만한 가치가 있는 것이다. 그것만 있으면, 아홉 번의 죽음을 넘길 수가 있거든. 물론 그때마다 대가를 지불해야 하긴 하지만 말이야.]

아홉 번의 죽음을 넘길 수가 있다고?

유옥은 너무도 진지한 풍백의 태도에 웃지도 못하고 멍하니 바라보기만 했다. 그러자 풍백이 손을 거칠게 휘둘렀다.

[왜? 믿지 못하겠냐?]

조금, 아니, 솔직히 말해서 믿기지 않는 이야기이기는 했다. 그렇다고 '말도 안 돼요!' 라고 대답할 수는 없었다.

자신이 아버지를 믿지 못한다면 누가 믿는단 말인가?

"믿어요, 믿어! 제가 어떻게 아버지 말을 안 믿겠어요?"

풍백의 입가에 실소가 걸렸다. 아들의 마음을 모를 그가 아니다.

[입에 침이나 발라라, 이놈아! 속 보인다!]

유옥도 조용히 웃었다.

이야기를 듣다 보니 어느덧 답답함도, 가슴의 아픔도 느껴지지 않았다.

역시 찾아오기를 잘한 것 같다. 이리도 마음이 편해지는 것을.

한데 그때다. 문득 궁금증이 가슴에서 슬며시 고개를 든다.

"그런데…… 찾기는 찾으신 거예요?"

풍백이 느릿하니 고개를 끄덕였다.

[그래. 찾았다. 다리가 잘린 것도 바로 그것을 찾았기 때문이었지. 너무 기뻐서 방심했거든.]

2

패왕전을 나선 유옥의 발걸음은 보다 가벼워져 있었다. 추적거리며 내리는 비도 시원하게만 느껴졌다.

친구의 부탁은 들어주기로 했다.

어차피 천기원을 상대하는 데 있어서 무종령(武宗令)은 걸림돌이었다. 특히 무종령주 백리종위의 무위는 천기원 제일이라는 소문이었다. 그를 죽인다면 천기원의 무종령은 당분간 걱정하지 않아도 될 터였다.

그리고 그런 이유가 아니더라도, 그는 백리군악의 부탁을 들어주지 않을 수 없었다.

친구니까. 자신에게 세상이 결코 어둡지만은 않다는 것을 알려준 친구니까!

유옥은 새벽바람을 타고 천기원으로 향했다.

조금 더 강해진 빗줄기에 빗물이 머리를 타고 흘러내려 턱 끝에서 뚝뚝 떨어졌다.

후원의 기문진을 일각 정도 해제해 놓겠다고 했다. 그가 그리하겠다고 했으니 분명 그리될 터였다. 그러니 자신은 그 안에 일을 처리하고 빠져나와야만 한다.

기문진이 해제된 천기원은 결코 철옹성이 아니었다. 그리고 백리종위가 아무리 천기원 제일의 고수라 하더라도 자신을 막을 수는 없었다.

어둠에 몸을 묻고 얼마나 달렸을까. 뿌연 안개비에 스산하니 잠긴 어둠 속, 저만치 천기원의 뒷담이 보였다.

인시 초. 약속했던 시간이 다 된 듯했다.

휘이익! 휘이이익!

두 번에 걸친 휘파람 소리가 길게 들렸다. 백리군악이 말한 신호였다.

이제부터 일각 안에 일을 마무리 지어야 한다.

'일각. 빠듯하겠군.'

유옥은 물끄러미 회색빛에 물든 담장을 바라보다 가볍게 발을 굴렀다. 그의 신형이 유령처럼 담장을 따라 안으로 사라졌다.

천기원의 뒷담을 넘자 후원에 멈춰 있던 공기가 제 길을 찾아 흐르고 있었다. 기문진이 해제되어 있다는 말이었다.

한데 어둠 속에 숨어 있는 자들이 느껴진다. 모두 다섯 명.

전면의 이층 건물 처마 밑에 셋. 좌측과 우측의 회랑이 이어지는 곳에 각각 한 명씩이다.

유옥은 화원의 나무를 앞에 두고 무령풍을 전개해 허공으로 떠올랐다.

어둠에 동화된 채 무령풍을 펼치는 그의 신형은 유령과도 같았다. 더구나 사방은 비로 인해 자욱한 안개가 피어오르고 있는 상황. 설사 풍백이라 하더라도 유옥의 움직임을 간파할 수 없을 터였다.

단숨에 호선을 그리며 날아간 유옥은 이층 전각의 꼭대기에 내려서서 사방을 쓸어보았다.

자욱한 안개비 속에 십여 채의 건물이 늘어서 있었다. 개중에는 삼층 전각도 하나 보였지만, 대부분이 이층과 단층의 건물들이었다.

유옥의 시선이 왼쪽의 유난히 지붕이 낮은 건물에서 멈추었다. 무종령의 거처로 알려진 곳이 바로 그곳이었다.

'오른쪽에서 세 번째 방이라고 했지?

방은 모두 열두 개. 령주와 부령주의 방을 제외하고는 각 방마다 세 명씩이 있다 했으니 모두 서른두 명이 있다는 말이었다.

무종령.

풍백이 말했다. 그들은 천기원이 지난 이십여 년 동안 심혈을 쏟아 기른 고수들이라 했다.

지옥십관에 보내지 않고 자체적으로 기른 고수들인지라, 심지어 집마원조차 그들의 실력을 제대로 파악하고 있지 못할 거라고도 했다.

그들 중 절정에 이른 고수만도 열은 될 거라 했으니 굳이 더 설명이 필요없었다.

그렇다면 그들이 모두 쏟아져 나올 경우 감당하기가 쉽지 않을 터. 최대한 빠르게 상대를 죽이고 빠져나가야만 했다.

어느덧 시간은 반의 반 각이 흐르고 있었다.

두어 번 숨을 들이키는 사이 유옥의 눈빛이 점차 무채색으로 깊어졌다.

주위의 어둠이 그의 몸을 에워싸는 것만 같았다.

일순간, 그의 모습이 지붕 위에서 사라졌다.

방문을 여는 소리는 떨어지는 낙숫물 소리에 묻혀 거의 들리지 않았다. 하지만 방 안으로 들어서던 유옥은 흠칫했다.

문을 여는 순간 극히 미미한 진동이 느껴진 것이다.

재빨리 주위를 훑어보자 눈에 잘 보이지도 않는 가느다란 줄이 문고리에 메어져 있는 것이 보였다. 그리고 문고리에 매어진 줄은 벽을 타고 백리종위가 누워 있는 침상으로 연결되어 있있다.

'정말 철저한 자군.'

유옥은 암암리에 두 손에 공력을 끌어올리며 침상을 바라보았다.

누워 있던 백리종위가 천천히 몸을 일으키고 있었다. 그는 어둠 속에 방문을 등지고 서 있는 유옥을 바라보고는 눈살을 찌푸렸다.

"처음 보는 놈이군. 너는 누군데 이 시간에 들어온 것이냐?"

싸늘하면서도 나직한 목소리.

유옥은 깊어진 눈으로 무심히 백리종위를 바라보았다.

자신감의 발로였든, 아니면 아직 사태를 정확히 파악하지 못한 것이든, 그가 소리치지 않은 것이 유옥으로선 다행이었다.

"그래, 역시 당신이었군."

백리종위의 이마에 주름이 더해졌다.

"무슨 말이냐?"

소리없는 짙은 웃음이 유옥의 입가로 물에 젖은 종이 위의 먹물처럼 번졌다.

"모른다면 할 수 없지. 염라부에 가거든 기억을 더듬어보도록."

백리종위는 의혹 어린 시선으로 유옥을 직시했다.

찰나였다. 유옥이 한 발을 내딛는가 싶더니, 이 장의 거리가 거짓말처럼 좁혀졌다.

눈으로 쫓을 수 없는 극한에 이른 빠름이었다.

놀란 백리종위는 대경하며 뒤로 물러섰다. 동시에 덮쳐 오는 유옥을 향해 양손을 휘둘렀다.

가히 고수다운 재빠른 임기응변이었다.

하지만 그것도 상대 나름이었다. 그 정도의 갑작스런 공격은 지옥칠관에서 숱하게 겪어온 터였다.

유옥은 상대의 공격에 아랑곳하지 않고 쌍장을 흔들었다.

순식간에 십여 개의 수영이 어둠을 찢으며 백리종위의 두 손을 감싸 버렸다.

이를 악다문 백리종위는 황급히 두 손을 교차시켰다.

반격할 여유는 생각조차 할 수 없었다. 일단은 상대의 공격을 막는 게 우선이었다.

쿠구궁!

눈 깜짝할 사이에 두 사람의 손바닥이 정면으로 세 번에 걸쳐 부딪쳤다.

"흐읍!"

손바닥이 터져 나가고 손목이 부러져 나가는 듯한 고통!

일그러진 표정의 백리종위가 정신없이 물러섰다.

물러선 그의 입에서 경악성이 터져 나왔다.

"천강벽월수(天罡劈月手)?"

"이제 내가 누군지도 알았겠군."

유옥이 한 걸음 다가갔다.

백리종위의 눈이 더할 수 없이 커졌다.

"너, 너는?"

유옥은 대답을 하지 않고 허리 위에 손을 가져갔다.

이미 반 각 이상이 흘렀다. 더 이상 지체할 시간이 없었다. 비록 자신이 우위를 점하고 있긴 하지만 백리종위는 절정의 고수다.

자존심을 굽히고 도주하기 전에 숨통을 끊어야만 한다.

그러기 위해선 최선을 다하는 수밖에!

찰칵, 들릴 듯 말 듯 고리 풀리는 소리가 귓전을 간지럽히는 순간이었다.

주욱 늘어지듯이 쇄도하는 유옥의 허리에서 한줄기 광채가 번쩍! 어둠을 갈랐다.

암천의 검! 혈루단혼(血淚斷魂)!

붉은 핏방울이 백리종위의 눈을 가득 메웠다.

그가 다급히 손을 내밀며 광채를 후려치려는 순간!

서걱!

절삭음과 함께 백리종위의 입이 떡 벌어졌다.

다급히 내민 그의 왼팔이 힘없이 바닥으로 떨어지며 핏줄기가 분수처럼 뿜어진다.

그러자 유옥의 손에 들린 유리혈루가 다시 한 번 춤을 추었다.

피할 공간이 없다는 것이 백리종위에게는 불행이었다. 자만심에 검을 먼저 잡지 않은 것이 그의 죽음을 앞당겼다.

그가 벽에 걸려 있는 검을 향해 손을 뻗음과 동시! 찬란한 검광이 허공을 열십 자로 갈랐다!

어둠을 검붉게 물들이며 그의 목덜미에서 또 한 줄기의 피분수가 뿜어졌다.

백리종위는 비명조차 지르지 못한 채 눈만 크게 뜨고 천천히 무너져 내렸다.

"그, 그, 그게 뭐……?"

반쯤 잘린 목이 꺾여지면서도 백리종위는 혼신을 다해 입을 열었다.

유옥은 말없이 유리혈루를 허리띠 속으로 집어넣으며 한 걸음 물러섰다.

동시에 피비린내가 방 안을 가득 메웠다. 잘린 목에서 뿜어진 피가 안개비처럼 사방을 뒤덮은 때문이었다.

털썩!

백리종위가 침상 위로 무너지자, 곧이어 여기저기서 방문이 열리는 소리가 들렸다.

"무슨 소리지?"

"모르겠습니다. 령주님의 방에서 이상한 소리가 난 것 같은데 빗소리 때문에……."

밖으로 나온 사람들이 웅성거리며 다가온다.

유옥은 침상에 몸을 반쯤 걸친 채 괴이한 각도로 쓰러져 있는 백리종위를 바라보고는 뒤쪽으로 난 창문을 열었다.

쏴아아아!

빗발은 조금 전보다 더욱 굵어져 있었다.

뿌옇게 피어오르는 안개에 감싸인 채 고즈넉이 잠들어 있는 건너편 건물이 보였다.

저들도 곧 깨어나 빗속을 질퍽거리며 뛰어다니기 시작할 것이다. 그리고 어떤 변화가 일어날 것이다.

그전에 떠나야만 했다. 이제 일각이 거의 다 되어가고 있었다.

어느 순간, 유옥의 신형이 빗줄기 속으로 빨리듯이 사라졌다.

3

근 이틀에 걸쳐 추적추적 내리던 비가 스스로도 지루한지 어둠이 밀려오자 마침내 멎었다.

비가 멈춘 것이 반가운 듯 바람 한줄기가 처마를 휩쓸고 지나갔다. 순간 처마 끝에 힘겹게 매달려 있던 낙숫물이 이때라는 듯 일제히 떨어졌다.

투두두둑!

낙숫물이 바닥을 치며 대기를 잘게 울릴 때다. 천기원의 깊숙한 곳, 황촛불조차 꺼져 있는 백운각 안에서 나직한 목소리가 어둠을 흔들었다.

"현재 상황은?"

어둠 속에 앉아 있는 사람은 둘이었다. 백리군악과 방운휴.

방운휴가 공손한 어조로 대답했다.

"잠운령주께서 별다른 반대 없이 무종령을 접수했습니다."

"집마원은?"

"은형루와 혈마루가 함께 움직였다는 보곱니다, 공자."

"늙은 여우는?"

"계획대로 자시에 올리는 제(祭)에 참가하기 위해 움직였습니다."

"좋아. 천왕대전에 연락을 넣어라. 시작한다고."

"존명!"

*　　　*　　　*

비가 내리는 밤길을 걷는 것이 달가운 사람은 거의 없다 해도 과언이 아니었다.

백리진양 역시 그런 마음은 마찬가지였다. 더구나 무종령의 령주인 백리종위가 정체 모를 살수에게 죽임을 당한 마당인지라 더욱 그러했다.

마음 같아서는 오늘의 행사를 최소하고 싶었다. 천왕대전에 미리 참석하겠다는 연락만 넣지 않았어도 그랬을지 몰랐다.

하지만 이제는 그럴 수조차 없었다.

가겠다 해놓고 가지 않는다면, 천왕대전에선 자신을 겁먹은 당나귀 정도로 생각할 것이 아닌가 말이다.

그것은 죽음보다도 더한 수치였다.

백리진양은 약간 짜증이 묻어난 목소리로 앞서 가는 사람에게 물었다.

"얼마나 남았느냐?"

"일각이면 천왕각에 당도할 것입니다."

그리 먼 길은 아니었다. 기껏 이각을 걸은 것뿐이었다.

그런데도 왈칵 짜증이 밀려왔다.

"종규, 걸음을 조금 빨리하자. 비가 더 오기 전에 당도했으면 싶구나."

"알겠사옵니다, 원주."

천기원의 십사를 이끌고 백리진양을 호위하는 자는 위기당(衛氣堂)의 당주 백리종규였다.

그는 대답과 동시에 수하들을 향해 나직이 말했다.

"비가 더 오기 전에 서두를 것이다. 모두 원주님을 모시는데 소홀함이 없도록 해라!"

바로 그때였다.

<u>스스스스……</u>.

풀섶을 헤치며 다가오는 소리가 사방에서 들려왔다.

수천수만 마리의 뱀 떼가 기어오는 듯하다.

불길함이 가득한 소리.

소름이 돋고 머리끝이 쭈뼛 솟았다.

백리종규는 검병에 손을 얹고 모든 내공을 끌어올렸다.

자신도 모르게 손바닥에 땀이 배었다.

'암습? 설마?'

누군가. 누가 감히 천왕곡에서 천기원의 원주를 암습하려 한단 말인가.

이를 악다문 그의 눈이 숲 속을 향했다.

"웬 놈들이냐?"

*   *   *

하경백은 비에 젖은 옷이 몸에 달라붙는 것도 아랑곳하지 않고 눈을 빛냈다.

자신이 쫓는 자가 계곡길을 따라 빠르게 걸어가는 것이 보였다.

'흥! 네놈이 도망가 봐야 어디로 가겠느냐?'

그는 조심스럽게 그의 뒤를 쫓아 숲 속으로 들어갔다.

숲 너머의 계곡은 그도 잘 아는 곳이었다. 그 계곡 안에는 오직 하나의 건물만이 있을 뿐이었다.

문득 이상한 생각이 들었다.

'놈이 왜 천왕각으로 가는 거지?'

후원에서 들려온 이상한 기척에 방을 나선 하경백이 담을 넘어가는 괴인을 발견한 것은 이각 전이었다.

그는 즉시 괴인의 뒤를 쫓았다. 둘째 형의 살해범을 잡지도 못하고 있는 지금, 수상한 자를 그냥 보낼 수는 없었던 것이다.

비록 혼자인데다 비 내리는 밤에 누군가를 쫓는다는 것이 마음에 걸렸지만, 시간이 없으니 어쩔 수 없었다.

그는 자신을 믿기로 했다. 상대가 어느 누구라 해도 자신의 한 몸 정도는 빼낼 수 있을 거라 생각했다. 이곳은 천왕교가 아닌가 말이다.

그렇게 쫓아왔는데, 수상하게 생각했던 자가 천왕각으로 향하는 것을 보니 곤혹스러운 것이다.

혹시 자신이 잘못 쫓은 것은 아닐까?

별것도 아닌데 쫓은 것 아니야?

하지만 여기까지 온 마당에 그냥 돌아가기도 그랬다. 더구나 '잘못한 것이 없다면 왜 담을 넘었겠나?' 그런 생각을 하니 그의 정체만이라도 확인하고 싶었다.

하경백은 축축한 숲길의 가장자리를 따라가며 주먹을 움켜쥐었다.

빗물이 낙엽을 두드리는 소리만이 요란하게 들려올 뿐 날

짐승들의 날갯짓 소리조차 들려오지 않았다.

젖은 옷이 달라붙어서인지, 아니면 왠지 모를 괴이한 기분 때문인지 온몸에 스산한 한기가 돌았다.

얼마나 갔을까, 천왕각을 이백여 장 남긴 곳에 이르렀을 즈음이었다. 이십여 장 앞, 길이 굽어진 곳에서 누군가의 외침이 짤막하니 들려왔다.

"웬 놈들이냐?"

하경백은 걸음을 멈추고 입술을 깨물었다. 이제 보니 자신이 느낀 한기는 단순히 날씨 때문이 아니었다.

숲 저쪽 너머에 누군가가 있다. 그것도 제법 많은 사람이. 끈적끈적하면서도 얼음장처럼 차가운 살기를 흘리면서.

그리고 곧바로 이어지는 격전음!

즉시 숲 속으로 몸을 숨긴 하경백은 격전이 벌어지고 있는 곳으로 다가갔다.

후두둑, 나뭇잎에 맺혀 있던 빗물이 그의 몸에 부딪치며 떨어지자 흠칫 몸이 떨렸다.

그렇다고 멈추지는 않았다. 점점 커지는 격전음이 그의 걸음을 멈추지 못하게 하고 있었다.

이십여 장. 조심스럽게 전진해서 숲이 끝나는 곳에 이르자 제법 넓은 공터가 보였다. 그리고 생각대로 그곳에서는 치열한 격전이 벌어지고 있었다.

격전장을 바라보는 하경백의 눈이 굳어졌다.

살이 베이고, 사지가 잘려 나가는 격전이었다. 그런데도 그리 큰 소리가 나지 않았다. 그나마 그 소리조차 빗소리에 섞여서 멀리 퍼지지도 않았다.

간간이 터져 나오는 서생들의 비명마저도 비에 젖은 숲에 스미어 잦아든다.

소름 끼치는 광경에 하경백의 굳은 눈이 파르르 떨렸다.

콧속을 파고드는 비릿한 혈향. 움켜쥔 두 손에 절로 힘이 들어갔다.

하경백은 긴장된 마음을 풀기 위해 심호흡을 하고는, 재빨리 격전의 상황을 살펴봤다.

정체를 알 수 없는 복면인들은 이십여 명. 그에 반해 백의 노인을 둘러싼 서생들은 불과 열 명 정도다. 천왕교 내에서 저렇게 서생 차림으로 돌아다니는 자들은 오직 한 부류뿐. 자신의 생각이 틀리지 않았다면…….

'저들은 바로 천기원의 서생들이다.'

하경백은 품속에서 두 개의 철환을 꺼내 양손에 쥐었다. 비 때문인지 손 안이 흥건히 젖어 있었다.

굳이 누가 적인지는 생각할 필요도 없었다. 이러니저러니해도 천기원은 같은 천왕교도였다. 반면에 복면인들은 정체를 숨기려 하는 자들.

결국 자신이 도울 자들은 정해진 상황이었다.

더구나 망설일 여유도 없었다. 살펴보는 사이 두 명의 서생이 목이 잘린 채 쓰러지고 있었다.

그는 이를 악다물고 복면인들을 향해 뛰어들었다.

쉐에에엑!

동시에 두 개의 철환이 허공을 가르며 날아갔다.

퍼벅!

"흡!"

하경백의 갑작스런 공격에 두 명의 복면인이 나가떨어졌다.

그러나 그것이 다였다. 복면인들이 정식으로 공격을 해오자 하경백은 손발이 어지러워졌다.

'제기랄! 생각보다 더 강하군!'

복면인들의 무공은 숲 속에서 보던 것보다 훨씬 강했다. 단세 명을 상대하는 데도 벅찰 정도였다.

그렇게 십여 초가 지나기도 전이었다. 복면인 중 하나가 백의노인을 향해 덮쳐 갔다.

서생들은 거의 모두가 쓰러진 상태. 고개를 돌려 복면인을 바라보는 노인의 눈에는 체념의 빛이 가득 차 있었다.

"조심하시오!"

하경백은 다급한 마음에 냅다 소리치고는 앞을 막은 복면인들을 향해 철환을 떨쳤다.

순간이었다. 미처 몸을 피하지 못한 노인의 가슴에 복면인의 검이 틀어박혔다.

"끄윽!"

"감히 천왕곡에서 살인을 저지르다니! 이놈들!"

하경백은 대노해 소리치고는 복면인들을 몰아쳤다.

혼신을 다한 공격에 복면인들이 조금씩 뒤로 물러선다.

그는 틈이 보이자 재빨리 노인의 곁으로 다가갔다.

일 장의 거리가 되었을 때였다. 가슴에 구멍이 뚫린 채 피를 쏟아내는 노인의 얼굴이 어렴풋이 보였다.

파르르 떨리는 그의 입술이 달싹거린다.

"이…… 이런……."

순간 하경백은 그의 정체를 알아보고 소스라치게 놀랐다.

맙소사! 죽어가는 노인은 천기원의 노원주 백리진양이 아닌가!

하경백은 더 이상 싸울 정신이 없었다.

'백리진양이 살해당했다!'

너무도 엄청난 사실에 머릿속이 왱왱 울어댔다.

차가운 빗물이 얼굴을 때리고, 주위에 둘러선 복면인들에게서 살기가 쏟아지는데도 그는 정신을 차릴 수가 없었다.

빨리 이 사실을 알려야 한다는 생각만이 온통 그의 뇌리를 지배했다.

'도망가야 해! 빨리 가서 이 사실을 알려야 돼! 머뭇거릴 시간이 없어!'

그는 황급히 달려드는 적들을 향해 또다시 두 개의 철환을 내던졌다.

쐐애액!

혼신의 내력이 실린 철환에 달려들던 복면인들이 주춤거리며 물러서고, 그들의 옆에 있던 두 명의 복면인이 날아드는 철환을 후려쳤다.

쩌정! 떵!

찰나였다. 순간적으로나마 포위망의 틈이 벌어졌다.

절호의 기회!

하경백은 마지막 남은 두 개의 철환을 꺼내 들고 숲 속을 향해 몸을 날렸다. 그러자 몇 명의 복면인이 하경백을 따라 숲 속으로 발을 디뎠다.

그때 누군가가 나직이 소리쳤다.

"쫓지 마라. 상황을 정리하고 그만 물러간다."

나뭇가지가 얼굴을 때린다.

옷이 가시덤불에 걸려 찢어지며 발걸음을 붙잡는다.

하지만 하경백은 아랑곳하지 않고 미친 듯이 더욱 숲 안쪽으로 달려 들어갔다.

그러기를 얼마, 다행히 숲을 빠져나올 때쯤에는 뒤쫓는 자가 느껴지지 않았다. 그래도 걸음을 늦추지는 않았다. 멈추기에는 너무 두려운 일이 벌어진 것이다.

'믿을 수가 없어! 그가 죽다니!'

지금 죽어서는 안 되는 사람이 죽었다. 그의 죽음이 어떤 파장을 불러일으킬지, 하경백은 상상하는 것만으로도 두려웠다.

"어떻게 이런 일이……. 빨리 알려야 돼."

하경백은 천양원의 뒷담이 보이자 힐끔 뒤를 돌아보았다. 자신을 쫓는 자는 보이지 않고, 어느덧 어스름이 어둠을 밀어내고 있었다.

휘이익!

그는 망설이지 않고 담장을 넘었다.

비 때문에 조금 늦긴 하겠지만 곧 아침이 밝아올 것이다. 아침이 되면 경천동지의 소식으로 인해 천왕교가 폭풍에 휩쓸릴 터. 그전에 어떤 식으로든 폭풍에 휩쓸리지 않을 대책을 세워야 했다.

그는 조급한 마음에 담을 넘은 즉시 하천광의 방을 향해 달려갔다.

자신을 알아보고 인사를 하는 경비무사들조차 무시한 채. 오직 하천광을 만나는 것만이 지상 과제라도 되는 것마냥.

탕탕!

"소자 경백입니다!"

"무슨 일이냐?"

"들어가서 말씀드리겠습니다!"

하경백이 하천광의 방 안으로 들어간 지 채 일각이 지나기도 전이었다.

콰!

정문이 부서지며 수십 명의 무사가 천양원으로 쏟아져 들어왔다.

선두에 선 자가 천양원이 뒤흔들릴 정도로 크게 소리쳤다.

"하경백! 나와라!"

갑작스런 소란에 물품을 정리하고 있던 천양원의 사람들이 모두 입구를 바라보았다. 살기등등한 무사들이 죽 늘어서서 선두에 선 자의 명을 기다리고 있었다.

천양원의 철기당주 유평이 물건을 나르는 수하들을 지휘하다 말고 발끈해 소리쳤다.

"이 꼭두새벽에 무슨 일인가! 이곳이 어딘 줄 알고 소란을 피우는 것이야!"

"나는 천기원의 백리종호라 한다! 하경백을 잡으러 왔다! 막으면 누구든 벨 것이니 막지 마라!"

"뭐라고?! 천기원이 겁을 상실했구나! 감히 본 원에서 검을 들고 설치다니!"

"비키라 했다!"

"흥! 어디 뚫고 가보시지!"

"모두 쳐라! 피를 보더라도 원주님을 살해한 범인을 잡아갈 것이다!"

"뭐라? 살인범? 흥! 웃기는 놈들! 어디 와서 엉뚱한 소리를 하는 것이냐? 모두 놈들을 막아라! 고리타분한 서생 놈들에게 천양원이 허수아비가 아님을 보여주자!"

누가 말리고 자시고 할 틈도 없었다.

작정한 듯 공격하는 천기원의 무사들. 노성을 내지르며 그들을 막아선 천양원의 무사들. 순식간에 도검이 부딪치며 피가 튀었다. 그러더니 얼마 지나지 않아 여기저기서 비명이 터져 나왔다.

소란에 이은 비명은 천양원의 내전에서도 확연히 들을 수 있을 정도였다. 하경백은 제대로 설명도 하지 못한 채 벌떡 일어섰다.

"아버님, 일단 상황을 먼저 살펴봐야 할 것 같습니다."

"대체 어떻게 된 일이냐? 백리진양이 죽었다니?"

"분명 백리진양이었습니다. 천왕각에 가던 중에 기습을 받은 것 같았습니다. 어쨌든 아무래도 일이 이상하게 돌아가고 있는 것 같으니 제가 나가봐야겠습니다."

"같이 가보자!"

하천광이 빠르게 옷을 걸치는 사이 하경백이 먼저 밖으로 나왔다.

그는 이해할 수가 없었다.

왜 자신을 범인으로 몬단 말인가?

한편으로는 이상한 생각이 들었다.

어떻게 해서 이렇게 빨리 찾아온 거지?

하경백은 싸움이 한창 벌어지고 있는 곳에 도착하자마자 싸우고 있는 사람들을 향해 소리쳤다.

"싸움을 멈춰라! 내가 하경백이다! 그대는 누군데 나를 범인으로 모는 것인가?"

하경백의 일갈에 싸움이 잠시 멈췄다. 하지만 불씨가 완전히 꺼진 것은 아니었다.

두 명의 당주를 몰아붙이고 있던 백리종호가 확 몸을 돌리더니 하경백을 향해 노성을 내질렀다.

"하경백! 원주님을 살해해 놓고 부인하겠다는 거냐?"

"무슨 소리? 내가 왜 천기원의 원주님을 살해한단 말이냐? 나는 오히려 원주님을 구하려 했을 뿐이다!"

"흥! 네놈이 거기에 있었다는 것은 분명하구나! 이걸 봐라! 원주님이 돌아가신 곳에서 네놈의 철환이 나왔다! 그래도 부인하겠단 말이냐?"

"그것은 내가 백리원주님을 구하기 위해서……."

"말도 안 되는 소리! 이 철환이 원주님의 뒷머리에 박혀 있었거늘, 원주님을 구하려 했다고? 개도 안 물어갈 거짓말하지 말고 내 검을 받아라!"

갑자기 백리종호가 신형을 날렸다.

하경백은 어리둥절한 표정을 지으며 황급히 뒤로 물러섰다.

하지만 백리종호의 무공은 그가 생각한 것보다 훨씬 강했다.

단숨에 사 장의 거리를 좁힌 백리종호의 검에서 새파란 검강이 뿜어진다.

"검강?!"

하경백은 해쓱하니 질린 얼굴로 다급히 두 손을 떨쳤다.

그때 뒤따라온 하천광의 다급한 목소리가 옆에서 들려왔다.

"물러서라! 네가 막을 수 있는 사람이 아니다!"

그리고 자신의 바로 뒤에서 들리는 목소리.

"아버지! 조심하세요!"

하경백의 얼굴이 흙빛으로 물들었다.

하천광의 말대로 자신의 상대가 아니다. 해서 물러서려 했다. 그런데 물러설 수가 없다. 공교롭게도 자신의 뒤쪽에 아들이 서 있지를 않은가!

하경백은 이를 악다물었다. 자신이 피하면 자식이 당할지 모른다. 방법은 하나. 정면 대결뿐!

"타앗!"

그의 두 손에 들린 철환이 앞을 향해 뿌려졌다.

비록 내력을 반 이상 소모한 상태라지만, 자신의 실력이라면 상대의 검을 몇 번은 막아낼 수 있을 거라 생각했다. 그 정도면 하천광의 도움을 얻어 이 위기를 벗어날 수 있을 거라

계산한 것이다.

하지만 그것은 그만의 생각, 혼자만의 계산이었다.

번쩍!

시퍼런 강기가 휩쓸고 지나가는 순간, 철환이 무우처럼 잘리며 눈앞이 새파랗게 물든다.

그제야 하경백은 확실하게 알 수 있었다. 자신이 얼마나 어리석은 생각을 했는지.

'이, 이게 검강의 위력?! 생각보다 더하군. 제기랄……'

"이놈!"

하천광의 분노에 찬 목소리가 메아리처럼 들렸다.

"아버지!"

귓전에 머물다 저편으로 스러지는 아들의 악다구니가 흐릿하니 스러졌다. 그리고 모든 것이 끝이었다.

싸한 통증과 함께 가슴에서 피분수가 솟구쳤다.

한 바퀴 전신을 휘돈 천라혈왕공이 고요히 가라앉자 유옥은 두 팔을 벌리고 새벽 공기를 흠뻑 들이켰다.

바로 그때, 갑자기 거센 기운이 천왕곡의 한쪽에서 격랑치기 시작하더니 비명 소리와 고함 소리가 아련히 들려왔다.

'무슨 일이지?'

심상치 않은 일이었다. 새벽부터 비명 소리라니.

더구나 그 소리가 들리는 방향은 천양원이 있는 쪽이 아닌가.

자리에서 일어난 유옥은 모든 감각을 열었다.

순간, 낯익은 목소리가 하늘을 울리며 터져 나왔다.

'설마 하 원주님? 이런!'

더 이상 생각할 겨를이 없었다. 유옥은 즉시 땅을 박차고 천양원을 향해 신형을 날렸다.

동시에 사진옥이 문을 벌컥 열고 밖으로 뛰쳐나왔다.

"대형! 무슨 일……. 응?"

그는 쏘아진 살처럼 날아가는 유옥의 뒷모습이 순식간에 까마득해지자 버럭 소리를 질렀다.

"유상! 예종! 빨리 나와라!"

그때 유옥의 전음을 귓속으로 파고들었다.

"너희는 나를 따라오지 말고 다른 곳의 상황을 알아봐!"

하천광은 분노한 표정으로 백리종호를 몰아붙였다.

검강을 쓰는 걸 보고 강할 거라 예상하기는 했지만, 막상 손을 나누자 생각보다 더 강했다.

'이런 놈이 천기원에 있었다니!'

이십여 초가 지났는데도 조금도 우세를 점할 수가 없자 마음마저 조급해졌다.

누군가의 음모로 벌어진 일이라면 곧 뭔가 또 다른 일이 벌어질 것이 분명했다. 지금까지 벌어진 일을 마무리 짓기 위해서라도.

"이놈! 어디 이것도 받아봐라!"

하천광은 전력을 다해 천양신장을 펼쳤다.

다른 일이 벌어지기 전에 눈앞에 있는 놈을 제압하고 일을
수습해야 했다. 그것만이 아들의 원한을 갚고 천양원을 지킬
수 있는 단 하나의 방법이었다.

한데 바로 그때였다!

"모두 멈춰라!"

웅혼한 목소리와 함께 부서진 문을 통해 여섯 명의 장년인
이 들어섰다.

그중 거대한 체구의 장년인이 한 손을 높이 쳐들고 천양원
이 들썩일 정도로 크게 소리쳤다.

"천왕령의 이름으로 명하노니! 모두 싸움을 멈추고 천왕령
을 배알하라!"

천왕령!

그 말 한마디에 절대 멈출 것 같지 않던 싸움이 일제히 멈
췄다.

그러더니 갑작스런 고요가 찾아왔다.

사람들은 문 쪽에 서 있는 거대한 체구의 장년인이 쳐든 손
을 바라보았다.

금빛 찬란한 영패가 보였다.

한가운데에 핏물을 가득 채운 것처럼 두 개의 글자가 음각

되어 있다.

천왕(天王).

절대복종만이 존재한다는 무상의 영패, 천왕령이었다.

싸움을 멈춘 사람들이 모두 바닥에 무릎을 꿇었다. 백리종호도, 하천광도 누구도 예외는 없었다. 심지어 멀리서 구경하던 여인네들마저 무릎을 꿇었다.

그들이 일제히 소리쳤다.

"천왕의 형제들이, 삼가 천왕령을 배알하오이다!"

수백여 명이 외치는 소리에 천양전이 들썩였다.

그제야 거대한 체구의 장년인이 영패를 높이 쳐든 채 말했다.

"더 이상의 싸움은 용납지 않을 것이다! 천왕께서 현명한 판단을 내리실 것인즉, 누구도 형제들의 가슴에 검을 겨누어서는 안 된다! 어기는 자는 극형으로 다스릴 것이다!"

"명을 받드오이다!"

누구도 거부할 수 없는 절대의 명령.

백리종호를 쏘아보는 하천광의 얼굴이 처절하게 일그러졌다. 바닥을 움켜쥔 손가락이 치미는 분노에 석판을 파고들었다.

그래도 하는 수 없었다. 아무리 분하고 억울해서 심장이 타

들어가더라도 참을 수밖에 없었다.

그래서 더 화가 났다. 자식이 억울하게 죽었는데도 아무것도 할 수 없다니!

'크으윽!'

가슴속을 흐르는 눈물만으로는 타는 심장을 식히지 못할 것 같았다.

'이놈들, 내 절대 용서치 않을 것이다!'

그때 천왕령의 다음 명령이 내려졌다.

"천기원의 수하들은 모두 천기원으로 돌아가고, 하천광 원주는 사상자들을 보살피며 천왕의 명을 기다리도록 하시오!"

수많은 사람들이 천양원의 정문으로 모여들고 있었다. 대부분이 천양원과 가까운 곳에 있는 사단의 무사들이었다.

한데 유옥이 정문에 도착했을 때다. 웅혼한 목소리가 천양원을 뒤흔들었다.

천왕령의 현신이었다!

유옥은 천왕령이라는 말이 안에서 울려 나오자 즉시 발길을 돌려 뒤쪽으로 돌아갔다. 그리고 사람들의 기척이 느껴지지 않자 즉시 담을 넘어 안으로 들어갔다.

생각대로 담 너머에는 사람들이 보이지 않았다. 아마 모두가 격전장으로 달려간 듯했다.

유옥은 망설이지 않고 하은설이 기거하는 건물 쪽으로 걸음을 옮겼다.

잠시 후, 하은설이 기거하는 방 앞에 도착한 유옥은 빠르게 주위를 살펴보았다. 모두가 앞에서 벌어진 일로 인해 정신이 없는지, 그녀의 방 근처에는 아무도 없었다.

"흑흑……."

그때 문득 소리 죽인 흐느낌이 안에서 들렸다.

유옥은 방 안에서 인기척이 느껴지자 안도의 한숨을 쉬며 나직이 입을 열었다.

"나요, 설아. 안에 있소?"

그가 나직이 부르자 문이 세차게 열리고 하은설이 뛰어나왔다.

"옥 랑!"

상황을 알고 있는지 눈물로 얼룩진 얼굴에는 슬픔이 가득 차 있었다. 하긴 그 소란이 있었으니 방에만 있지는 않았을 것이었다.

유옥은 가슴에 얼굴을 파묻고 흐느끼는 하은설의 어깨를 두드리며 나직이 물었다.

"어떻게 된 거요?"

"흑흑, 천기원이 갑자기 쳐들어와서, 셋째 숙부가… 돌아가셨어요."

"하 당주님이?"

하경백이 죽었다니, 그것은 유옥에게도 충격이었다.

'천기원이 대체 왜?'

그도 이미 활짝 열린 정문을 통해 천양원의 무사들과 대치하고 있는 천기원의 사람들을 본 터였다.

한데 그들이 왜 갑자기 천양원을 쳤을까?

뭔가 거대한 암류가 흐르고 있는 것만은 분명한데 실체가 정확히 잡히지 않는다.

"원주님은? 설아 아버님은?"

"지금 천왕대전에서 나온 호법을 만나고 계실 거예요."

천왕령이 현신했으니 천왕대전이 본격적으로 끼어들었다는 말과도 같았다.

'일단 하 원주를 만나는 것이 급할 것 같은데……'

지체할 시간이 없었다.

분명 이것으로 끝나지 않을 것이다.

놈들은 한 번 문 것을 절대 놓지 않으려 할 게 분명하니까.

'후, 상황을 정확히 알 수 없으니 답답하군.'

* * *

하천광의 표정은 석고처럼 하얗게 굳어 있었다. 천양원을 뒤덮었던 피비린내는 어느새 말끔히 걷힌 후였다.

창문의 틈을 비집고 한줄기 빛이 화살처럼 발치에 꽂힐 즈음, 하경연이 조심스럽게 들어왔다.

"담 호법과 웅 호법이 뵙고자 합니다, 아버님."

교혼신마(絞魂神魔) 담가진, 만패(滿覇) 웅호산. 천왕의 십 대호법 중 두 사람이다.

두 사람 덕분에 전면전은 피할 수 있었다. 그러나 결코 반가운 일만도 아니었다.

'이들이 어떻게 알고 제때에 왔을까? 이런 일이 벌어질 거라는 걸 알고 있었다는 건가?

그랬을지도 몰랐다. 우연이라고 하기에는 너무나 정확한 시간에 들이닥쳤다.

그 말이 뜻하는 것은 하나였다.

이번 일을 천왕대전에서 미리 알고 있었다는 것!

하천광은 꽉 감긴 눈을 뜨고 지그시 이를 악다물었다. 움켜쥔 두 손에서 핏줄이 돋았다. 스멀거리는 분노를 그의 의지가 짓눌렀다.

분노를 잘못 토해내면 모든 것이 공염불이 된다.

만에 하나라도 상대가 천왕이라면 더욱 그러하다.

'아직은, 아직은 때가 아니다. 때가……'

두어 번 숨을 몰아쉰 그의 다물린 이 사이를 비집고 나직한 목소리가 흘러나왔다.

"들어오라 해라."

하경연이 나가고 잠시 후, 방 안으로 두 명의 장년인이 하경연을 따라 들어왔다.

번잡한 길을 지나다 보면 아무 곳에서나 볼 수 있을 정도의 평범해 보이는 자가 담가진이었고, 거대한 체격을 지녀 만인 중에서도 알아볼 수 있을 정도의 곰 같은 자가 웅호산이었다.

그들이 입을 열기도 전에 하천광이 먼저 말했다.

"오랜만이군."

익히 알고 있는 자들이었다.

특히 담가진은 호형호제하던 담우정 장로의 자식으로 오래전부터 조카처럼 따르던 자였다. 그런 담가진이 안타까운 표정으로 고개를 숙인다.

"이런 일로 찾아뵈어서 죄송합니다, 하 숙부."

하천광은 착잡한 표정을 감추기 위해 일부러 차갑게 물었다.

"그래, 교주께서 뭐라 하시던가?"

단도직입적인 물음에 담가진의 표정이 굳어졌다.

그는 하천광을 똑바로 바라보고는, 한마디 한마디 또렷하게 입을 열었다.

"일단은 천양원에서 손을 떼셔야 할 것 같습니다."

천양원에서 손을 떼라? 역시 그건가?

"정녕 그 말만 하셨는가?"

천양원만 포기하고 일이 끝난다면 얼마든지 그럴 수 있다. 하지만 아닐 것이다. 그렇다면 굳이 이 두 사람을 함께 보냈을 리가 없다. 아니나 다를까, 웅호산이 앞으로 나섰다.

그는 패마라 불릴 정도로 힘을 숭상하는 인물로 교주의 측근 중 한 사람이었다.

"하 원주의 가족에겐 작은 장원이 내려질 것이오. 하나 천기원주의 살해 사건에 대한 조사가 끝날 때까지는 집 밖으로 나가서는 아니 되오."

한마디로 자택 감금을 하겠다는 말이었다.

분노한 맹수를 철장 안에 가두겠다는 뜻이었다.

하천광이 눈을 부라리며 웅호산을 직시했다.

"삼십 년이네. 내가 천양원을 맡아온 지가 말이야. 한데 천양원을 거두어가는 것도 모자라 감금을 하겠단 말인가?"

웅호산의 눈초리가 길게 늘어지더니 싸늘한 광망이 눈꺼풀을 비집고 쏟아졌다.

"그래서 천왕의 말씀에 불복하겠다는 말씀이시오? 천기원주를 살해한 것이 얼마나 큰 죄인지 모르시지는 않을 텐데?"

입술을 짓씹는 하천광의 눈매가 거세게 떨렸다. 참담한 마음대로라면 당장 거부하고 싶었지만, 그리되면 모든 것을 포기해야 될 터였다.

"아니, 누가 감히 천왕의 뜻에 불복할 수 있겠는가? 하나 순순히 따르는 대신 나에게도 조건이 있네."

"조건?"

"그래, 조건."

하천광의 단호한 한마디에 담가진이 다시 나섰다.

"말씀해 보시지요. 들어드릴 수 있는 거라면 굳이 못 들어줄 것도 없으니까 말입니다."

자신을 향해 다가오는 담가진을 바라보며 하천광이 한마디 한마디 씹듯이 내뱉었다.

"이번 일을 추진한 자가 누군가? 그것만 알려주게. 그것만 알려준다면 모든 것에서 손을 떼고 조용히 있겠네. 최소한 자식이 누구 때문에 죽었는지는 알아야 하지 않겠는가? 자네들이라면 알지 싶은데."

담가진의 표정이 굳어졌다. 안타까움마저 배인 눈빛이다. 이렇게 될 줄 미리 알고 있었기라도 한 것처럼.

'무서운 놈. 놈은 하 숙부가 정말 이렇게 나올 줄 미리 알고 있었을까?

마음 같아서는 고개를 젓고 싶었다. 옆에 웅호산만 없었어도 그랬을지 몰랐다. 하지만 자신에게는 구르고 있는 하늘바퀴를 멈추게 할 재주가 없었다.

'너무 늦었어.'

그가 말했다.

"숙부, 꼭 아셔야 하겠습니까?"

"그렇다네."

"후회하실 텐데요."

"상관없네. 안다면 말해주게."

끝내 자신으로 하여금 마지막 선마저 넘어가는 만드는 하천광이다. 담가진은 이를 깨물고 하천광을 직시했다.

"그렇다면 한 가지, 꼭 해주셔야 할 일이 있습니다."

초췌한 하천광의 눈에서 불길이 일었다.

"아직도 더 바라는 게 있던가?"

"있지요. 오직 숙부님만이 해주실 수 있는 일이. 남은 가족을 위해서라도……."

말을 흐리는 담가진이다. 그러나 그 뜻만은 분명했다.

하지 않으면 오직 하나의 선택만이 남았다는 뜻.

"네, 네가 감히……."

눈을 부라리는 하천광의 몸이 부르르 떨렸다.

분노 때문만이 아니었다.

소름이 돋는 것만 같은 것이다.

자식들이 죽어갔을 때도 느끼지 못했던 그런 느낌이 등골을 타고 전신을 치달리는 것이다.

그것은 시궁창에 처박힌 것 같은 더러운 느낌이었다.

그는 모든 것을 포기하고 싶었다. 원수를 아는 것도, 복수를 하는 것도. 하지만 그가 포기한다고 해서 끝날 일이 아니었다.

'그렇게 끝날 거라면 이놈들이 찾아오지도 않았겠지.'

자신이 가족 모두를 포기하지는 않을 거라는 것을 알고 온놈들이다. 피할 수 없는 조건을 들고 왔을 때는 이미 모든 것을 알고 왔다는 뜻.

'어쩔 수 없나?'

결국 그도 구르는 하늘바퀴에 몸을 싣기로 했다. 뒷일은 하늘의 뜻에 맡기고.

'그의 운이 아직 다하지 않았기를 바라는 수밖에……. 어디 두고 보자, 이놈들.'

"좋아! 말을 해보게."

*　　　*　　　*

상황이 궁금한 것은 하은설도 마찬가지였다.

그녀는 슬픔이 가라앉자 자신이 상황을 알아보겠다며 유옥을 방에 남기고 밖으로 나갔다. 그리고 얼마 되지 않아 뛰듯이 달려와서 호법들이 천양원을 떠났다는 것을 알렸다.

유옥은 즉시 하천광의 방으로 향했다.

내전으로 들어가자 의자에 깊숙이 몸을 묻은 하천광이 보였다.

십 년은 늙은 표정이다. 창백한 얼굴, 입가에 묻은 피, 아무래도 내상마저 입은 듯하다.

그 옆에는 피 묻은 옷을 그대로 입은 하경원이 고개를 숙이고 있다.

"어떻게 된 일입니까?"

유옥이 묻자 하천광이 고개를 들었다.

"왔군."

"대체 어쩌다 이렇게 된 겁니까?"

하천광이 고개를 들었다.

"천기원이 갑자기 쳐들어왔네."

그러고는 하경백에게 들었던 이야기를 하나도 빠짐없이 말해주었다.

경악할 일이었다.

천기원주 백리진양이 죽었다니!

적이 하나 줄어들었는데도 유옥은 조금도 즐겁지가 않았다.

얼마나 지났을까, 유옥은 하천광의 이야기가 끝나자 이를 지그시 깨물고 물었다.

"천왕대전에서 호법들이 왔다 들었습니다. 그들은 뭐라 합니까?"

하경원이 힘없이 입을 열었다.

"우리더러 천양원에서 손을 떼고 조사가 끝날 때까지 움직이지 말고 대기하라 하더군. 천왕의 명이라면서 말이야."

천왕대전에서 그리 말했다면 움직여서는 안 된다. 복수를 하겠다고 수하들을 움직이면, 당장 천왕대전이 제재를 가할 게 분명하다.

그럼 후일도 없다. 답답해도 당장은 참아야만 한다.

"하 당주님을 죽인 자는 누구였습니까?"

"처음 보는 자였네. 한데 굉장한 고수였어. 백리종호라 하더군. 내가 직접 싸워봤는데, 결코 내 아래가 아니었네."

하천광의 말에 유옥의 굳어진 눈에서 싸늘한 기광이 번뜩였다.

혹시 무종령?

무종령주 백리종위 말고도 그런 고수가 있었단 말인가?

유옥의 입이 악다물렸다.

백리종위가 자신의 일에 방해가 된다고 했다. 그래서 자신이 그의 부탁으로 그를 죽였다.

한데 만약 방해자가 제거된 무종령이 백리군악의 손아귀에 들어갔다면? 오늘 온 자들이 무종령의 무사들이라면?

그렇다면 오늘의 일은 백리군악의 머릿속에서 나온 계획이라는 말이다.

'군악! 대체 뭘 원하는 것이냐? 천양원이냐? 아니면……'

최근에 벌어진 일. 백리군악의 행적. 찰나간에 뇌리를 스치는 생각만으로도 그가 원하는 것이 무엇인지 어렴풋이 드러난다.

만일 백리진양을 제거한 것이 군악이라면, 백리종무도 무사하지 못할 게 뻔하다. 설령 살아 있다고 해도 그저 허수아비일 뿐.

이제 백리군악은, 천왕 사도궁헌과 집마원주 헌원무강, 그리고 귀왕전의 선우무혁과 함께 천왕교의 정점에 서게 된 것이다.

친구가 그리되었으니 좋아해야 하나?

한데 그럴 수가 없을 것 같다. 그 대가로 얼마나 더 많은 피가 흐를지 모르는 것이다.

오히려 그 생각을 하는 것만으로도 등줄기가 서늘해진다. 오한이 이는 것만 같다.

그때 하천광이 나직이, 이를 갈며 말했다.

"천왕대전에서 조사한다고 하지만, 솔직히 믿을 수 없네. 어쩌면… 그들도 이 일에 관여되었을지 모르니까. 내 생각이 틀리지 않다면 말이야."

말을 이어가는 하천광의 노안이 파르르 떨리더니 서서히 새파란 불꽃이 피어났다.

"내 다른 것은 몰라도, 내 자식들의 원수는 필히 갚을 것이네. 무슨 수를 써서라도."

유난히 복수를 강조하는 목소리가 가늘게 떨린다.

유옥은 뭐라 위로를 하고 싶어도 입이 떨어지지 않아 고개를 돌렸다. 자신조차 짙은 무력감을 느끼거늘 하천광은 오죽할까.

'대단하구나. 미처 대항할 틈도 없이 천양원을 무너뜨리다니. 하지만 군악, 아직 끝난 것은 아니다. 아직은……'

4

"그가 본격적으로 움직였다."

의자에 깊숙이 몸을 묻은 선우무혁이 나직이 말하자 선우소소의 가녀린 목소리가 가늘게 떨려 나왔다.

"정말 무서운 사람이에요. 단숨에 천기원이 그의 손아귀에 들어갔어요. 게다가 어쩌면 천양원마저……."

그 말에 선우진진이 싸늘하게 코웃음을 쳤다.

"흥! 그렇게 날뛰다가는 언젠가 된통 당할 때가 있을걸?"

그녀는 조용한 천왕교에 풍파를 일으키는 백리군악이 마음에 들지 않았다. 지금은 어쩔 수 없어 보고만 있지만, 기회가 되면 언제고 따끔한 맛을 보여주고 싶었다.

"아버지는 어떻게 하실 생각인가요? 그냥 보고만 계실 거예요?"

선우무혁의 녹염이 바람도 없는데 잘게 흔들렸다.

"천왕과 집마원이 놈의 뒤에 있다. 너무 완벽하게 처리했어. 누구도 끼어들 수 없도록 말이야."

그는 눈빛을 빛내며 선우진진을 쳐다보았다.

"하 원주의 손녀와 유옥이라는 자가 매우 가까운 사이인 것 같던데, 어쩌면 그도 다칠지 모르겠다."

순간 선우진진이 발딱 일어섰다.

"만일, 그가 유옥을 건드린다면 제가 가만있지 않을 거예요!"

"백리군악은 소소의 남편이 될 사람이다. 나는…… 네가 그를 잊었으면 싶구나."

"아버지!"

빽, 소리를 지른 선우진진이 입술을 깨물었다.

아버지의 말투에서 아버지가 이미 유옥을 포기했다는 것을 느낀 것이다.

"그는 백리군악 못지않은 사람이에요. 아니, 백리군악보다 더 뛰어난 사람이라구요. 저는 절대 포기 못해요!"

그녀가 고개를 저으며 악쓰듯 외쳤다. 하지만 선우무혁의 눈빛은 조금도 흔들리지 않았다.

"그래, 내가 알아본 바로도 그는 매우 뛰어난 사람이다. 절대 놓치고 싶지 않을 정도지. 하나 그는 하은설의 남자야. 분명 그는 천양원을 도우려 할 텐데, 우리가 그를 돕는다면 백리군악과 등을 돌려야 한다. 이 아비는 확실치도 않은 사람 때문에 그를 적으로 삼고 싶지는 않다. 솔직히 말해서, 백리군악과 유옥 중 한 사람을 택하라면, 나는 백리군악을 택할 수밖에 없다. 그래도 그는 소소의 남편 될 사람이 아니더냐."

확고하게 굳어진 마음이다. 선우진진은 털썩 주저앉으며 선우무혁을 향해 사정하듯 말했다.

"하지만 저는……. 아버지, 아버지라면 그를 도울 수 있는 방법이 있을 거예요. 그렇죠?"

처음 보는 모습이었다. 울먹이는 선우진진의 모습은 상상
조차 하지 않았었다. 하지만 안 되는 일은 안 되는 일이었다.

선우무혁은 고개를 돌려 창밖을 바라보았다.

"그냥 지나가는 구름이었다 생각해라."

선우진진이 벌떡 일어섰다.

"저는 그렇게 할 수 없어요. 아버지가 도와주시지 않겠다
면, 저라도 도울 거예요!"

그녀는 이를 지그시 깨물고 뒤돌아섰다.

"미안해요, 아버지. 이번만 봐주세요."

"아니다. 미안한 건 오히려 나다."

선우무혁의 가라앉은 목소리에 선우진진의 어깨가 떨렸
다.

그녀는 아무런 말도 하지 않고 조용히 앉아 있는 선우소소
를 바라보았다.

"소소야, 이 언니 마음 이해하지?"

선우소소가 고개를 끄덕였다. 왠지 슬픈 표정이었다.

"알아요, 언니. 그래서 더 미안해요."

그녀의 말이 여운을 남기고 스러질 즈음이었다.

스륵, 방문이 열리더니 세 명의 노인이 들어섰다.

그들을 향해 선우무혁이 말했다.

"큰아이를 당분간 부탁하겠소."

선우진진의 굳어버린 눈이 한껏 커졌다.

그녀는 들어선 사람들이 누군지, 누구보다 잘 알고 있었다.

귀왕제일검이라는 무정검귀 양우진과 두 명의 노인. 그들은 귀왕전에서 귀왕을 제외하고 가장 강하다는 귀왕삼노였다. 귀왕을 보필하며 귀왕전의 위급시에만 모습을 보인다는 귀왕삼노 말이다.

그녀는 천천히 돌아서서 선우무혁을 응시했다.

"아버지……?"

선우무혁이 안쓰러운 표정으로 손을 들었다.

번쩍! 한줄기 녹광이 선우진진의 목 어림을 스치고 지나갔다.

"정말 미안하다. 몇 달이면 조용해질 테니 그동안 쉬도록 하거라."

마혈이 찍힌 채 쓰러지는 선우진진의 눈이 거세게 떨렸다.

"후회…… 하실 거……."

第八章

단정(斷情)

死星
天血

1

천왕제일지(天王第一地). 천왕대전의 내전 깊숙한 곳.

황금빛 휘장이 둘러쳐진 방 안에 침묵이 흘렀다.

넓은 방 안에 앉아 있는 사람은 단 세 사람. 그들의 앞에 놓인 찻잔에서 풍겨지는 은은한 다향이 침묵의 무게를 더해주었다.

용포를 입은 커다란 체구의 장년인이 상석의 커다란 태사의에 몸을 묻고, 그 아래에는 풍성한 백염을 늘어뜨린 청의노인과 티 하나 없는 백의에 문사건을 쓴 이제 스무서너 살 정도의 청년이 앉아 있었다.

세 사람 앞에 놓인 찻잔이 바닥을 드러낸 걸 보니 마주 앉은 지 오래인 듯했다.

청의노인 헌원무강이 짜증나는지 눈살을 찌푸리며 침묵을 깼다.

"정말 혈사자가 그란 말입니까, 교주?"

"호법들이 확인한 일이오."

혈마를 죽인 혈사자의 정체가 밝혀졌다. 어이없게도 놈은 마금종을 죽이고, 그 뒤에 사령을 죽인 바로 그놈이었다. 절대 가능성이 없을 것 같았던 일이 사실이 되어버린 것이다.

헌원무강으로선 당장 달려가 갈기갈기 찢어 죽이고 싶었다. 그렇게 해서라도 비명에 간 의제의 한을 풀어주고 싶었다.

한데 거기에서 예상치도 못했던 문제가 그의 발길을 붙잡았다.

"놈이 암천혈왕의 수족인 천왕감찰령주라니……. 대체 어떻게 그런……."

바로 그것이었다. 그의 신분이 놀랍게도 암천혈왕의 친위세력이자 천왕교의 감찰을 책임진 천왕감찰령주였던 것이다.

"아마 태대원로가 죽기 전에 그에게 지위를 물려준 것 같소."

"하면 그를 죽일 방법이 없단 말씀입니까?"

"최소한 공식적으로는 그렇소. 그가 극악무도한 일을 저지르지 않는 한은."

사도궁헌의 나직한 말에 백리군악이 조용히 말했다.

"제가 맡으면 어떻겠습니까?"

헌원무강이 눈을 가늘게 뜨고 못미더운 표정을 지었다.

"자네가?"

"그가 과거 제 친구였다는 것은 아시고 계실 터, 친구와 마지막 정담 정도는 나눠야 하지 않겠습니까?"

물론 헌원무강도 알고 있는 사실이었다. 그 사실을 구실 삼아 백리군악을 곤경에 몰아넣을 생각까지 한 그가 아니었던가.

그런데 백리군악이 먼저 그 사실을 밝히자 헌원무강은 은근히 아쉬운 마음이 들었다.

"암천혈왕은 물론이고, 나머지 감찰사자에 대해서 밝혀진 것이 아직 없는데도?"

"그렇다고 마냥 기다릴 수는 없지 않겠습니까? 차라리 혈사자를 제거하면서 그들이 나타나기를 기다리는 것이 나을지도 모르는 일이지요."

거대한 체구의 장년인, 사도궁헌의 고개가 천천히 끄덕여졌다.

"그렇게 하도록 합시다, 원주. 이백 년이 넘도록 나타나지 않은 암천혈왕이 당대에 나타난다는 보장도 없는 일이고, 감찰사자들도 활동을 하지 않은 지 오랜 세월이 지났소. 그 하나 죽인다고 무슨 일이 있겠소?"

의세의 복수를 하는 것도 중하지만, 아직 모습을 감추고 있는 천왕감찰사자들의 표적이 되기는 더욱 싫은 헌원무강이었다.

더구나 만인지상 천왕이 그렇게 하자고 하지 않는가 말이다.

헌원무강이 마지못한 듯 입을 열었다.

"하긴…… 험, 어쨌든 조심해서 처리해야 할 것이네."

백리군악은 천천히 고개를 들고 고요한 눈빛으로 두 사람을 바라보았다.

이미 계획은 서 있는 상태다.

그가 죽어야 한다면, 그를 죽일 수 있는 사람은 자신이어야만 했다. 친구라 불렀던 이의 목숨을 다른 사람에게 맡기기는 싫은 것이다.

하지만 그보다 더 중요한 이유는 따로 있었다.

'당신들은 아직 그를 몰라. 그가 얼마나 두려운 존재인지. 하늘조차 그를 죽이기가 쉽지 않다는 것을……'

2

단 사흘 만이었다.

천왕교의 한 축인 천양원의 주인이 바뀌고, 하천광을 비롯해 하경연과 하은설 등 하씨 일족은 남쪽의 작은 장원으로 옮겨졌다.

그리고 장원은 곧바로 천왕의 명이 떨어지기까지는 아무도 드나들 수 없는 금지로 선포되었다. 말로는 천기원과의 다툼을 막기 위한 어쩔 수 없는 조치였다고 하지만, 그 말을 곧이곧대로 믿는 사람은 거의 없었다.

유옥은 갑작스런 진행 상황에 가슴이 답답하기만 했다.

하천광과 벌여놓은 일은 이미 중단된 상태였다. 게다가 하은설도 만날 수 없는 상황이었다.

혼자서라도 움직일 생각했지만, 최근 들어 자신을 감시하는 눈길이 부쩍 늘어난지라 그것도 마땅치 않았다.

자칫 실수라도 하는 날이면 모든 것이 파멸이었다. 자신과 의부 외에는 친구들도, 하씨 일족도 결코 저들의 손길에서 벗어날 수 없었다.

군악이도 그것을 잘 알고 있을 터였다. 어쩌면 우습게도 자신을 잡을 수 있다는 확신이 없기 때문에, 모든 것을 알면서도 자신들을 그냥 놔두고 있는지도 몰랐다. 자신을 놓치면 건드리지 아니함만 못하다 생각하고 있을 테니까.

그렇다고 무한정 시간이 있는 것도 아니었다.

그는 다른 사람이 아닌, 무정마유 백리군악이 아니던가.

분명 그는, 다른 방법을 생각해서라도 자신의 목적을 달성하려 할 것이 분명했다. 그게 어떤 방법이 되었든.

'차라리 내가 먼저 군악이를 찾아가 볼까?'

그런 생각을 안 해본 것은 아니었다. 하지만 더욱 강하게 보강된 기문진과 수많은 눈이 지켜보고 있는 상황에서는 무령풍이 제아무리 고금제일의 신법이라 해도 소용이 없었다.

'후우……. 일단 사태가 진정될 때까지 기다려야 한다는 말인가?'

다른 방법이 없었다. 천왕교 전체가 들썩거리는 판이었다.

유옥은 당분간 하천광과 하은설을 만나는 것을 포기하고 절혼대의 자기 방에 틀어박혔다. 그러고는 아무도 들어오지 못하게 방문을 걸어 잠그고 뭔가를 정리했다.

그렇게 이틀이 지난 오후였다. 마침내 유옥이 방문을 열자 사진옥이 기다렸다는 듯 방으로 들어왔다.

"무슨 일을 하느라 방문까지 걸어 잠근 거야, 대형?"

"정리할 게 있어서. 그건 그렇고, 요즘 상황은 어떠냐?"

"완전 살얼음판이야. 당장이라도 한바탕 피바람이라도 불 것 같아. 천기원의 문사들이 천양원에 들어갔는데, 천양원의 무사들이 노골적으로 불만을 표시하고 있어."

당연히 그럴 것이다. 그러나 그 또한 오래가지 않아 조용해질 터였다. 세월이 지나면 제아무리 강한 풍파도 가라앉는 법이니까.

"진옥, 애들에게 말해서 함부로 움직이지 말라고 해. 우리를 감시하는 눈길이 한시도 떨어지지 않고 있다."

'방 안에 틀어박힌 사람이 언제 그걸 안 거야?'

사진옥은 어이없는 눈으로 유옥을 한 번 흘겨보고는 한숨을 내쉬었다.

"후우, 그러잖아도 최대한 조심하고 있어."

힘없이 대답하는 사진옥에게 유옥이 네 권의 얇은 책자를 툭 던졌다. 책자는 잘해야 각각 이십여 쪽밖에 되어 보이지 않는데, 아직도 묵향이 묻어 나올 정도로 새것이었다.

"나중에 전해줄까 했는데, 시간이 없을 것 같아서 정리해 봤다."

"뭐지?"

"구관에서 얻은 구결을 각자 적성에 맞게 고쳐 보았다."

사진옥의 눈이 휘둥그레졌다.

"그럼 이것 때문에……?"

"아마 당장 익히기는 힘들 것이야. 그러니 너무 조급하게 익힐 생각 말고 천천히 파고들어 봐. 시간 날 때마다 내가 손 봐줄 테니까."

오랜만에 사진옥의 눈에서 광채가 솟았다.

"이게 바로 구관에 들어가야만 얻을 수 있는 무공이란 말이지?"

"문제는 내공인데, 현재로선 내가 추궁과혈을 해주는 정도밖에 방법이 없을 것 같다. 다행히 사부님이 나에게 썼던 방법을 알고 있으니까 그걸 응용하면 될 것 같기도 하고 말이야."

사진옥의 눈에 고였던 광채가 와르르 쏟아졌다.

"우흐흐흐, 그 정도만 해도 감지덕지지."

한데 그때였다. 황홀한 눈으로 조심스럽게 책을 쓰다듬던 사진옥이 슬쩍 눈을 치켜떴다.

"그런데… 예종은 어떡하지? 추궁과혈을 하려면 주물러야 할 텐데……."

"……."

두 사람은 고민에 고민을 거듭했지만 마땅한 답이 나오지
않았다.

한데 일각 후, 순찰 임무를 마치고 돌아온 예종에게 그 말
을 하자, 예종이 남자처럼 대소를 터뜨렸다.

"우하하하! 대형이 주물러 준다면야 대환영이지!"

상유상이야 억지로 썩은 미소를 짓던가 말던가, 예종은 이
게 웬 떡이냐는 표정이었다.

"이거 오랜만에 가슴이 벌떡거리는데? 절정의 무공구결도
얻고 대형의 손길을 받을 수 있다니. 우히히히히……."

배배 몸을 꼬는 예종을 더는 못 보겠는지 상유상이 구시렁
거리며 한 소리 했다.

"차라리 곰을 주무르는 게 낫지."

순간 예종의 눈길이 창끝처럼 변해서 상유상의 얼굴을 파
고들었다.

"걱정 마! 네 돼지 발로 주무르라고는 안 할 테니까."

상유상이 찍소리도 못하고 고개를 돌리자, 유옥은 풀썩 웃
으며 조용히 말했다.

"오늘 저녁부터 한 사람씩 자시가 되면 내 방으로 찾아와
라. 일단 후명이부터 시작하지."

"나부터?"

"그래. 네가 먹은 세 가지 영약의 약효를 최대한 끌어올리면 적잖은 내공을 얻을 수 있을 것이다. 약효를 잘 받게 하기 위해서 계속 손을 썼었으니까, 조금만 더 하면 될 거다."

그동안 까맣게 잊고 있던 일이었다. 당장 몸이 낫는 것에만 신경을 썼지 영약의 효과에 대해선 누구도 생각을 못했었다. 어찌 생각하면 그걸 생각 못했다는 게 우스운 일이었지만, 그만큼 당시 상황이 그 모든 것을 잊을 정도로 급박했다는 말이었다.

유옥의 말이 떨어지고 나서야 영약에 생각이 미친 세 사람이 일제히 고후명을 쳐다보았다. 부러움이 가득한 표정이었다. 그중에서도 상유상의 눈빛은, 피 한 사발만 얻었으면 하는 듯 보일 지경이었다.

그런 세 사람의 눈빛에 고후명이 씩 웃었다.

"왜? 부러워? 그럼 너희도 집마사령에게 끌려가서 팔다리 찢어져 봐. 톱질도 좀 당하고. 그럼 내 피를 다 빼서라도 낫게 해줄 테니까."

은근한 목소리였다. 그렇게 된다면 얼마든지 해줄 수 있다는 표정이었다. 뚫어지게 바라보는 고후명의 눈빛을 견디지 못한 세 사람은 슬며시 고개를 돌렸다.

"아니 뭐……. 누가 뭐랬나? 이제 다 나았나 해서 본 거라구."

"그럼, 다 나은 것 같아 기분이 좋아서 본 것뿐이지. 우리는 네 피 안 마셔도 돼."

"남자 피 마시면 수염 난다고 하던데……. 내가 왜 마셔?"

그러고 보니 예종도 상유상과 같은 생각을 했던 듯하다. 고개를 돌리는 표정에 여전히 아쉬움이 남아 있다.

유옥은 어이없는 표정으로 네 사람을 둘러보고는, 소리없이 웃으며 입을 열었다.

"좀 특별한 추궁과혈이라 조금 아플 거다. 고통을 참을 수 없는 사람은 오지 않아도 된다."

물론 그 말에 그러마 하고 대답할 사람은 한 사람도 없었다.

그날 저녁부터 시작이었다.

고후명을 필두로 한 사람씩 유옥의 방을 찾아들었다.

유옥은 칠성의 천라혈왕공을 끌어올려 추궁과혈로 진기타통을 시도했다.

최소한 막힌 혈도를 뚫고 길을 넓혀주어야 했다. 그러기 위해선 일반적인 추궁과혈로는 어림도 없는 일이기에 천라혈왕공을 칠성이나 끌어올린 것이기도 했다.

생각대로만 된다면, 이삼 년 안에 절정의 경지에 이를 수 있을 터였다. 물론 그만큼의 노력이 뒤따라야 한다는 것은 너무도 당연한 것이었다.

다행히 시간만 나면 자신들의 몸을 학대하지 못해 안달하는 사람들이니만큼 그것은 그리 걱정하지 않아도 될 듯했다.

그리고 사흘이 지나자 예종이 실실거리며 찾아왔다.

그날 유옥은 세 사람을 합친 것보다 더 힘들게 추궁과혈을 마치고 심각한 고민을 해야만 했다.

'다른 방법이 없을까?'

그리고 꼬박 밤을 세고 나서야 한 가지 방법을 생각해 냈다.

격공추궁과혈.

훨씬 더 힘들어도 그것이 더 나을 것 같았다.

그렇게 보름이 지난 날 아침, 식사를 마친 지 얼마 되지 않았을 때다. 고후명이 천기원에서 온 손님을 데리고 유옥을 찾아왔다. 삼십대 초반의 문사, 방운휴였다.

"주인께서 천 공자님을 청하셨습니다."

"무슨 일로 부른 거요?"

"점심을 함께하고 싶어하십니다. 꼭 와주셨으면 하셨습니다."

"나 혼자 말입니까?"

"예, 공자. 오랜만에 두 분이서 나눌 이야기가 있다 하셨습니다."

언뜻 들으며 아무것도 아닌 것처럼 들렸다. 하지만 그 말을 전해 들은 유옥은 가슴에 손가락 굵기의 바늘이 꽂힌 것만 같았다.

모르면 차라리 속이라도 편할 텐데, 그의 초감각이 위험을 예고하고 있었다.

눈앞에 있는 서생이 뭔가를 알고 있다는 것을. 그것이 극히 위험한 어떤 것이라는 것을!

유옥은 속으로 가슴을 짓누르고 나직이 물었다.

"언제쯤 가면 되겠습니까?"

"오시가 지날 무렵에 오시면 안내할 사람을 준비해 놓겠습니다."

"알겠습니다. 그때 가지요."

"그럼 그리 전하도록 하겠습니다, 공자."

방운휴가 조용히 허리를 숙이고 절혼대를 나섰다.

유옥은 그가 사라질 때까지 움직이지 않았다. 그렇다고 해서 방운휴를 바라보는 것도 아니었다.

유옥은 방운휴가 완전히 보이지 않을 즈음에서야 허공에 걸린 시선을 천천히 내리며 생각에 잠겼다.

아무리 생각해도 결론은 하나였다.

'때가 되었다 생각한 것일까? 어느 쪽으로든 결정할 때가?'

그때까지 옆에 서 있던 고후명이 조용히 입을 열었다.

"대형, 왠지 기분이 안 좋아. 혹시 무슨 꿍꿍이가 있는 거 아닐까?"

자신처럼 특별한 능력이 없는 고후명도 이상함을 느낀 듯하다.

문득 유옥은 그 사실에 속으로 쓴웃음이 나왔다. 자신이 지닌 능력과 고후명이 지닌 예감의 차이는 오직 하나였다.

추측과 확신!

고후명은 추측을 할 뿐이지만, 자신은 확신을 하고 있는 것이다. 그래서 더 가슴이 아팠다.

군악의 마음을 알기에.

그걸 알면서도 고후명에게 말할 수 없기에.

"글쎄, 후명, 너는 일단 진옥에게 이 사실을 알리고, 천기원의 동태를 철저히 감시하라고 해."

"알았어."

고후명이 미적거리더니 어쩔 수 없다는 듯 밖으로 나갔다. 아마 밖으로 나가서는 죽어라 뛰어서 사진옥에게 갈 게 분명했다.

'미안하다, 후명. 사실대로 말하지 못해서.'

유옥은 그 뒤로도 일각이 더 지나서야 자리에서 일어났다.

갑자기 의부가 보고 싶었다. 의부라면 혼란으로 범벅된 자신의 마음을 다스려 줄지도 몰랐다.

아버지의 넓고 깊은 가슴이라면, 자신의 참담한 고통을 모두 끌어안아 줄지도 몰랐다.

아직 시간은 두 시진 가까이 남아 있었다. 마음을 정리하기에는 충분한 시간이었다.

유옥은 다른 사람의 눈을 의식하지 않고 오늘만큼은 곧바로 패왕전으로 향했다.

풍백은 유옥의 표정만 보고도 뭔가 일이 있음을 눈치 채고는 잠시도 쉬지 않고 자꾸만 물었다.

[무슨 일이냐? 뭔데 잘난 얼굴이 그렇게 죽상으로 변한 것이냐? 혹시 하 아가씨에게 무슨 일이라도 생긴 거 아니냐?]

"아니에요. 며칠간 보지 못해서 그렇지 아직 설아에게 무슨 일이 있다는 소리는 듣지 못했어요. 일단 들어가세요. 다 말씀드릴 테니까요."

유옥은 대답을 재촉하는 풍백을 억지로 방에 밀어 넣었다. 그러고는 군악이와의 점심 약속에 대해 말했다.

어찌 보면 아무것도 아닌 것처럼 보일 수도 있었다. 점심한 끼 같이 먹는 것이 무슨 대수일까.

하지만 풍백도 불안함을 느꼈는지, 그 이야기를 듣더니 가느다란 눈을 더욱 길게 늘어뜨렸다.

[그동안 만나는 것조차 조심스러워했던 그가 무슨 생각으로 갑자기 너와 점심을 함께하자는 거지?]

풍백의 의문을 모르는 그가 아니었다. 그 누구보다도 그가 잘 알고 있었으니까.

"이제는 누구 눈치 볼 것 없으니까 그런 거겠죠."

그래도 말은 별것 아니라는 투로 했다.

[조심해라. 뭐 네가 잘 알아서 하겠지만, 위험하면 바로 나오고.]

그런데도 풍백은 이미 군악이 좋지 않은 생각으로 자신을 불렀다고 확신한 듯했다.

씁쓸했다. 어쩌다 일이 이 지경이 된 걸까?

"저… 아버지, 정말 군악이 좋지 않은 생각으로 부른 거라면

제가 어떻게 해야 할까요? 아버지라면 어떻게 하시겠어요?'

그러자 한참을 묵묵히 바라보던 풍백이 힘들게 손을 들었다.

[나라면…… 일단 간다. 미리 겁먹고 친구를 외면하는 것은 남자가 아니거든.]

유옥의 입꼬리가 슬며시 올라갔다.

그러실 줄 알았다. 아버지라면 백에 하나만 가능성이 있어도 그렇게 할 거다. 그래도 하나가 남잖냐면서.

유옥은 보다 가벼워진 마음으로 피식 웃었다.

"걱정 마세요, 아버지. 제가 마음먹으면 누구도 저를 어쩌지 못한다는 거, 아버지가 더 잘 아시잖아요."

[하긴…….]

그래도 마음이 놓이지 않는지 풍백이 빠르게 말을 이었다.

[그래도 혹시 모르니까, 늦어지면 내가 가마.]

"그러세요. 아버지가 오신다면야 제가 무슨 걱정을 하겠어요?'

무슨 일이 생길 경우 의부에게 뒤를 맡길 수 있다는 것. 그 것만으로도 유옥은 마음이 든든했다.

역시 아버지를 찾아오길 잘했다는 생각이 든다.

"저 갈게요. 그리고 무슨 일이 있으면 사람을 보낼게요."

유옥은 보다 가벼워진 마음으로 방을 나섰다. 오시가 반 시 진밖에 남지 않은 것이다.

풍백은 멀어지는 아들의 등을 바라보고는 천천히 고개를

들었다.

하늘에 옅은 구름이 몰려오고 있었다.

'아들아, 너무 걱정 마라. 태대원로께서 그러셨단다. 너는 백 살도 더 넘게 살 거라고 말이야. 그분이 그렇게 말했으니, 너는 백 살도 넘게 살 거다. 분명히!'

확고한 믿음이었다.

만일 그러지 못할 거 같으면 자신이 그렇게 만들면 된다.

자신에게는 아들 하나쯤 그렇게 만들 능력이 있으니까.

유옥은 절혼대로 돌아와 조용히 운기를 하며 오시가 되기를 기다렸다.

하천광과 하은설에게도 알릴까 했지만, 굳이 그러지는 않기로 했다. 알린다 해서 달라질 일도 아니고, 하은설에게마저 걱정을 끼치고 싶지는 않았다.

대신 그동안 넣어두었던 검은 가죽 옷을 꺼내 입고, 천라혈왕공을 대주천시키며 몸을 최상의 상태로 끌어올렸다.

그리고 마침내, 해가 중천에 떠오르자 유옥은 천천히 몸을 일으켰다.

그때였다. 사진옥이 방으로 들이닥쳤다.

"계속 천기원을 살펴봤는데, 좀 이상해. 한 시진째 아무도 접근을 못하게 하고 있어. 아무래도 느낌이 안 좋아. 가면 안 돼, 대형! 분명 좋은 의도로 부른 것이 아닌 것 같아!"

"맞아! 절대 가면 안 돼! 가지 마, 대형! 점심을 먹으려면 다른 곳에서 먹어도 되잖아. 왜 하필 천기원이야?"

뒤따라 들어온 상유상과 예종마저 절박한 표정으로 유옥을 말렸다.

하지만 가지 않을 수는 없었다.

친구가 부르고 있다.

설령 이들의 생각처럼 그가 무슨 일을 꾸밀지 몰라도, 그곳이 진짜 지옥이라 하더라도 그는 가야만 하는 것이다.

"내가 누구냐? 그리고 군악이는 너희 생각처럼 그렇게 독한 사람이 아니다."

독한 사람이 아니라고? 무정마유 백리군악이?

피바람을 일으켜 천기원과 천양원을 동시에 거머쥔 그가?

부릅뜬 눈을 파르르 떠는 네 사람을 향해 유옥이 조용히 말했다.

"나를 낳아준 분은 부모였고, 키워준 분은 사부님과 의부였지. 하지만 그 이전에 군악이는 절망에 빠져 있던 어린 나를 일으켜 세워줬어. 그리고 목숨도 구해줬지. 너희라면 의심된다고 해서 그런 친구를 외면할 수 있겠어?"

네 사람이 입을 닫고 유옥을 바라보았다.

어쩌면 자신들이라 해도 유옥과 같은 행동을 할지 몰랐다. 그것이 아무리 바보 같은 행동이라도, 분명 그렇게 했을 것이다.

대형을 위해 살이 찢기면서도 입을 다문 고후명처럼!

바보 같은 대형! 바보 같은 대형!

유옥은 네 친구의 눈빛이 말하는 바를 알고 조용히 웃었다.

'때론 바보 같은 친구도 필요한 법이야.'

그리고 담담히 말했다.

"내 목숨 하나는 그의 것이야."

사진옥이 빽 소리쳤다.

"대형 목숨이 두 개야? 하나를 그에게 주게?"

"아직 확실한 것은 아무것도 없어."

"열에 아홉은 확실하잖아!"

"그럼 하나가 남는군. 그 정도면 충분해."

'백에 하나만 가능성이 있어도 그렇게 할 거다. 열에 하나면 넘치고도 남아.'

더 이상 유옥의 마음을 움직일 수 없다는 걸 알았는지 사진옥 등은 눈에 힘을 주고 바라보기만 했다.

그러자 유옥이 나직이 말했다.

"안에서 내 웃음소리가 들리거든, 너희는 의부께 가서 내가 기다린다고 말씀드려라. 그러면 알아서 움직이실 것이다. 그러고 나서 전에 내가 가라고 했던 그곳으로 가라. 만일 내가 찾지 않거든, 그곳에서 힘을 키워라. 내가 부를 때까지."

사진옥이 입술을 깨물고 말했다.

"그럼 한 가지 약속을 해."

"말해봐."

"꼭… 찾아와. 반드시! 아니면 그곳에서 죽을 때까지 안 나올 테니까."

유옥이 슬쩍 장포 안쪽을 보여주고는 조용히 웃었다.

"걱정 마라. 속에다 보호복까지 입었으니 어지간한 놈은 내 몸에 흔적도 못 남길 거다. 그럼 갔다 오마."

그가 준비한 것 중의 하나, 지옥십관에서 얻은 검은 가죽으로 만든 보호복이었다. 그동안 잊고 있던 것을 찾아 입은 유옥의 마음은 그 자체만으로 씁쓸했다. 그래도 겉으로는 밝게 웃으며 돌아섰다.

"기다려라, 내가 꼭 찾아갈 테니까."

그때 사진옥이 돌아서는 유옥의 등을 향해 불쑥 손을 내밀었다.

"이거 받아."

유옥은 고개를 돌리고는 사진옥이 내민 손을 바라보았다.

사진옥의 손에는 꾸깃꾸깃 구겨진 종이가 곱게 접혀서 들려 있었다.

"뭐지?"

"팔관에서 대형 생각날 때마다 외운 걸 적은 거야. 대형이 사관에서 배웠던 심법과 비슷해 보이더라고. 뭐 이제는 소용없을 테지만……."

유옥은 느릿하니 손을 뻗어 사진옥에게서 종이를 건네받았다.

팔관에서 얻었다고? 사관의 심법과 비슷해 보였다고?

천천히 종이를 펼치는 유옥의 눈이 격동으로 떨렸다.

천라혈왕공이 점점 강해질수록 뭔가 미진한 점이 있다는 것을 느낀 그였다. 그리고 그 이유가 어쩌면 팔관에 있을지도 모르는 구결이 빠졌기 때문일 거라 생각했었다.

해서 유옥은 언제고 팔관에 들어가 봐야겠다는 생각을 하고 있던 터였다.

한데 이제 그럴 필요가 없을지도 몰랐다. 사진옥의 말대로라면 말이다.

종이가 완전히 펴지자 빽빽이 들어찬 글자가 보였다.

순간 글을 읽어가던 유옥의 입가로 희미한 미소가 번졌다.

"자식, 이런 게 있으면 진작 주지."

비웃기는커녕 생각 외로 유옥이 진정으로 기뻐하자 사진옥의 얼굴에도 웃음이 그려졌다.

"다행이네. 난 또 대형이 비웃으면 어쩌나 생각했는데……."

"고맙다, 진옥. 덕분에 기분이 훨씬 좋아졌어."

유옥은 조심스럽게 종이를 접어 품속에 집어넣었다.

그리고는 네 사람을 둘러보았다.

"군악이도 친구지만, 너희도 내 친구야. 알지?"

네 사람이 동시에 고개를 끄덕였다.

떨어지려는 눈물을 악착같이 구겨 넣고서.

第九章
그리고 그날…….

千秀芳景深夏掩雲霧　雨間容崖現政

幸閒放逐天下　澄武和私政密　　果一

革閒放逐天下　澄武和私政密

長座前再拜禮一天師與

道吉廣為傳

日弟子趙孟順敬書至大改元四月

死星
天血

1

　호박색 술빛은 너무도 고왔다.

　그는 옥으로 깎은 듯한 손가락을 뻗어 술잔을 잡았다.

　입고 있는 옷은 어둠처럼 칙칙한 흑의였지만, 입가에는 맑은 웃음이 걸려 있었다.

　마주 앉은 옥색 비단 장삼을 걸친 청년의 무표정과는 대조적이었다.

　그는 단숨에 술잔을 목구멍 너머로 털어 넣었다.

　"하하하하! 진짜 좋군! 이렇게 좋은 술을 이제야 마셔보다니."

　그러고는 다시 술병을 들어 자신의 술잔에 호박색 술을 가득 따랐다.

그런 모습을 묵묵히 바라보고 있던 옥색 장삼의 청년이 여전히 무표정한 얼굴로 물었다.

"왜 그 술을 마시는 건가?"

"친구가 주는 술이니까."

망설임없이 답한 그가 다시 한입에 술잔을 비워 버렸다.

"왜 나를 원망하지 않나?"

쪼르르…….

그는 대답을 미루고 술잔을 채웠다. 술잔이 채워지자 입을 열었다. 여전히 붉은 입술에 웃음을 매단 채.

"너와 난 친구니까."

둘이 마주 앉은 후 처음으로 옥색 비단 장삼 청년의 얼굴에 표정이란 것이 떠올랐다. 비록 눈꺼풀이 보일 듯 말 듯 떨린 정도에 불과했지만.

"훗! 천왕교의 무정혈(無情血), 무정마유(無情魔儒)라는 네 별호에 어울리지 않아."

그가 피식 웃으며 아홉 번째 잔을 비우고는, 술잔을 탁 소리가 나게 탁자에 내려놓고 기분 좋은 얼굴로 말했다.

"넌 나를 구하겠다고 그 험한 급류 속에 뛰어든 친구야. 설마 잊은 건 아니겠지? 그때 네가 아니었으면 나는 죽었을 거야. 틀림없어."

"그거야 네가 먼저 한수(漢水)의 흙탕물에 빠진 청아를 구했기 때문이지."

"아마 그 이유가 아니라도 넌 나를 구했을 거야. 안 그래?"

"어쩌면… 그랬을지도……."

"그래, 그래서 내가 이 술을 기분 좋게 마시는 거야. 친구를 위해서."

그의 눈자위가 검게 죽어가고 있었다.

세상에서 단 몇 사람만 아는 절대고수의 혈관이 녹아들고 있었다.

친구를 위해서.

기분 좋게 웃으면서.

그가 찡긋 한쪽 눈을 감으며 말했다.

"하지만 이번만이야. 다음부터는 술에다 학정홍(鶴頂紅) 같은 것은 넣지 마. 으음, 혈시독(血屍毒)도 들은 것 같군. 역시 뒷맛이 별로야."

글쎄. 나도 다음이 있었으면 좋겠군.

"미안하다, 유옥."

"친구지간에 미안하단 말은 하지 않는 게…… 좋… 아."

"네가 전대 교주의 죽음에 대해 너무 깊숙이 파고들어 온 것이 잘못이었어."

턱!

유옥은 탁자를 손바닥으로 내려치듯이 짚으며 몸을 일으켰다. 친구 앞에서 흔들리는 모습을 보이기는 싫었다.

"가봐야겠다. 으음, 의부께서… 기다리시겠… 어."

마지막 말이 끝날 즈음, 한 방울 시커먼 핏방울이 입꼬리를 타고 흘러내렸다.

그는 그 모습 또한 보이기 싫어 이를 악물고 돌아섰다.

"군악, 한 가지만 묻겠다. 내가…… 아직도 너의 친군가?"

순간, 옥색 장삼의 소맷자락이 찢어질 듯이 구겨졌다.

덜컥, 유옥이 방문을 열 때까지 백리군악은 대답을 하지 못했다.

자신이 없었다.

가슴이 답답해 목구멍이 열리지 않았다.

'차라리 나를 증오해라, 유옥!'

밖으로 내뻗은 유옥의 발끝이 미미하게 떨렸다.

"가슴이…… 많이… 아프군."

황혼이 빛바랜 싸라기처럼 흩뿌려져 허공을 부유하고 있었다.

자신의 마음만 같았다.

"왜… 말하지 않았지? 도와달라고 했으면…… 무조건 도왔을 텐데……."

백리군악이 유옥의 등을 향해 마치 남의 이야기를 하듯 말했다. 고저가 없어 목울대에서 억지로 끄집어낸 말처럼 들렸다.

"너는 너무 커. 내가 거둘 수 없을 정도로. 얼마 전에야 그걸 알았지. 그걸 알고 나서는 하는 수 없었다."

"큭, 군악, 네가 잘못 알고 있는 게 있구나. 내가 아무리 커도…… 결국은… 너를 벗어날 수 없었을 텐데…… 말이야."

"아니! 잘못 안 것은 너다, 유옥! 내가 하늘을 덮은 드넓은 구름이라면, 너는 언제든 그 구름을 날려 버릴 수 있는 폭풍이야. 누구도 견제할 수 없는 자유로운 폭풍 말이야."

"그래서… 네 목적에 방해가 될까 봐…… 제거하기로…… 한 것인가?"

"네가 있으면 이룰 수 없을 테니까."

"아직 끝난 것이…… 아니라는 거, 알지?"

백리군악은 벌겋게 충혈된 눈으로 유옥을 바라보았다.

"패천단이 기다리고 있을 것이야."

멈칫, 문고리를 잡은 유옥의 손에 힘이 들어갔다.

"큭, 그래?"

"혈마루도 움직였지. 루주의 복수를 하겠다더군."

집마원까지?

"신경을…… 많이… 썼군."

"신비의 혈사자를 상대하는 일이야. 그리 과한 것이 아니지."

"그건…… 네 말이… 맞아."

"해서, 마지막은 십팔마신 중 넷이 맡기로 했지."

자넨 정말 독한 사람이야.

"잘 가라, 유옥. 나중에 저승에서 보자."

글쎄, 그건 좀 곤란하군. 내가 죽고 싶어도, 내 의부가 원치 않을 거야. 너는 내 의부를 너무 모르는 것 같구나.

그때였다. 백리군악이 나직한 목소리로 중얼거렸다.

"그리고…… 너도 아는 사람이 올 거야. 미안하단 말을 하지 말라고 했지만, 그래도 그 일에 대해서만큼은 정말 미안하다."

땅도 울고, 바람도 울고, 구름도 울었다!

그리고 그날, 내 마음도 죽고, 하늘도 죽었다!

2

웃음소리는 크지 않았다.

하지만 천기선원의 밖을 지키던 수백 명의 무사들은 물론이고, 천기원의 담장에서 삼십여 장 떨어진 숲 속에 있던 사진옥 등도 바로 옆에서 듣는 것처럼 똑똑히 들을 수 있었다.

그 순간 천기원을 등지고 선 사진옥의 손이 하얗게 굳었다. 도드라진 힘줄이 금방이라도 튀어나올 것만 같았다.

이를 어찌나 세게 다물었는지 금방이라도 턱뼈가 근육을 찢고 튀어나올 것만 같았다.

절대 들리지 않았으면 하는 웃음소리가 들려온다.

무엇이 좋아 그렇게 웃는 거요, 대형!

피를 토하는 웃음 같잖소!

차라리 우시오, 울어! 악을 쓰란 말이오!

그 웃음소리에 내 가슴이 시커멓게 타고 있단 말이오!

그런데도 돌아서야만 하는 자신이 한없이 원망스럽다.

차라리 안으로 쳐들어갔으면 좋겠는데. 죽더라도 그렇게 했으면 좋겠는데!

"가자."

"대주!"

상유상이 철곤을 든 손에 힘을 주고 벌게진 눈으로 사진옥을 죽일 듯이 노려보았다. 하지만 사진옥은 그 눈빛을 외면하고 달라붙은 발을 땅에서 떼어냈다.

"대형 의부께 소식을 전하는 것이 우선이다. 비참한 일이지만, 우리가 이곳에서 할 수 있는 일은 아무것도 없다."

"…씨발. 알아, 알아! 나도 안다고! 들어가 봐야 우리 실력으로는 도움은커녕 방해만 된다는 거!"

상유상이 울부짖듯이 말하자 예종이 고개를 쳐들었다.

"지미! 이런 날은 비도 안 오네."

비라도 오면 눈물이 감춰질 거 아냐!

그렇게 말했는데도 머뭇거리며 쉽게 움직이지 못하는 세 사람이다. 사진옥이 돌아선 그대로 목에 꽉 찬 목소리를 토하듯이 쏟아냈다.

"알면 됐어! 그렇게 대형을 몰라? 대형은 죽지 않아! 대형이 그렇게 말했으니 틀림없어! 그러니 가잔 말이야!"

"으아! 제기랄!"

그래, 가자고, 가! 가서 죽어라 몸을 굴리는 거야!

그리고 대형이 오기를 기다리는 거야!

"안 오기만 해봐라! 대형이고 나발이고 가만두지 않을 테니까!"

*　　　*　　　*

생각했던 것보다 백리군악이 쓴 독의 힘은 강력했다.

전신 혈맥을 파고드는 독력을 억제하기도 힘든 상황. 무령풍은커녕 걷는 것조차 힘들었다.

다행이라면 이십여 장을 걷는 동안 자신을 막는 자가 없다는 것이다.

아마도 제풀에 지쳐 떨어지기를 기다리는 듯하다. 아니면 백리군악이 마지막 배려를 한 것이든지. 물론 그것은 아닐 테지만 말이다.

하지만 그것이 얼마나 큰 오산이며 착각인지는 오직 그 자신만이 알고 있는 일이었다.

'너희는 차라리 처음부터 공격했어야 했다.'

묘한 일이었다.

독의 힘이 강해지면 강해질수록, 시간이 지나면 지날수록 자신의 내부에서 반발하는 힘도 강해지고 있었다.

유옥은 어렴풋이 그 이유를 알고 고소를 금치 못했다.

지옥십관에서 삼켰던 두 알의 구슬, 자신에게 고통과 희망을 안겨주었던 그 구슬의 기운이 독의 확산을 막고 있었다.

아마 아무리 철저한 백리군악이라 해도 이런 경우는 꿈에도 생각하지 못했을 게 분명했다.

다만 독의 힘이 너무 강해서 당장 해독까지는 바랄 수 없다는 것이 안타까울 뿐이었다.

'조금만 시간을 더 끌면 신법을 펼칠 정도는 될 것 같은데…….'

물론 천기원에 펼쳐진 진세를 통과하지 못하면 아무 소용이 없는 일이다. 그러나 그만큼 오랜 시간을 견딜 수 있을 테고, 의부가 오면 함께 이곳을 벗어날 가능성이 그만큼 높아질 터였다.

의부가 전력을 다한다면 기문진을 힘으로 무너뜨릴 수 있을 테니까.

'일각만 되어도…….'

그러나 심술궂은 하늘은 온전히 그의 손만을 들어주지는 않았다.

그가 정원을 지나 대연무장에 이르렀을 때다. 둥근 천 가장자리에 먹이 번지듯 사방에서 소리없이 무사들이 쏟아져 나왔다.

짙은 핏빛 혈의를 입은 자들은 혈마루의 무사들이고, 감청색 무복을 입고 하나같이 장대한 체격을 자랑하는 자들은 패천단의 무사들이다.

그리고 그들 뒤에 오연히 서 있는 네 명의 중년인. 그들이 아마 천왕대전의 십팔마신 중 넷인 듯했다.

근 백 명에 다다른 무사 모두가 일류 이상의 무위를 지닌 자들. 그들이 빙 둘러서자 커다란 키의 유옥조차 왜소하게 느껴졌다.

더 나아갈 수도 없는 상황. 유옥은 조용히 서서 천라혈왕공을 운기했다.

그때 혈마루의 무사들 속에서 한 사람이 걸어나왔다.

"나는 천왕교 집마원 혈마루의 부루주인 인자춘이라 한다. 루주의 복수를 하려 함이니 원망하지 마라!"

유옥이 무심한 잿빛 눈으로 그를 바라보았다.

"그대들이 모두 나를 죽이겠다고 왔는가? 천왕의 율에 다수로 소수를 협박하라는 말이 있던가! 천왕의 율은 결국 땅에 떨어진 것인가! 그대들은 이제부터 스스로를 천왕교의 교도라 칭하지 마라!"

나직한 일갈이 사방으로 물결처럼 번졌다.

인자춘은 물론이고, 주위에 둘러선 자들 중 많은 무사들의 얼굴에 얼핏 붉은 기가 감돌았다.

자신의 부끄러움을 감추려는 듯 패천단의 무리 중 한 사람이 이를 악물고 소리치듯 말했다.

　"혈사자! 우리 역시 이렇게 하고 싶지는 않았다. 그러나 명이 떨어진 이상 거역할 수도 없다. 오늘 그대가 죽는 것은 변함없는 일. 우리가 몰려온 것은 그만큼 그대를 존중한다는 것이니, 그대는 우리 손에 죽더라도 영광으로 알아라!"

　유옥은 그의 말을 한 귀로 흘리며 독력을 몰아내는 일에만 집중했다.

　몇 마디 나누는 사이에 약간의 공력이 더 돌아오는 듯했다.

　팔과 다리로 흘러들어 가는 천라혈왕공의 내력도 어느 정도는 자신의 마음대로 조절되는 같았다.

　'조금만 더…….'

　반 각 정도만 더 시간을 끌면 자신의 생각대로 될 듯했다.

　한데 그때였다.

　"천왕의 명이시다! 패천단과 혈마루의 무사들은 천왕교를 어지럽힌 저자를 죽여라!"

　차갑고도 강한 음성이 대연무장을 뒤흔들었다. 뒤쪽에 서 있던 사마신이 외친 소리였다.

　그들의 명이 떨어짐과 동시, 혈마루와 패천단의 무사들이 일제히 무기를 빼 들고 유옥을 향해 움직이기 시작했다.

　순간 유옥을 중심으로 수십 줄기 광풍과도 같은 기운이 원을 그리며 휘돌았다.

고오오오…….

견딜 수 없는 압력이다!

바위가 으스러지고 땅이 뒤집힐 것만 같다!

유옥은 이를 지그시 깨물고 천천히 철검을 잡아 뺐다.

그리고 모든 공력을 개방했다.

그대로는 반도 쓸 수 없는 힘이었기에, 그는 심지어 독력을 억누르고 있던 잠력마저 일부분만 남기고 모조리 끌어올렸다.

죽을 때 죽더라도, 이제는 암천혈왕의 무서움을 보여줘야 할 때가 된 것이다!

"와라! 천왕의 율을 거부한 자들이여!"

*   *   *

네 사람은 패왕전을 코앞에 남겨놓고 달려가던 걸음을 늦췄다. 일단의 무리가 길을 가로막고서 출입을 통제하고 있었던 것이다.

"저놈들은 집마사령……!"

으드득!

고후명이 그들을 알아보고 이를 갈았다. 세 사람의 얼굴도 침중하니 가라앉았다.

집마사령이 왜 이 길을 막고 있는 거지?

의아했지만 그렇다고 멈출 수는 없었다.

그렇게 오 장 거리로 좁혀졌을 때다. 그들 중 수장으로 보이는 중년인이 한 걸음 앞으로 나서며 차갑게 소리쳤다.

"여기서부터는 아무도 위로 못 올라간다!"

"비켜!"

사진옥은 냉랭한 일갈을 마주 내지르고 도병에 손을 얹었다. 뒤따라가던 세 사람도 각자의 무기를 쥐고 눈을 부라렸다.

생각지도 못했던 듯 가로막은 자들이 어이없다는 표정을 지었다.

"미친놈들, 죽으려고 환장했군."

사진옥은 아무런 대꾸도 하지 않고 도를 잡아 뺐다.

말하는 시간조차 아까웠다.

어차피 싸워야 할 상황인데 무슨 말이 필요하랴!

파앗!

도집을 빠져나온 칼날이 허공을 가로지르며 대기를 반으로 갈랐다.

극쾌의 도식, 유성칠도 중 유성낙혼(流星落魂)이었다.

"헛! 이놈이!"

삼사령 두교민은 대경하며 몸을 틀었다. 그러나 분노가 실린 유성칠도는 그가 생각했던 것보다 훨씬 무서웠다.

연이어 펼쳐진 세 번의 칼질은 말 그대로 혼을 떨어뜨리는 벼락이었다.

삼초가 채 마무리되기도 전, 칼날이 두교민의 어깨를 반쯤 가르며 훑어 내렸다.

"크윽!"

순간 정신없이 물러서는 두교민의 얼굴이 고통으로 일그러졌다. 갈라진 어깨에서 뒤늦게 솟구치는 피분수!

"네놈이 감히!"

생각지도 못한 상황에 남은 네 명의 사령이 노성을 내지르며 무기를 뽑아 들었다.

사진옥은 그들을 향해 서릿발처럼 차갑게 소리쳤다.

"막는 놈은 누구든 죽인다!"

그때다. 상유상이 일곱 자 크기의 철곤을 풍차처럼 휘두르며 나머지 네 명의 집마사령을 향해 달려들었다.

"대주! 이놈들은 우리에게 맡기고 빨리 올라가 봐!"

붕! 붕! 붕!!!

"뭐 해? 빨리 가!"

"우리도 이놈들 목 따고 바로 따라갈 테니까 걱정 마!"

거기에 예종과 고후명까지. 특히 고후명의 충혈된 눈에선 진한 살기가 줄기줄기 흘러나오고 있었다.

"톱이 없는 게 아쉽군!"

전이었다면 한 사람을 상대하기 위해 셋이 덤벼야 했다. 그러나 세 사람은 이제 예전의 그들이 아니다. 일 대 일로 싸워도 뒤지지 않을 만큼 강해진 것이다.

더구나 자신들은 없는 힘도 낼 수 있을 만큼 악에 바친 상태가 아닌가 말이다.

하지만 그럼에도 사진옥은 결국 패왕전으로 가지 못했다. 아니, 이제는 누가 제발 가라고 등을 떠민다 해도 갈 생각이 없었다.

누군가가 거대한 회오리바람에 휩싸인 채 패왕전 쪽에서 빠르게 내려오는 게 보인 것이다.

절대의 기세를 뿜어내는 그는, 대형의 의부, 풍백이었다!

그를 알아본 사진옥이 다급히 외쳤다.

"어르신! 빨리 대형에게 가보십시오!"

순간 회오리바람이 더욱 빠르게 몰려왔다. 기세도 더욱 강해졌다.

고통에 이를 악물고 있던 두교민이 풍백을 알아보고 눈을 부릅떴다.

"당신은 설마…… 병신 풍백?"

맙소사! 병신이라 놀림받던 풍백이 절대고수였다니!

그는 감히 풍백의 앞을 가로막을 생각조차 못했다.

콰아아아!

밀려오는 광풍의 힘은 너무도 거셌다.

게다가 하얗게 웃으며 달려드는 사진옥의 무공도 그의 예상보다 훨씬 강했다.

"다시 시작해 볼까!"

단 삼 초, 두교민의 머리가 허공으로 떠올랐다. 그리고 십 초가 지날 즈음에는 나머지 네 명의 사령이 바닥을 뒹굴었다.

그사이 그들의 머리를 타 넘은 회오리 광풍은 산 아래로 사라져 보이지 않았다.

*   *   *

죽이지 않으면 죽는다!

유옥은 처음부터 손에 인정이라는 것을 배제했다.

천라혈왕공의 가공할 압력은 적들의 무기와 몸을 동시에 짓이겼다.

무령풍의 표홀함은 오성의 공력으로 펼치는데도 제대로 잡을 수 있는 자가 없었다.

올올이 광란하는 검광이 휩쓸고 지나가는 곳마다 솟구치는 검붉은 핏물!

한시도 끊이지 않고 터져 나오는 처절한 비명 소리가 붉은 광장이 되어 버린 대연무장을 울린다.

혈사자(血獅子)!

그랬다. 그는 진정 붉은 광야를 누비는 혈사자였다!

패천단의 무사들도, 혈마루의 무사들도, 시간이 지나면서 공포에 물들었다.

절정의 고수가 다수 섞인 일백 고수 대 일인의 싸움.

정녕 죽을 때까지 잊을 수 없는 광경이었다.

삼십여 명의 무사가 사지가 잘린 채 바닥을 뒹굴고, 남은 자의 반수 가까이가 부상당한 몸을 뒤로 뺀 채 전의를 상실했다.

단 이각 만에 벌어진 일이었다.

보고도 믿을 수 없는지 둘러선 모두의 얼굴이 창백하게 질려 버렸다. 개중에는 넋 놓고 경애의 눈으로 바라보는 자도 있을 지경이었다.

그렇게 피의 폭풍은 몰아칠 때만큼이나 갑자기 멈췄다. 그리고 묘한 침묵이 흘렀다.

유옥은 광장 한가운데 오연히 서서 온갖 감정으로 자신을 바라보는 적들을 둘러보았다.

이미 한계에 다다른 그였다.

그 한계를 누구보다도 자신이 잘 알고 있었다.

'더 이상은 무린가?'

"쿨럭!"

마른기침에 덩어리진 선지피가 목구멍을 치고 올라왔다.

심장이 송두리째 딸려 나오는 듯한 느낌.

'견디기가 힘들군.'

천기선원을 나선 지 이각밖에 지나지 않았는데도 꼬박 하루가 지난 듯하다.

가늘게 떨리는 손은 마치 남의 손만 같다.

발끝에 흥건한 핏물도 보이지 않는다. 얼마 전까지만 해도 동료라 불렀던 자들의 시신도 보이지 않는다.

무거웠다. 너무 무거워서 놓고만 싶었다. 검도, 마음도, 인연도 모두 다.

하지만 아직은 아니다. 기다려야 할 사람이 있다.

그는 검을 늘어뜨린 채 무저의 동공으로 전면을 응시했다.

덤벼드는 자가 없다. 조금 전만 해도 투지에 차 있던 그들의 눈에 공포만 남았다.

'그래, 숨이 멈출 때까지는 염라사자도 마음을 놓아서 안 되는 사람, 그게 바로 나, 혈사자(血獅子) 천유옥이다!'

유옥은 피 먹은 검병을 움켜쥐었다.

지금쯤이면 의부가 오고 있을 것이다. 비록 천왕교의 사람들에게 벙어리 발병신이라 놀림받고 멍청이라 멸시당하지만, 자신만은 안다.

세상의 그 누구보다 강한 사람이 의부라는 것을.

세상 사람 아무도 모르는, 오직 자신만이 아는 절대의 능력이 있다는 것을.

'늦으시는군.'

유옥은 천천히 사위를 쓸어봤다. 천하에 무서울 것 없는 자들이 주춤거리며 물러선다.

그때, 문득 그리운 목소리가 들렸다.

"옥 랑!"

'환청인가? 왜 은설의 목소리가 여기서 들리는 거지?'

적과 대치한 와중에도 그는 흔들림없는 표정으로 신형을 돌렸다.

순간! 태양의 한가운데서 두 줄기 붉은 번개가 번쩍였다.

동시에 가슴에 느껴지는 짜릿한 통증!

그는 부릅뜬 눈을 한 채 몸이 굳어버렸다.

이 장 앞에 그녀가 날아 내리고 있었다. 향일화(向日花)처럼 바라보며 자신의 반쪽이라 생각했던 여인이.

'설아……'

강렬히 심장에 박힌 화살 깃이 떨리듯 그는 그렇게 떨렸다.

그것은 머리가죽이 통째로 뜯겨지는 듯한 충격이었다.

'네가 왜……?'

그녀의 눈에 눈물이 가득하다. 뻗친 손이 가늘게 떨리고 있다.

설아, 너는 왜 우는 것이냐. 왜 떠는 것이냐?

그는 천천히 자신의 가슴을 내려다봤다.

그의 전신에 고슴도치처럼 꽂힌 무기는 모두 다섯 개.

동강 난 두 개의 검날이 가슴과 배에 박혀 있고, 허리가 부러진 창 한 자루가 옆구리에 꽂힌 채 덜렁거리고 있다.

아마 속에다 검은 가죽으로 만든 보호복을 입지 않았다면, 보나마나 그중 한두 개는 몸을 꿰뚫고 반대편으로 튀어나왔을 게 분명했다.

하지만 심장 어림에 꽂힌, 금방 핏물에서 건진 것 같은 두 자루의 붉은 비수는 보호복조차 막지 못했다.

보호복을 비웃듯이 날 전체가 깊숙이 박힌 단심비.

피 냄새 풀풀 날리는 이름의 그것은 눈앞에서 자신을 바라보며 떨고 있는 하은설, 그녀의 무기였다. 자신이 그녀의 스무 번째 생일 선물로 준 증표.

이럴 줄 알았으면 다른 선물을 할 것을……

"미안해요, 옥 랑. 어쩔 수… 없었어요."

자신의 가슴에 단심비를 꽂은 그녀가 사무나무처럼 떨며 울먹인다.

큭큭, 웃음이 나온다.

'과연 군악다워. 내가 설아만큼은 어쩔 수 없다는 것을 이용하다니.'

그래, 미안도 하겠지. 하지만 너무 개의치 말아라. 친구도 나를 버렸는데 너라고 못 버리겠느냐?

"가족을 버릴 수는 없었어요! 저희 가족을 모두 죽인대요! 어머니도, 아버지도, 제 동생도! 할아버지도! 하지만…… 하지만…… 옥 랑만 죽으면……"

자신의 가슴에 비수를 꽂은 그녀의 눈에서 굵은 눈물이 흐른다. 미친 듯 소리치는 그녀의 입술이, 얼굴이, 온몸이 떨고 있다.

"군악 오라버니는 옥 랑이 죽을 수밖에 없다고 했어요. 그럴 거라면…… 어차피 그럴 거라면, 마지막은 제가 거두는 것이 낫지 않겠느냐고 했어요. 미안해요. 정말…… 미안해요. 용서해 달라고는 않겠어요. 어허헝! 정말 미안해요, 옥 랑!"

한순간 그 자리에 무너져 내린 하은설이 엎드려 절규한다.

유옥의 고개가 천천히 하늘을 향해 들렸다.

그랬나? 군악, 내가 잘못 생각했구나. 너는 내 생각보다 훨씬 더 차가운 독심을 가슴에 품고 있었구나.

그걸 모른 나는, 죽어도 싸다!

'의부… 아무래도… 더는 견딜 수가 없을 것 같군요.'

몸도 마음도 지쳐 버렸다.

견딜 수 없는 고통에 심장이, 가슴이 비명을 지르며 통곡하고 있다.

쨍그랑!

그의 손에서 검이 떨어졌다.

동시에 검을 놓은 그의 손이 허리의 볼품없는 가죽 띠를 잡았다.

자신이 생을 포기했다 생각했는지 물러섰던 자들이 천천히 다가온다.

'마지막 지옥무(地獄舞)를 출 때인가?'

바로 그때였다!

쾅!

갑자기 천기원의 한쪽 벽이 굉음과 함께 와르르 무너지더니 거센 바람이 뻥 뚫린 벽을 통해 밀려들었다.

유옥을 에워싸고 있던 자들이 일제히 홱 고개를 돌렸다.

이곳은 철저히 격리된 곳이다. 이 일을 주관한 자가 그리 말한 이상, 당연히 그래야만 했다. 그런데 누가 감히 이곳을 부수고 들어온단 말인가!

반면에 유옥의 입가에는 가느다란 웃음이 맺혔다.

가죽 띠에서 손을 놓은 그의 몸이 제풀에 지쳐 스르르 무너져 내린다.

'아버지, 조금 늦게 오신 것 같군요. 이 아들의 가슴이, 마음이 터질 것처럼 아픕니다.'

마치 그의 생각에 답하듯, 한줄기 바람이 그의 몸을 휘어감았다. 순간 그의 몸이 허공으로 붕 떠올랐다.

갑작스런 상황에 절규하던 하은설이 온몸을 파르르 떨었다.

주위를 둘러싼 삼십여 명의 생존자가 공포에 질린 목소리로 놀라 부르짖었다.

"막아! 누가 혈사자를 구하려 한다!"

유옥의 축 늘어진 몸이 허공 십 장에 다다랐을 때였다.

"어림없는 짓!"

"클! 감히 우리 앞에서 그따위 개수작을 부리다니!"

사방에서 네 개의 붉은 그림자가 날아올랐다. 가공할 강기를 동반한 채!

천왕교의 척살자, 십팔마신 중 넷.

백리군악이 마지막을 맡으리라 말했던 그들이었다.

거의 동시, 유옥의 몸을 떠받친 회오리가 사방으로 퍼져 나갔다.

콰아아아!

대자연이 분노를 토해내는 듯했다.

"끄어어어어!!"

노성이 천지를 뒤집고, 울분에 찬 광기가 대기를 찢어발겼다.

날아들던 사마신이 철벽에 부딪친 듯 튕겨져 나갔다.

그것은 찰나의 순간에 불과했다. 눈 한 번 깜짝이는 시간도 되지 않을 듯했다.

하지만 그 짧은 순간에 벌어진 일은 사람들의 혼을 빼놓기에 부족함이 없었다.

사라진 것이다.

허공에 떠 있던 혈사자가 사라져 버린 것이다! 맙소사!

"찾아! 추적해!"

"죽여야 돼! 꼭 잡아 죽여야 돼!"

회오리바람에 튕겨져 비틀거리던 사마신이 악을 쓰며 외쳤다.

공포에 찬 목소리다.

그들 중 혈사자에 대해 자세히 아는 사람은 없다.

그러나 한 가지만은 분명하다.

그가 살면, 자신들이 죽는다!

죽어 널브러진 눈앞의 저 시신들처럼!

第十章
내 이름은 전무심(全無心)

死星
天血

1

"그를 구해간 사람은 풍백이라는 노인이었습니다."

"풍백?"

"말도 못하고 두 다리가 없는 자로, 태대원로께서 돌아가시기 전까지 그분의 종복이었던 자입니다."

"삼 년 전에 죽은 태대원로의 종복이라고? 아! 그 병신?"

"지난 사 년, 태대원로의 영정이 모셔진 패왕전에만 머물고 있었습니다. 그래서 미처 생각을 하지 못했습니다. 그가 그토록 강할 줄 알았다면 다섯 명의 사령만을 보내는 실수는 하지 않았을 것이거늘……."

헌원무강의 의심 어린 눈이 백리군악을 향했다.

알고도 놔둔 것 아니냐? 하는 눈빛이었다.

"사령을 죽인 것은 그가 아니네."

"어차피 마찬가지지요. 그들이 아니었다 해도 사령은 그를 막을 수 없었을 테니 말입니다."

헌원무강의 눈빛이 싸늘하게 굳었다. 비꼬는 것처럼 들린 것이다.

'건방진 놈!'

하지만 겉으로는 아무렇지도 않은 것처럼 다른 말을 꺼냈다.

"그래, 혈사자가 살아날 확률은?"

"학정홍(鶴頂紅)과 혈시독(血屍毒)이 그의 내장을 녹여 버렸습니다. 그리고 세 자루의 무기가 그의 전신을 꿰뚫었고, 마지막으로 두 자루 비수가 그의 심장에 꽂혔습니다. 그게 사흘 전의 일입니다. 천신이라 해도 죽을 수밖에 없는 상처지요."

백리군악의 완벽한 대답에 헌원무강이 이마를 찌푸렸다.

"그를 왜 죽여야만 하는지, 설마 모르지는 않겠지?"

"어찌 모를 수가 있겠습니까? 계획을 입안한 사람이 저이거늘."

"그래? 그럼 뒷마무리마저 깨끗이 하게. 교주님께 누가 되지 않도록 말이야."

"명심하리다, 원주."

백리군악이 고개를 숙이자, 그제야 상석에 조용히 앉아 있던 장대한 체구의 장년인이 묵직한 목소리로 입을 열었다.

"어쨌든 귀찮은 종기가 제거되었으니, 이제 날개를 펼 일만 남았군."

헌원무강이 웃음마저 띤 채 공손한 어조로 답했다.

"교주님의 앞길을 누가 막으리까."

순간 고개를 숙인 백리군악의 눈에서 무채색의 기광이 번뜩이다가 사라졌다.

'그를 친 것은 교주, 그대를 위해서가 아니외다. 바로 나, 백리군악을 위해서일 뿐. 그리고… 이제 시작일 뿐이외다.'

2

삼십 년 만에 운남(雲南)의 고향으로 돌아가는 길은 멀고도 험했다.

막는 자는 짓뭉개고, 그것도 벅차면 피하면서 달렸다.

그러다 결국은 장강을 건너며 손목 하나를 개떼들의 먹이로 던져 줘야 했다.

하지만 후회는 없다. 대신 개떼들을 따돌리고 아들과 함께 고향으로 돌아왔으니까.

잠도 자지 않고 정신없이 달린 지 열흘.

마침내 고향인 전가촌(全家村)을 지나 풍곡(風谷)에 들어선 풍백은 희미한 웃음을 지었다.

붉은 땀에 전신이 젖었는데도, 그의 떨리는 입가에 맺힌 웃음은 더없이 밝았다.

'저 안에 우리 집이 있단다, 아들아. 놈들이 제아무리 끈질겨도 여기는 찾지 못할 것이야.'

이제 조금만 더 가면 안심하고 아들을 치료할 수가 있으리라! 그 생각만으로도 없던 힘이 솟구친 풍백은 천유옥을 안은 팔에 힘을 주고 안쪽으로 신형을 날렸다.

그렇게 일각가량 들어갔을 때다. 갑자기 한 치 앞도 보이지 않는 괴이한 안개가 풍백의 앞을 가로막았다.

하지만 풍백은 네 속을 모두 알고 있다는 듯 거침없이 안개를 뚫고 안으로 들어갔다.

그러더니 앞이 서서히 환해지면서 아름드리 나무로 만든 목옥이 보이자 그제야 걸음을 멈추고 주위를 살펴봤다.

목옥 주위에선 아무런 기척도 느껴지지 않았다.

목옥의 지붕과 벽에서 자라고 있는 온갖 잡풀과 잡목, 먼지가 수북한 목옥의 문. 아무리 봐도 오랜 기간 아무도 살지 않았음이 확실했다.

풍백은 만족한 표정으로 목옥의 문을 향해 다가갔다.

덜컹!

뿌연 먼지를 흩날리며 한 뼘 두께의 문이 열렸다.

풍백은 목옥에 들어가자마자 통나무를 통째로 잘라 만든

탁자를 향해 훅, 입 바람을 날렸다.

한 치는 될 것 같은 뿌연 먼지가 돌돌돌 뭉쳐 한곳으로 날아갔다.

그제야 풍백은 조심스럽게 탁자에 아들을 내려놓고 피로 얼룩진 가슴을 풀어헤쳤다. 그리고 검은 가죽이 보이자 그것마저 조심스럽게 한쪽으로 젖혔다.

닷새 전, 금창약을 바르려던 풍백은 단심비를 건드리지 않고 그것을 찢기 위해 팔성의 공력을 끌어올려야만 했다. 정말 징그러울 정도로 질긴 가죽이었다. 하지만 그는 조금도 그 가죽을 원망하지 않았다.

'휴우, 이 가죽이 아니었으면 내 아들의 심장이 완전히 부서졌을 거야.'

풍백은 내심 안도하면서 빠르게 유옥의 상태를 살펴보았다.

단심비가 박혀 있는데도 다행히 심장은 뛰고 있었다. 느껴지지 않을 정도로 미미하긴 하지만. 자신의 생명을 깎아먹으며 불어넣은 진기와 아들의 몸에서 스스로 일어난 기이한 기운 덕분이었다.

'시간이 없어.'

풍백은 숨 고를 시간도 아깝다는 듯 가슴 깊숙이 손을 집어넣더니, 피범벅이 된 검은 보자기 하나를 꺼내 들었다.

보자기는 도검으로도 자르기 힘들다는 천잠사로 만들어진 것이었다. 게다가 제법 단단히 매듭이 지어져 있어 풀기가 쉽지 않아 보였다.

하지만 마음이 급한 풍백에게는 매듭을 풀 생각도, 시간도 없었다.

그는 이빨과 하나 남은 손을 이용해 보자기의 매듭을 끊어 버렸다.

순간이었다. 보자기 속에서 하나의 물건이 모습을 드러냈다.

그것은 눈보다 더 하얗고, 우윳빛보다 더 영롱한 백옥함이었다.

딸깍!

풍백이 고리를 올리자 일곱 치 길이의 우윳빛 백옥함이 열리고 휘황한 빛이 쏟아져 나왔다.

옥함 안에는 아홉 가지 빛깔, 아홉 가지 기운이 서려 있는 다섯 치 길이의 굵은 장침이 눈처럼 하얀 빙옥 사이에 곱게 자리해 있었다.

'구천마령침(九天魔靈針)!'

풍백은 조심스럽게 장침을 하나 꺼내 들었다.

'네가 내 아들을 살려줘야겠다!'

자신에게 쓴다면 자신이 살 수 있다. 하지만 그럴 수는 없다. 그러면 아들이 죽을지 모르니까.

구천마령침은 단순한 장침 아홉 개지만 그것은 전설이었다. 이미 천 년 전에 사라진 불사(不死)의 전설.

자신은 삼십 년 전에 두 다리를 이 아홉 개의 장침, 구천마령침과 맞바꾸었다. 그 사실은 천왕보고에서 자신을 구한 태대원로 장천궁조차 모르는 일이었다.

'그 양반은 내가 천왕삼보를 훔치려 한 줄 알았지. 하지만 나는 천왕삼보를 거들떠보지도 않았었다. 내가 원하는 것은 그것이 아니었거든.'

풍백은 첫 번째 녹색 침을 아들의 가슴에 꽂았다. 단심비가 꽂힌 바로 옆, 시커먼 핏물이 딱지처럼 내려앉은 심장에다가.

'아들아, 전에 내가 말했을 때 너는 믿지 않았지만, 이것에 비하면 천왕삼보는 길가의 돌멩이란다.'

풍백은 백옥 사이에서 두 번째 침을 뽑았다.

'죽은 자도 몸만 식지 않았다면 살릴 수 있고……'

노란색 장침이 죽은 듯 누워 있는 유옥의 심장을 파고들었다.

'산 자라면 하늘의 힘을 빌려 쓸 수 있는 것이 바로 이것이거든.'

풍백은 점점 떨림이 심해지는 손을 안간힘으로 진정시키고, 장침을 하나씩, 하나씩, 거의 멈추다시피 한 유옥의 심장에 꽂았다.

'손이 둘이었다면 좀 더 빨리 꽂을 수 있을 텐데……'

안타까웠지만 하는 수 없었다. 그래도 한 손을 희생한 덕에 아들이 살았지 않은가 말이다.

다만 공력을 너무 많이 소모해서 아들이 깨어나는 것을 보지 못할지도 모른다는 것이 아쉬울 뿐이었다.

열흘만 더 살 수 있으면 좋을 텐데 하늘이 그걸 허락하지 않을 것 같았다.

'그래도 아들의 얼굴을 바라보며 죽을 수 있다는 것이 얼마나 다행이야.'

풍백은 빙그레 웃으며 마지막 침을 유옥의 심장에 꽂고는, 유옥의 심장 부위에 박혀 있던 두 자루의 비수를 조심스럽게 잡아 뺐다.

기이하게도 피는 조금 튀어나오다 곧 멈춰 버렸다. 혈류가 멈추다시피 한 탓도 있었지만, 그보다는 단심비가 심장과 동맥을 비켜 나간 덕분이었다. 두 자루 모두 한 푼 차이로.

천운이라면 천운이었다. 비도의 고수라는 하은설이 그런 실수를 하다니.

쨍그랑!

단심비를 옆에 던져 놓은 풍백은 천천히 유옥의 가슴에 손을 얹었다.

그리고는 그나마 남은 모든 공력을 끌어올렸다.

그렇게 일각 정도가 지났을 즈음이었다.

유옥의 가슴에서 아홉 줄기의 휘황한 빛이 피어나더니 두 사람을 감싸며 휘돌기 시작했다.

그 빛은 세상의 그 어떤 보석보다도 더 눈부셨고, 폭풍우가 휩쓸고 간 뒤의 무지개보다도 더욱 찬란했다.

하지만 천 년 만에 피어난 그 빛은 반 각을 이어가지 못했다.

어느 순간, 그토록 찬란하던 아홉 가지 빛이 제자리를 찾아 가듯 유옥의 가슴으로 스며들었다. 그리고 마치 아무 일도 없었던 것처럼 목옥 안에는 고요가 찾아왔다.

얼마나 지났을까, 천천히 손을 떼어낸 풍백의 얼굴에 희미한 미소가 떠올랐다.

'이제 다 됐다, 아들아.'

자신의 지난 십수 년을 행복하게 해주었던 아들이 앞에 있다. 아버지라는 말을 난생처음 들었을 때 얼마나 가슴이 뛰었던가.

"아들 하나 키우고 싶지 않으세요?"

'그런데도 나는 지랄한다고 너를 구박했었지.'

글로나마 아들이라는 글을 처음으로 쓰게 해준 사랑스런 내 아들.

"말은 못해도 글로 쓰면 되잖아요. 아버지도 참, 아들이라고 부르는 게 뭐가 그렇게 어려워요?"

'그래도 속으로는 정말 행복했었단다.'

떨리는 손을 들어 아들의 얼굴을 쓰다듬어 보았다.

잘생겼다. 내 아들이지만 정말 남자답게 잘생겼다.

손자까지 보고 죽었으면 원이 없었을 터인데, 하늘이 부여한 생이 이뿐인데 어쩌랴.

자신이 침을 꽂은 가슴도 만져 보았다.

쿵!

아들의 심장이 힘차게 뛴다. 겨우 일각이 지났을 뿐인데도 이전과는 확연히 다른 박동이다.

과연 구천마령침의 전설은 허황된 것이 아니었다.

내 인생도 잘못된 것이 아니었다!

내 손으로 아들을 살려내지 않았냔 말이다!

풍백, 전풍백의 감겨지는 눈에 뿌연 안개가 어렸다. 아들의 잘난 얼굴을 한 번 더 보고 싶은데, 썩을 놈의 안개 때문에 보이지 않는다.

'하긴 뭐, 꼭 눈으로 봐야만 대순가? 내 마음에 새겨져 있는데…….'

그래도 조금은 아쉬웠다.

'제기랄, 죽을 놈이 무슨…….'

씨익.

전풍백은 마지막으로 웃음을 지었다.

구천마령침의 영기가 모두 흡수된 구 일 후, 아들이 눈을 떴을 때 자신의 웃는 모습을 보길 바라며.

그래야 아들의 마음이 덜 아플 테니까.

'아들아… 잘 있거라.'

*　　　*　　　*

며칠이 지났는지는 알 수가 없었다.

정신이 든 그의 눈에 처음 들어온 것은, 앉은 채 웃음 짓고 있는 의부의 얼굴이었다.

'이제 깨어났구나.'

마치 목소리가 들려오는 듯하다.

"아버지……."

유옥은 갈라진 입을 억지로 벌렸다.

한데 대답이 없다.

벙어리이기 때문만이 아니다.

죽은 자는 말을 할 수 없기 때문이다.

뜨거운 눈물이 그의 볼을 타고 흘러내려 귓바퀴를 흥건히 적셨다.

두 다리의 민둥 부분엔 뼈가 드러나 있었다.

두 손 중 한 손이 보이지 않았다.

아마 손목이 하나 잘려진 팔로 자신을 안고서, 뼈가 드러난 다리로 몇 날 며칠을 달렸을 게 뻔했다.

그러고도 남을 분이었다. 아버지는……!

한데 그런 아버지가 자신 때문에 죽다니!

"끄윽……."

목멘 울음소리가 그의 가슴에서 울렸다.

눈물이 심장을 파고들어 가 혈맥을 타고 휘돌았다.

'아버지!!'

숨을 쉴 수가 없다!

심장에 팔뚝만 한 쐐기가 틀어박힌 것만 같다!

'죄송합니다, 아버지!'

사흘이 지났다.

쉬지 않고 천라혈왕공을 운기하고서야 앉을 수 있을 만큼 몸이 회복되었다.

반쯤 열린 창문 밖으로 신월이 보이는 그날 저녁, 그는 가부좌를 한 채 자신의 왼쪽 가슴을 내려다보았다.

각기 색이 다른 아홉 개의 점이 엄지손톱만 하게 찍혀 있었다.

피보다 붉은색, 쪽빛 하늘보다 파란색, 배추꽃보다 노란색, 어둠보다 검은색, 만년설보다 하얀색…….

의부가 자신의 생명으로 심은 구천마령침의 흔적이었다.

점이 하나씩 사라질 때마다 십 년의 삶을 잃는다 했다.

대신, 힘을 얻을 거라 했다.

하늘의 뜻조차 거부할 수 있는 미증유의 힘을!

듣고도 믿지 않았었다.

그러나 이제는 믿는다. 믿을 수밖에 없다.

죽어도 백 번은 죽었을 내가 살지 않았냔 말이다!

백리군악!

내가 다시 살아났다!

천천히 고개를 든 그가 흘러내린 머릿결 사이로 입을 달싹였다.

"이제부터 내 이름은 전무심(全無心)이라네. 자네 친구 천유옥은, 그날 죽었어."

지난 사흘간 고뇌한 끝에 두 번째 삶은 의부의 성을 따르기로 했다.

천유옥이라는 이름으로서의 과거는, 친구와 사랑과 바꾸어 버렸다.

이제 자신은 새로운 삶을 살아갈 것이다.

"앞으로는 모든 것을 나의 의지대로 행할 것이다! 이제 나는 전풍백의 아들 전무심이니까!"

『천사혈성』 제2권 끝

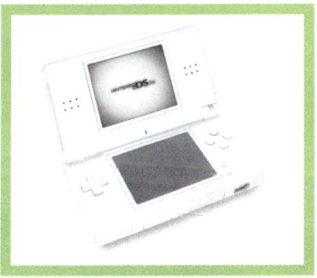

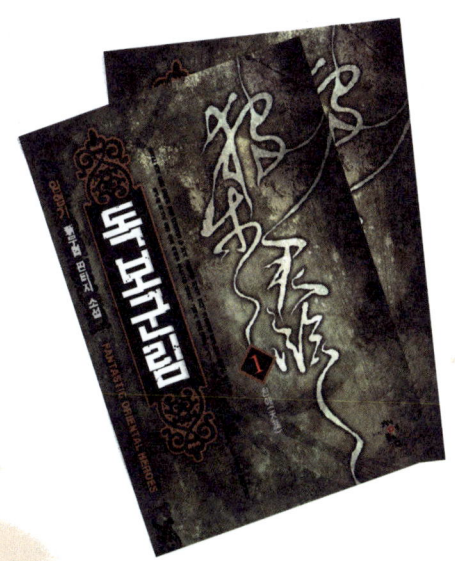